U0458324

《万叶集》精粹

刘德润　刘淙淙 —— 编译

上海三联书店

雅众文化　出品

译者序

1979 年，恩师住吉里子回日本定居后，立即给我寄来了樱井满[1] 译注的文库本《万叶集》上中下三册，从此我开始阅读这部伟大的经典。感动之余，不时会有将《万叶集》的和歌译成汉诗，介绍给中国读者的想法浮上心头。1997—1998 年，我在大阪教育大学做研究员，有机会探访了以奈良为中心的与《万叶集》相关的不少遗址：二上山、龙田川、藤原京遗址、大和三山、春日野、天武天皇·持统天皇合葬陵、文武天皇陵、孝谦天皇陵、橘寺、法隆寺、东大寺、唐招提寺、吉野山、万叶植物园、明日香村万叶文化馆、正仓院、石舞台……

我登过山部赤人歌咏过的富士山，到过田儿浦，也曾前往关东与东北地区，在大自然中寻找"东歌"依稀残留的几缕游丝般的气息。还多次翻山越岭，前往山阴地区的鸟取县、岛根县，凭吊长眠在海底的柿本人麻吕，聆听阴云之下日本海震耳欲聋的浪涛，感受大伴家持咏唱过的那场新年大雪……

后来，我在《日本古典文学赏析》（外研社，2003 年）一书中介绍了《万叶集》中的七八位作者和几十首作品。今天能有机

1　樱井满（1933—1993），日本文学研究者，民俗学者。主要代表著作有《万叶集东歌研究》《万叶集的风土》《万叶集的民俗学研究》等。——编者注

会向读者介绍更多的万叶和歌与相关知识，心中十分欣慰。本书从《万叶集》4500余首和歌中选出最具有代表性的作品300余首。

《万叶集》大约成书于公元780年前后。当时日本处于第49代天皇光仁天皇和第50代天皇桓武天皇时代。中国历史上的公元780年，相当于唐德宗建中元年。李白、杜甫早已过世，书法家颜真卿、怀素等人尚健在。

《万叶集》编者不详，大概是经过了大伴家持、橘诸兄等多人之手。卷一至卷十六称为第一部，卷十七至卷二十称为第二部。第一部编辑完成于天平十七年（745年）以后。卷十七以后的第二部分中，十七·十八·十九三卷于天平胜宝五年（753年）至天平宝字二年（758年）编辑完成，然后再加上了以大伴家持为中心编纂的卷二十。而将整部《万叶集》二十卷汇总编辑的，也是大伴家持。与现在流行的版本基本一致的《万叶集》抄本，大约诞生于延历元年（782年）。

《万叶集》是日本最古老的诗歌集，共有20卷，这4500多首和歌根据内容基本可分为杂歌、相闻歌和挽歌三大类。

万叶和歌的作者上至天皇下到百姓，遍布社会各阶层。地域范围以大和为中心，一直绵延到东国及九州。和歌的创作年代从公元4世纪到公元8世纪后半叶。当时的日本没有文字，于是煞费苦心地发明了用汉字表示日语读音的方法，这种用来记录日语读音的汉字称为"万叶假名"。

1901—1903年，松下大三郎与渡边文雄将日本历代和歌汇编成《国歌大观》，并对《万叶集》等古典和歌进行编号。于是，《万叶集》每一首和歌后面都有了统一编号，这一做法使和歌研究更加系统、科学，受到普遍欢迎。从此，所有出版社出版的《万叶集》都遵循这一编号，大大方便了读者检索查阅原歌的出处。

大多数学者认为，万叶集的作品可分为四个时期。如早稻田大学文学部长高松寿夫认为，舒明天皇之前的作品，如仁德天皇、雄略天皇的作品可能是后人的伪托之作。而万叶时代是从舒明天皇时代才真正开始的[1]。而实践女子大学教授木俣（yǔ）修（1906—1983）在他的《万叶集：时代与作品》[2]一书中，特意在四个时期之外单列出一个"歌谣时代"，即"萌芽期"。这样加上后面的四个时期，变成了五个时期。我赞成这样的见解，"歌谣时代"与后面四个时期的作品很不相同，和歌形式也往往尚未定型，因此我将木俣修的"歌谣时代""萌芽期"改名为"序曲"，然后再进入"一、二、三、四"这四个时期。

序曲，4世纪—6世纪末，第16代仁德天皇时代—第33代推古天皇时代。

代表歌人：磐姬皇后、雄略天皇、圣德太子等。

第1期，第34代舒明天皇时代—壬申之乱（629—672），为确立中央集权的"律令制"国家，社会剧烈动荡。和歌保留着古代歌谣的风格，咏唱出强烈的个人情感，作者以天皇和皇族居多。

代表歌人：舒明天皇、齐明天皇、天智天皇、大海人皇子（后来的天武天皇）、额田王、有间皇子。

第2期，壬申之乱—迁都奈良（672—710），律令制完成，社会繁荣，皇室赞歌和皇族挽歌居多。长歌和短歌的形式逐渐完善，普遍使用枕词、序词等修辞手法。宫廷歌人（日本称和歌诗人为"歌人"）柿本人麻吕被誉为日本文学史上的"歌圣"。

代表歌人：持统天皇、柿本人麻吕、高市黑人、大津皇子、大伯皇女、志贵皇子。

1　高松寿夫.古代和歌：万叶集入门——和歌的起源（『古代和歌：万葉集入門——和歌の始まり』）[M].东京：早稻田大学出版会，2003：12.——译者注，以下同。

2　木俣修.《万叶集：时代与作品》（『万葉集——時代と作品』）[M].东京：日本放送协会，1985：37.

第 3 期，迁都奈良—天平五年（710—733），佛教、儒家、老庄思想等中国思想、文化传入日本，和歌加速走向理性的趋势，出现了纤细、复杂的表达方式。皇室歌人逐渐减少，作者来自社会各阶层，歌风呈现多样化，和歌迎来全盛期。

代表歌人：山部赤人、山上忆良、大伴旅人、高桥虫麻吕。

第 4 期，天平六年—天平宝字三年（734—759），古代文化发展到绚烂顶峰，但社会却停滞不前，人心混乱，惶恐不安的情绪日益蔓延。长歌日渐衰退，短歌创作愈发繁荣。

代表歌人：大伴家持、笠女郎、狭野弟上娘子。

櫻井满教授指出："和歌最早不属于文学范畴，而是唱歌人灵魂的呼喊，向对方倾诉心中的情愫，还向神灵、天皇、长辈、友人、恋人，进而向大自然中的精灵与死者倾诉自己的心灵之歌，其中潜藏着咒语的要素与言灵信仰[1]。"

《万叶集》的歌体主要由短歌、长歌和旋头歌组成。其中，短歌由"5—7—5—7—7"一共 31 个假名（音节字母）构成。"5—7—5"是上句，"7—7"是下句，也就是说，短歌是由上下两句构成的诗歌。它没有中国五七言古诗那样起承转合的章法，常用倒装句，在抒情的顶点戛然而止，留下无穷余韵。短歌没有中国格律诗的绝句和律诗那样的四平八稳。一般而言，2—4 个假名相当于一个汉字的容量与内涵。如果将短歌译成 31 个汉字的诗歌，必定会添加不少译者想象出来的内容，造成严重的"不信"。

日本的中国古典文学泰斗小川环树[2]教授著有《唐诗概说》等

1　櫻井满.万叶集（下）[M]// 万叶歌人的生活和表现（『万葉集』下[M]// 万葉びとの生活と表現）.东京：旺文社文库，1980：427.

2　小川环树（1910—1993），字士解。中国古典文学与哲学研究者。京都大学名誉教授。20 世纪最著名的汉学家之一。他对中国古代文学、历史、哲学以及汉语语言学皆有研究。曾编撰过《角川新字源》《角川汉和辞典》，注释了江户时代儒学大家荻来徂徕的《论语征》以及出版了译著《千字文》《史记列传》（5 卷）、《三国演义》（全译本 8 卷）等。——编者注专著，还翻译了《论语》《老子》《史记》《三国志》等著作，编撰过《汉语词典》，在日本是一位家喻户晓、深受尊敬的大学者。

1985 年 3 月，小川教授在京都与我做过一次长谈，建议我尝试用两句七言诗的形式来翻译和歌中的主要形式 "短歌"。丰子恺先生翻译的《源氏物语》和周启明、申非翻译的《平家物语》中的和歌，绝大多数就是以两句七言诗的形式来翻译的。

而对于数量不多的 "长歌" 与 "旋头歌"，我决定用 "3—5" 节奏的减字定型的句式来翻译。

我讲授日本古典文学四十余年，特别是对和歌、俳句情有独钟，一直尝试着将和歌翻译成我国读者喜闻乐见的汉诗形式，介绍给广大读者。继拙译《小仓百人一首》《东瀛听潮》，拙著《日本古典文学赏析》，合著《日本古典文学大辞典》《简明日本古典文学读本》等之后，又将这部《〈万叶集〉精粹》奉献于读者面前。

让我们一起倾听万叶时代日本民族的心声，关注他们喜怒哀乐的真情流露。我们力图向大家展现那个时代日本生活的全貌，让我们一起穿越到万叶时代，关注万叶时代人们的精神信仰、社会结构、生活习俗、建筑、服饰、食物、婚姻恋爱、殡葬、生产劳作，还有许多发生在社会激烈变动时期的催人泪下的历史故事，让那些已经在历史长河的浪涛冲刷下变得朦胧、模糊不清、早已远去的一个个人物形象鲜活地浮现在我们眼前。

让我们一起穿越到万叶时代，领路人就是《万叶集》的主要编者大伴家持。他带领我们从早春的大和平原出发，南下九州，北上越中国与陆奥，西去山阴地区。他的家世与人生坎坷，还有天皇家围绕皇权而展开的血腥争斗、惊心动魄的政坛风云，贵族和平民的真实生活，家持都会向我们娓娓道来。

1984—1985 年，我在中日联合举办的大学日语教师培训班

"大平班"第 5 期专攻日本文学，为我们讲授《万叶集》的是大阪市立大学教授、《万叶集》研究家井手至[1]教授。至今我还清楚地记得他讲授万叶开篇第 1 首和歌"求婚歌"时使用的精妙语句，是井手至先生引导我步入了万叶和歌的世界与殿堂。时过境迁，二十多年后，女儿刘淙淙赴日本皇学馆大学留学，硕士课程和博士课程期间都选修了《万叶集》。讲授《万叶集》的同样是两位大师——毛利正守（1943— ）和大岛信生（1957— ）教授。女儿惊奇地告诉我，毛利正守是井手至先生的高徒。女儿还聆听过三重大学广冈义隆教授的"万叶集讲义"，长达一年时间。广冈先生曾多次向我们赠送他有关《万叶集》的著作。

我愿与读者一道，穿越到"万叶时代"，去感受那个时代的方方面面。进入他们的真实生活中去体会，才能读懂《万叶集》。

刘德润　2021 年冬
郑州东区列子故里

---

1 井手至（1929— ），日本文学研究者，大阪市立大学名誉教授。有著书《万叶集全注》《游文录》等。——编者注

目 录

卷一　杂歌

原著本卷共收入和歌 84 首，全部属于杂歌，作者为天皇、皇子、公主、诸王与大臣。这些作品是奈良时代初期统治者集体意识的产物，和歌还未达到抒发个人感情的阶段。

一 雄略天皇：早春高唱求婚歌

《万叶集》卷头歌

居泊濑朝仓宫中、治理天下的雄略天皇之御制和歌

竹篮哟，提在手，

木镢哟，何小巧。

淑女登山冈，早春挖菜苗。

芳名与家世，容我来请教。

大和之国，吾位最高。

国土泱泱，皆属我朝。

吾名吾家，告汝知晓。

————雄略天皇　卷一——001

雄略天皇（418—479），第21代天皇，一位雄才大略，富于传奇色彩的君主。据《古事记》与《日本书纪》记载，为争得皇位他杀死了兄弟中有竞争资格的对手15人。

相传，在中国南北朝时期，他曾派使者朝贺宋顺帝。

雄略天皇的泊濑朝仓宫遗址，位于今天奈良县樱井市黑崎一带近畿铁道朝仓车站附近的天之森，从这里的浅山冈上可以眺望大和三山：耳成山（北）、香具山（东）、亩傍山（西）。日本有神话说，这三座海拔不到200米高的山都是从天而降的神山，镇守着大和平原。

当时的日本皇宫不过是高大一些的房屋而已，普通人则住在

土穴式的草棚里。公元8世纪时鉴真东渡，他率领的工匠传授了先进的琉璃瓦烧制工艺，日本宫殿焕然一新，变成了真正的皇宫，显得美轮美奂。

雄略天皇风流好色，将不少美女据为己有。他采取了不少强化权力的手段，也留下不少粗暴专横的逸话。相传，有一天雄略天皇在榉树下宴饮，不巧树叶落到酒杯之中，那位手捧酒杯的宫女差一点被砍了头。

他曾许诺要同三轮川上的洗衣少女赤猪子结婚，说完之后就忘得一干二净，害得这位姑娘空等80年。姑娘已经变成九十老妪时，备上礼物求见天皇，以表明心志与节操。雄略天皇感慨万千地与赤猪子相互咏唱和歌，表达出自己的悔恨与钦佩之情，而赤猪子则抒发了为神献身的情操。她那时也羡慕那些如花似玉的少女，但对自己的一生却毫不后悔。

这仅仅是传说，历史上的雄略天皇只活了61岁。

雄略天皇的御制歌是一首求婚歌，雄浑朴实，象征着万叶时代的开幕，跳跃着青春的律动。大和原野上，春风骀荡，这首求婚歌充满着田园牧歌情调，在浅山冈上回荡。

大阪大学教授犬养孝[1]对雄略天皇邂逅挖野菜姑娘的山冈做了一番描绘："当年淑女采摘野菜的山丘，就在现在近畿铁道北侧的天之森一带。这里有山有水，荒凉静穆的浅山冈如今已被开辟为梯田，种着水稻、柿树与栗树，一派普普通通的田园风光"[2]。

一位窈窕淑女在春风乍起的早春时节，来到山冈之上采摘野菜嫩芽，用木镘挖掘散发着春天气息的泥土，不可一世的雄略天

1　犬养孝（1907—1998），日本文学研究者（万叶学者）。大阪大学、甲南女子大学名誉教授。文化功劳者。日本高冈市万叶历史馆名誉馆长。"日本万叶研究第一人"，终生致力于对《万叶集》中出现的1200个土地进行调查、走访、研究。其著作多与"万叶"研究相关，如有《明日香风》《万叶的风土》《万叶之旅》等。——编者注

2　犬养孝.万叶之旅（上）（『万葉の旅』上）[M].东京：现代教养文库，1925：24.

皇与她不期而遇。天皇为她的美貌与绰约风姿所倾倒，立即向她求婚。歌中天皇向姑娘询问姓名与家世，就是求婚的表示。

古代日本人崇拜山川草木等自然风物，还信仰"言灵"，即语言有灵魂、有生命。吉祥的语言会带来好结果，恶语会招致不幸。人们普遍认为，语言与人类本身一样具有灵魂，能左右人的命运。人的姓名之中，更是包含有本人的灵魂。特别是女性，有人向她询问姓名，就意味着向她求婚。如果她回答出自己的名字，就是对求婚的许诺。

雄略天皇宛如歌剧中的主人公独唱了一曲咏叹调，而被询问的姑娘却吓得一言不发，惶惑而羞涩。但这位姑娘并非普通的村姑，而是当地豪族的千金，或是当地神灵之女，这位贵族小姐挖野菜也绝非为了度过春荒。当时的人们相信，采摘早春时节野菜的嫩芽，食用后能消灾除病，挖野菜是一种祈福消灾的风俗。直到今天，日本人仍然喜欢食用加入春天的 7 种野菜熬成的稀粥。

这首和歌还没有发展为成熟的五七调定型诗，而是使用了三言、四言、五言和六言的句式，是一首古老、朴实、活泼而风格自由的歌谣。雄略天皇怀着搜求美人的愿望与姑娘搭话，并向她炫耀自己的显赫地位，这并非一种两心相悦的平等恋爱。雄略天皇因为遇见心仪的姑娘而兴奋无比，全歌一气呵成，毫无扭捏作态之辞，并且充满了咄咄逼人的命令语气。

雄略天皇的这首求婚歌并非万叶时代最早的和歌，为什么大伴家持要将其放在《万叶集》卷首呢？这是因为家持在模仿孔子整理的《诗经》的编辑方法。

《万叶集》的卷首歌与《诗经》卷首国风中的"周南"（汝水到江汉流域）的《关雎》一诗十分近似。《万叶集》与《诗经》的卷首歌中的女性都是那样美好，一个是在浅山冈上采野菜，一个是在清清流水之滨采摘荇菜，她们采野菜都不是一种单纯的生产劳动，而是一种风俗。可见在古代风俗方面中日两国有不少相似之处。

《万叶集》的编撰明显受到我国《诗经》的影响，特别是广采日本东国地方的民谣，与《诗经》收录十五国风的方针相同。

从《万叶集》与《诗经》的卷首歌来看，在遥远的文学起源的歌谣时代，中日两国的文学有很多共同点，这种现象在各国的早期文学中具有普遍意义。但是，处于"农耕文明圈"的中国与处于"海洋生存圈"的日本，后来的文学发展走上了各自不同的道路。

二 舒明天皇：登高望国土放歌

舒明天皇登香具山遥望国土时咏出之御制和歌

大和绵绵群山，更有神秀峰峦。

登我香具山，国土在眼前。

望原野，袅袅起炊烟。

望海疆，海鸥舞翩翩。

秋津岛，大和国，美景无限！

——舒明天皇　卷一——002

　　舒明天皇（593—641），第 34 代天皇，公元 629 年至公元 641 年在位，其皇宫是位于大和国（今奈良县）飞鸟地区的冈本宫。

　　推古天皇去世后，本来最有资格继承皇位的是圣德太子之子山背大兄王，但豪强苏我入鹿发兵攻打山背大兄王一族居住的斑鸠宫，逼他自杀身亡。在苏我入鹿的支持下，舒明天皇登基。他的宫殿依然建在飞鸟板盖宫遗址之上，后来这里先后建起过天武天皇与持统天皇的净御原宫。

　　飞鸟地区位于奈良盆地南部，飞鸟川在此潺潺流过，从第 33 代推古天皇起，公元 6 世纪末到公元 7 世纪前半叶，几十年间这里一直是日本的政治中心。这段历史时代被称为"飞鸟时代"，日本社会开始成熟，迎来飞鸟文化之春。来自中国的文化经由朝鲜半岛传到日本，佛教也开始普及，日本有了户籍制度和赋税制度。6世纪末，在此建起了日本最早的寺院飞鸟寺。

香具山是著名的大和三山之一，位于奈良盆地南部。北面是耳成山（海拔140米），东面是香具山（海拔152米），西面是亩傍山（海拔199米）。

古代神话说，香具山与耳成山是男性，而亩傍山是女性，两位男士为争夺异性的芳心而争吵不休。最后，来自"出云国"（今岛根县）的阿菩大神出面劝解，才平息了这场纠纷。《播磨国风土记》中的神话故事说，阿菩大神不远千里，从出云国赶来劝架。香具山与耳成山听说有天神前来过问这场争妻纠纷，一路风尘仆仆，已经赶到了播磨国（今兵库县），便连忙停止了争执。

《万叶集》卷一中的013—014，是天智天皇写下的长歌并短歌，描述香具山与耳成山争夺妻子的传说。其实，天智天皇创作这组和歌时，内心中浮现出来的是他和弟弟天武天皇争夺额田王的往事。他作为这场三角恋爱的胜利者，写出了这一组长歌和短歌。

后来，第41代天皇持统天皇到第43代天皇元明天皇都曾在大和三山之间建都，盖起了藤原宫，因此这里被称作藤原京。

元明天皇迁都奈良，日本从大和朝廷跨入奈良时代。国都从奈良盆地南面的飞鸟地区一路向北，迁到奈良市内。奈良盆地面积不大，迁都的路途不远，无须劳民伤财。如今，藤原京的宫殿早不存在，只留下一片遗址，从这里发掘出了大极殿、朝堂院等建筑的地基，在这里还找到了许多可以辨认出字迹来的竹木简。人们来到这里，不禁要发思古之幽情，感慨人世间的沧桑巨变。

据《古事记》下卷记载，第16代天皇仁德天皇登高远望，不见炊烟，便知民众生活贫困，便免除了这一带农民三年赋税与徭役。从此，天皇登高望远便成了一项政治活动与仪式，也成了一项风俗活动。《肥前国风土记》[1]记载着当地杵岛山的风俗活动："每岁春秋之际，携手登高远望，乐饮歌舞，曲尽而归。""肥前国"是今天日本九州地区佐贺县与长崎县的一部分，可见早在奈良时代，每逢春秋登高远望已经是一项普遍习俗。东京大学教授稻冈耕二指出："同志社大学教授土桥宽在《古代歌谣与礼仪研究》（岩波书店，1965 年）一书中说，春季登山的民俗，是预祝农业丰收的活动，具有咒术的意义。……从天皇的政治仪式到农民的预祝丰收的咒术活动，登高望远的习俗发生了质的改变。登山的两种目的相互融合，天皇登高望远也就渐渐变成了对自己统治之下国土的咒术祝福仪式了。"[2]

舒明天皇望见的"炊烟"和"海鸥"，正是国土之上的"地灵"与"水灵"的活动。他不禁发出声声赞叹，为这片国土上跃动着的巨大生命力而感动，祝福日本成为丰饶之国。

早稻田大学高松寿夫教授认为："《万叶集》是从舒明天皇（第 34 代天皇，公元 593—641）时代才真正拉开帷幕的。而比舒明天皇久远的仁德天皇（第 16 代天皇）、雄略天皇（第 21 代天皇）时代的作品明显皆是后人的伪托之作。因为尚无法考证出其前后时代所创作作品的年代。相反，从舒明天皇起，《万叶集》中所收录的作品，从年代上来看基本上都是连绵不断的。"[3]这个时代继承了圣德太子创建的推古朝文化与政治遗产，模仿中国隋唐时代的中央集权国家体制，同时开始探索和追求与之相应的新的宫廷文化。

1　《肥前国风土记》是于奈良时代初期编纂的风土记。题中所言"肥前国"为现在的佐贺县、长崎县一带。——编者注

2　稻冈耕二. 万叶的世界（『万葉の世界』）[M]. 东京：放送大学教育振兴会，1987：25—26.

3　高松寿夫. 万叶集入门 [M]. 东京：早稻田大学出版会，2003：12.

三 额田王：从"蒲生野"到"壬申之乱"

随天皇游猎蒲生野时，额田王所作和歌

紫野百草君挥手，禁地卫士岂不见？

——额田王 卷一—020

额田王（生卒不详）的一生在《日本书纪》中只留下寥寥数语："额田王为镜王之女，天武天皇之妻，生十市皇女。《万叶集》收有额田王之和歌 12 首。"

镜王有两个美丽的女儿，姐姐镜王女和妹妹额田王。她们十四五岁时被选入天皇的飞鸟宫参加祭祀活动。额田王是一个才华横溢、情感丰富的人。

根据古代日本婚恋习俗，青年男女在"歌垣"相识，围绕篝火唱歌跳舞表达爱意，若是两情相悦，便可双双携手躲进密林深处。就这样，额田王成了齐明天皇（女皇）的二儿子、大海人皇子（后来的天武天皇）的妃子。

公元 661 年，额田王跟随第 37 代天皇，60 多岁的齐明天皇率领船队远赴筑紫（九州），企图介入朝鲜半岛的内乱。当时的朝鲜半岛分成三个国家：高句丽、新罗、百济。新罗与中国唐朝联手，大兵向南推进，直逼百济王国。百济国王只好向日本求援。齐明天皇决定发兵征讨新罗，救援百济。农历一月六日，齐明天皇率 27000 名士兵从大阪湾出发，一月十四日到达四国岛松山。

熟田津上待皓月，扬帆起航潮正涨。

熟田津位于今四国岛爱媛县松山市附近的三津滨海岸，是当年齐明天皇的"石汤行宫"所在地。"石汤"，岩石之间冒出温泉之意。

由于满月对海水的吸引力，晚上9点左右会出现满潮。只等齐明天皇一声令下，额田王就会站在船头，向庞大的船队下达出发的号令。农历一月十四日，船队在这里等待满月满潮的时刻，浩浩荡荡的船队能借助潮水重新起航。额田王的这首和歌就是在这种战前的紧张气氛中写出来的。万叶时代的人们认为，女性具有非常神秘的力量，众神都会附体在女人身上。因此当时每条战船上都载有身份高贵的女性，她们的作用相当于女巫，或是萨满。这首和歌属于祈求航海安全的作品，那一年额田王大约26岁。

可是，齐明天皇不久病死于九州，额田王护送灵柩回到大和。公元663年，齐明天皇之子中大兄皇子率领的日本军队渡海作战，在朝鲜的白村江（现韩国西南部的锦江）决战中彻底失败，日本与百济的联军败给了强大的唐朝与新罗的联军。当时的中国正处于唐高宗与武则天皇后的盛世，国力强盛。

额田王从九州护送齐明天皇灵柩回京后，发现丈夫大海人皇子的另一位妃子生下了一个男孩，心中十分不悦，决心投入曾多次向她示爱的皇太子的怀抱。皇太子中大兄皇子是自己丈夫的哥哥。齐明天皇去世后，这位率兵在朝鲜半岛吃了败仗的中大兄皇子在近江大津宫即位，成为第38代天皇天智天皇。天智天皇曾在海边咏过一首气势雄大的和歌，十分有名：海天之上，浮动着大片大片的白云，就像是一面面巨大的旗帜。你看，嫣红的夕照从云缝中挥洒下来（卷一——015）。

有一次，天智天皇外出巡游，额田王写了一首思念夫君的和歌，历来脍炙人口：

苦候君来心眷恋，珠帘微动起秋风。

——额田王　卷四—488

我满怀思恋之情，苦苦等候，却不见你的身影。啊，有人掀动门上的珠帘，是夫君回来了吗？哦，原来是秋风乍起，吹得珠帘轻轻晃动而已。隔帘望去，外面不见一个人影，多么令人失望。平淡的语句之中，透露出作者焦灼地盼望夫君归来的心情。

额田王虽然一生有过三次婚姻，但从这首歌来看，她始终是一位感情充沛的多情女子。

天智天皇膝下有一位地位低下的宫女所生的大友皇子，他娶了叔叔大海人皇子与额田王所生的十市皇女。大海人皇子虽然身边美女如云，却对已经成为自己嫂子的额田王久久不能忘情。

五月五日是皇室成员狩猎和采集药草的日子，男人们要到琵琶湖东岸的蒲生野（今滋贺县八日市一带）去猎获鹿茸，女人们也要一同前去，采集作为草药的紫草。紫草的根既是染料，也是药材。此刻，大海人皇子偷偷跟在皇室队列后面，也来到这里。额田王发现他居然敢在远处挥动衣袖，向她招手。在万叶时代，"人们认为，疾病与死亡等现象，都是灵魂游离的结果。挥衣袖，是招魂与求爱的动作，向对方挥衣袖，就是祈求对方的灵魂回到自己身边"[1]。

额田王想不到前夫竟然胆大包天，一路紧跟，跑到这里来了，十分担心他被人发现，连忙让宫女将本节开头的和歌送了过去。大海人皇子不但没有胆怯地逃走，还立即回咏和歌一首：

1　樱井满监修.万叶常识事典 [M]// 古代的灵魂观（『万葉を知る事典』[M]// 古代の霊魂観）.东京：东京堂，2003：194—195.

紫草炫目天地广，心恋阿妹无怨言。

——大海人皇子　卷一——021

他堂堂正正地唱出了自己的心声：你就像紫草一样绚丽夺目，如今虽然嫁为人妇，我依然对你情深意笃，心中为爱而焦灼不安，我对你没有丝毫怨恨。

"挥手招魂"，还有卷一·一中提到的"言灵"，都是日本古代原始信仰之一。原始信仰来源于对大自然日月星辰、江河湖海、雷电风雨、草木百花的崇拜，还有相信灵魂不灭的萨满教，然后加上对祖先神、氏族神、国祖神的崇拜。以上这一切都植根于《古事记》的神话传说，后来形成了日本独特的民族宗教神道。万叶早期的大和时代，已经出现了举行神道仪式的较为完善的神社建筑。万叶时代的6世纪中叶，佛教传入日本，其部分宗教仪式融入神道，促使神道更加成熟。

天智天皇死后，其子大友皇子即位，成为第39代天皇弘文天皇。不久，他与叔父，也是他的岳父大海人皇子之间爆发了战争。弘文天皇战败自杀，大海人皇子登上天皇宝座，成为天武天皇。犬养孝教授是这样来描写这场战乱的：

　　大化改新之后，围绕着皇位继承问题，爆发了壬申之乱。

　　公元671年，天智天皇患病，情况危笃，已经到了无法康复的地步。十月十七日，天皇将身为皇太子的弟弟，大海人皇子叫到枕边，说道："朕想将皇位让给你。"其实，他心里正在酝酿着一场阴谋：杀掉大海人皇子，将皇位传给儿子大友皇子。

　　弟弟看透了他内心的阴谋，说道："吾身体欠佳。兄长不是有一位能干的好皇后，还有一位好儿子吗？由

13

他们来执政再好不过了。我要出家为僧，进入吉野山中，为兄长的国运昌盛而祈祷。"说罢便当场剃了头。大海人皇子披上从兄长手中接过来的袈裟，十月十九日离开近江，二十日进入吉野山。大海人皇子离开都城那天，左大臣、右大臣为他送行，一直送到宇治川。他们以送行为借口，其实是要确认一下大海人皇子是否真的进到吉野山中了。这件事在《日本书纪》中是这样评价的："为虎添翼，放之。"

十一月二十四日，近江的大津宫里出了一件大事，大藏省的仓库失火了。于是，二十九日那天，天智天皇传来大友皇子，以及左大臣、右大臣，说道："你叔父进了吉野山，这是一件凶多吉少之事。无论发生什么情况，你们都要挺得住啊。"并让他们发下誓言。十二月三日，天智天皇终于咽气。于是，大友皇子成了弘文天皇，但也有人说，大友皇子尚未登基就自杀了。

就这样，到了公元 672 年壬申年的六月二十四日，一忍再忍的大海人皇子终于从吉野起兵，二十五日开进铃鹿山脉，二十六日到达桑名，二十七日在今天的关原建起大本营，开始进攻近江。总指挥是大海人皇子的儿子高市皇子。军乐队咚咚咚咚地擂响了战鼓，吹起笛子，朝着近江一路进攻。七月二十三日，近江之敌被全歼。在濑田川一带展开了最后一战，渡过濑田川时就像《日本书纪》中记载的那样"尘埃连天"，大军扬起的尘埃让天空变成了黑色。近江朝廷的军队一路败逃。弘文天皇进退两难，在长等山的山前自缢身亡。

大海人皇子九月十五日回到飞鸟，当年十二月，在飞鸟净御原宫即位，号称天武天皇。他只用了一个月便统一了天下。[1]

天武天皇与额田王所生的十市皇女，在丈夫弘文天皇兵败自杀之后回到了父母身边，住在飞鸟地区的明日香清御原宫。六七年之后的一个夏天，十市皇女正准备前往伊势神宫参拜皇室祖先天照大神时，突然身患重病而逝世于宫中。

乱世佳人额田王一次次被命运捉弄，在新天皇也就是自己的前夫大海人皇子、后来的天武天皇当政的时代，她的行踪却突然扑朔迷离，不知去向，史书上再无有关她的只言片语。

天武天皇驾崩后，他的皇后鸬野赞良成了第 41 代天皇，即持统天皇。

有人说，额田王 60 多岁时还跟随持统天皇行幸吉野。梅原猛[2]教授根据奈良县樱井市栗原寺中"三重塔伏钵"上的铭文得出结论：额田王在战乱后与贵族藤原大岛再婚，活到了 80 岁高龄。栗原寺是按照藤原大岛的发愿而修建的，他没有看到寺院的落成就去世了。额田王在伏钵的铭文中写道："愿大岛大夫必得佛果，愿天下苍生必成正觉。"[3]

1　犬养孝.万叶集的歌人们（『万葉の人々』）[M].东京：新潮文库，1983：96—100.
2　梅原猛（1925—2019），日本哲学家。除哲学外，其学说亦有涉猎日本宗教、历史、文学及传统艺能等领域，有"梅原日本学"之称。——编者注
3　辻正英.怦然心动的历史散步（『ときめき歴史散歩』）[N]// 额田王.东京：读卖新闻，2002 年 9 月 19 日.

四　山上忆良：遣唐使的望乡歌

山上忆良旅居大唐时，怀念故乡而作和歌

大伴港，青松翘首望，日本儿郎早还乡。

——山上忆良　卷——063

山上忆良（660—733），万叶时代著名歌人，曾作为遣唐使的一员来到他憧憬的文明中心长安，一住就是两年，这使他高深的汉学修养更加炉火纯青。特别是中国的"文章乃经国盛事"的文艺观对他产生了很大的影响，使他成为一个具有社会责任感、关心民间疾苦的现实主义诗人，在万叶时代独放异彩。

山上忆良还编撰过一部和歌集《类聚歌林》（今不传），作为教材为皇太子（后来的圣武天皇）讲授古今和歌的创作背景与技巧。其编撰方法模仿中国唐代武德七年（624年）由欧阳询、令狐德棻等人依照儒家正统学说编撰而成的《艺文类聚》，其中收录了唐代以前的许多诗文歌赋，以及天文、地理、政治、道德、四季、气象等内容。《艺文类聚》全书共一百卷，是唐代的四大类书之一。

文武天皇大宝元年（701年），42岁的忆良还是一介布衣，无官无职，却因精于汉学而被任命为第8次遣唐大使粟田真人身边的少录（随员兼书记官）。这批遣唐使共160人，大宝二年（702年）六月二十九日，他们分乘5艘木船从九州出发，在中国楚州盐城（今江苏盐城）登陆。当时的中国处于武则天女皇统治的晚期，山上忆良于文武天皇庆云元年（704 年）秋七月回到日本。

此歌是遣唐使们临近回国，兴奋喜悦又焦急不安时，山上忆良唱出的共同心声。他将这首和歌对着大家吟咏出来，心情激动，声音颤抖。遣唐使们眷恋着祖国，常隔海远望故乡，大伴港海滨的青松就像是自己的亲人，仿佛在向自己频频招手。大伴港一带曾是大伴氏的领地，那里有碧海蓝天与耀眼的白沙滩、青松装点着的美丽的三津海岸，遣唐使船大多从这里起航。

山上忆良原是朝鲜半岛百济人，公元 663 年，百济与日本的军队被唐王朝和新罗联军打败，大批百济名门望族逃亡日本。年仅 3 岁的忆良也随父母来到了日本，作为流亡者，他自幼饱尝人生悲苦与贫困。青壮年时期如饥似渴地学习，常替人抄写佛经来糊口。他的著名长歌《贫穷问答之歌》，在两位贫士的问答之中，生动地描写了凄风冷雨之中父母妻子啼饥号寒的生动场景：

风雨交加夜茫茫，冷雨霏霏白雪扬。

寒气彻骨苦无计，且将坚盐[1]口中尝。

无奈啜饮糟汤酒[2]，咳嗽难忍涕泗淌。

手持短须夸矜持，自命不凡好儿郎。

低头回顾叹寒舍，粗麻被褥裹身上。

坎肩冷硬亦充数，重重叠叠寒难挡。

世间尚有更穷人，凄凉光景何恓惶。

啼饥号寒父母悲，妻子哭啼痛断肠。

此情此景不忍看，哪有良策度时光。

天地虽广路难行，崎岖山路似羊肠。

日月朗朗吾家暗，为何只照金玉堂。

---

1 坚盐：纯度很低的粗盐，色黑块硬。
2 糟汤酒：将过滤出来的酒糟加水，便成了糟汤酒。

世人皆悲岁月寒，唯我时乖最遭殃？

有幸生为世上人，五根齐全[1]愧难当。

海松[2]充填成褴褛，坎肩无棉透风霜。

屋檐低矮如伏地，室内狭窄暗无光。

父母上方卧稻草，下方妻子挤光床。

全家围坐空叹息，炉灶无烟早冰凉。

如何炊饭早忘却，甑子结满蜘蛛网。

哀哀鵺怪[3]空中啼，闻之魂魄散四方。

里长[4]持鞭门前吼，短材截端[5]无天良。

怒吼声声传屋内，胆战心惊实恐慌。

人世道理何处有，哀哀无告心悲凉。

——山上忆良 卷五—892

　　这不但是作者早年生活的真实体验和回忆，也是对下层贫苦民众生活的敏锐观察。从主题的把握来看，《贫穷问答之歌》明显受到我国诗人陶渊明的作品《咏贫士》《乞食》等诗篇的影响。这篇长歌的后面还有一首"反歌"（附属于长歌之后的短歌）。"反歌"一词来源于我国《楚辞》中长篇诗歌之后的"乱曰"和《荀子·赋》等作品中的"反辞"。意思是对前面长歌的总结和概括，反复陈词，升华主题。

　　山上忆良的这首"反歌"抒发出作者对社会的强烈批判与悲愤忧郁的心情：

1　五根齐全：《涅槃经》载，为得开悟而必须的五种精神力量：信、勤、念、定、慧。

2　海松：绿色海藻的一种，可食用。这里指晾干后将其枝当充物缝进了坎肩。

3　鵺怪：猿首狸身、虎足蛇尾的怪鸟，日语称为"鵺、鹟（ぬえ）"，其啼声悲寂凄凉，十分恐怖。

4　里长：《户令》载，"凡户以五十户为里，每里置长一人。"

5　短材截端：日本古谚。谓弱者反而易受欺侮，损不足以奉有余。

人世茫茫，忧愧烦恼。

无计高飞，吾身非鸟。

——山上忆良　卷五—893

天地虽广，我却无处容身，心中无限忧愁，无限烦恼。在严酷的社会现实面前，自己的远大理想无法实现，多年来，山上忆良强压着满腹怀才不遇、壮志难酬的悲愤，唱出这首悲歌。在以描写恋情与风花雪月为主的和歌史上，这是不可多得的反映现实的杰作。

著名和歌诗人斋藤茂吉[1]教授指出："《论语》中，有'邦有道，贫且贱焉，耻也'。(《论语·泰伯第八》)魏文帝曹丕有诗云：'愿飞安得翼，欲济河无梁。'(《杂诗二首·其一》)我想展翅高飞，可惜没有翅膀。我想渡过黄河，却苦于找不到桥梁。山上忆良这首和歌的构思与灵感，显然是受到了《论语》以及曹丕《杂诗二首》等汉文典籍的影响。"[2]

回到日本之后，忆良年近50才成了家。10年之后，妻子却不幸病逝。漂泊了大半辈子的忆良对安定的家庭生活格外珍视，丧妻之痛可想而知。晚年任筑前守时，上司是统管九州的大宰帅大伴旅人，他的夫人也去世了。二人同是天涯宦游人，自然会同病相怜。大伴旅人的夫人生前每到初夏，喜欢在院中观赏楝花。如今花落人亡，好不凄凉。大伴旅人"长怀崩心之悲，独流断肠之泪"时，忆良作长歌《日本挽歌》及"反歌"5首相赠。旅人读到山上忆良的《日本挽歌》后十分感动地说："真是恰如其分地表达了我的心情。"由此可知，忆良是将自己多年来反复体味的亡妻之痛写进了作品，不由得引发了遭遇相同之人的深深共鸣。

5年后，忆良再次结婚，在九州大宰府任职时，已有了两个

1　斋藤茂吉（1882—1953），日本短歌诗人、随笔家、评论家。旧姓守谷，别号童马山房主人。他的创作被称作是近代短歌的高峰。主要代表作品有《赤光》《白山》《璞玉》等。——编者注

2　斋藤茂吉.万叶秀歌（上）（『万葉秀歌』上）[M]．东京：岩波书店，2006：185.

孩子。这位年迈的父亲对孩子们十分疼爱，写下了这样舐犊情深、真挚感人的和歌：

金银美玉何足惜，焉及骨肉小儿女。

——山上忆良　卷五—803

忆良生于经历了国家灭亡，举家流亡日本的难民家庭。全家人在海浪中颠簸，好几次在汹涌的海浪中度过了九死一生的危机，才终于到达日本。他从小就含辛茹苦，忍饥受寒，刻苦读书，留学大唐之后，对于年过半百才有了家室的山上忆良来说，金银财宝都不足称道，只有膝下的亲骨肉，才是人间至宝与至爱！

有一次，忆良出席大宰府的宴会时中途就想退席。上司大伴旅人的妹妹坂上郎女开玩笑地说："您是放心不下年轻的太太吗？"忆良立刻吟出一首和歌作为回答：

忆良此刻应告退，儿哭阿母盼我归。

——山上忆良　卷三—337

此歌用推测的语气描绘出家中妻儿盼望自己归家的情景，充分表现出山上忆良对妻子儿女牵肠挂肚的心情，博得宴会上的宾主一片喝彩。

忆良认为，和歌是感情的自然流露，但在形式上却不如汉诗那么讲究。没有平仄、押韵、对偶等规则，多少有些原始，野老村妇也能即兴吟出歌来。从内容上来看，和歌偏重于抒情与写景，缺乏社会性的感怀。他希望能将中国诗文的主题引入和歌，因此，忆良的作品常给人一个儒学之士的印象。这种崭新的文艺观使得上司大伴旅人与妹妹大伴坂上郎女大开眼界，为当时日本的和歌创作注入了新的血液。

以真情咏唱家庭生活为主题的和歌，在20世纪的大正、昭和年代的日本和歌界大行其道。可以说，一千多年前的山上忆良是现代和歌的先驱。

《万叶集》卷五—896的内容中，有山上忆良用汉文写下的《沉疴自哀文》。他73岁那年，饱受病痛折磨，面临死亡，悲从心来，写下了这篇汉文调的文章。回想自己自幼立志修善，不曾有过作恶之心，可谓是常闻"诸恶莫作，诸善奉行"之教诲而长大成人的。一辈子礼拜佛法三宝，每日诵经、忏悔、敬重百神。却不知犯了何罪，竟然遭此重疾折磨。头发斑白、四肢僵硬、关节疼痛，如折断羽翼之鸟，依杖而行。期盼着有良医出现，为他解除病痛……

年过不惑，出使大唐；年近古稀，出任国守。来到九州转眼也过了5年之久，忆良终于回到了日思夜念的京城奈良。晚年疾病的折磨，使他仍然抱有一腔壮志未酬的遗憾与悲凉之感。忆良病笃时，藤原朝臣八束、河边朝臣东人等老朋友来看望他，忆良不禁老泪纵横，口中吟道：

男儿岂能空蹉跎，不留身后万世名？

——山上忆良　卷六—978

这首和歌是与《沉疴自哀文》同年创作的，大约写于天平五年（733年）六月。大丈夫不能留下万世功名，空耗一生，怎能不感到无比遗憾呢。

客人走后不久，忆良便陷入昏迷之中。此刻他仿佛觉得有淡蓝色的海水抚摸着他的胸部。那是他出使大唐时看到的海浪呢？还是他3岁时遭遇国家灭亡、流亡日本途中所见的海上惊涛？忆良死于天平五年，终年73岁。临终时，他口中喃喃自语，说着谁也听不懂的语言。是中国话？还是百济语？总之，守候在他身边的人谁也听不明白。

卷二　相闻歌与挽歌

原著本卷收入和歌150首，前半是表达爱意的相闻歌，后半是抒发哀伤之情的挽歌，作者多为皇族和贵族。

一 大伯皇女·大津皇子：姐弟离别歌·挽歌

大津皇子窃下伊势神宫，返回之时大伯皇女作歌二首送别（其一）

深夜送弟归大和，晓来寒露湿衣裙。

——大伯皇女　卷二—105

大伯皇女（661—701），天武天皇之女，悲剧人物大津皇子的姐姐，母亲大田皇女和姨妈鸬野皇女（后来的持统天皇）都是天武天皇的妃子。姨妈鸬野皇女生下的草壁皇子被立为太子，因此被封为皇后。而大田皇女不幸早逝，留下一双儿女，那一年大伯皇女7岁，大津皇子年仅5岁。按规定，未婚的皇女才有资格入选"斋宫"。"斋宫"的职责是常驻伊势神宫祭祀天照大神，为皇室与天下祈祷国运昌盛。大伯皇女13岁时被任命为斋宫。《万叶集》中收有她为含冤死去的弟弟咏出的和歌6首。

"相闻"一词出自中国古典文学，指亲人、朋友、夫妻之间传书送信，相互怀念、赠答、问安的诗篇。商务印书馆《辞源》对"相闻"的解释是："互通信息。"《后汉书·隗嚣传》："自今以后，手书相闻，勿用傍人解构之言。"我国六朝文学的诗文集《文选》曾是万叶文人的通用教材，其中的"赠答"诗歌，对《万叶集》中的"相闻歌"影响较大。

《万叶集》中的"相闻歌"，除亲人朋友间的问候之外，更多的是抒发男女之间恋情的"相思歌"。《万叶集》中的"相闻歌"远比杂歌和挽歌多，共1750首，其中九成以上是"相思歌"。《万叶集》之后的《古今和歌集》等，不再使用"相闻歌"一词，而改称"恋歌"。

大伯皇女深夜里送别弟弟大津皇子，让他立即悄悄返回大和，不要让人知道他来伊势神宫见过姐姐。弟弟的身影早已消失在黑暗中了，她却依然呆呆地伫立在寒冷的秋夜中，久久不肯进屋。直到四五更天，凌晨的冷露沾湿了大伯皇女的衣裙，她却浑然不知，一心只是想着弟弟的安危。

斋藤茂吉在《万叶秀歌》一书中指出："歌中的'寒露'一词，最早的版本写作'鸡鸣露'。'鸡鸣'，即四更丑时，凌晨1点到3点之间。如果只读这首和歌，往往会让人误解这是一首情歌。离别之情写得是那样真切感人，全歌之中鸣响流淌着寂寞之情。"[1]

天武天皇去世后，大津皇子深知姨妈的野心与狠毒，预感到灾祸难逃，立即翻山越岭，秘密前往伊势神宫与唯一的亲人姐姐见面。但姐姐不敢让他久留，怕私自来到伊势的举动成为姨妈迫害弟弟的借口。姐弟分别时，两人都感到前途未卜，十分不安。大伯皇女送别弟弟时咏出前面的和歌后，接着又咏道：

姐弟结伴尚寂寥，送君独自越秋山。

——大伯皇女　卷二—106

夜色中的弯弯山路，更加险峻而可怕。这条黑暗的道路要将弟弟带向何方呢？我要是能陪同弟弟返回飞鸟京就好了。即便是两人同行，那无边的黑暗与阴森的树丛尚且让人感到格外寂寥，还会带来无限的恐怖。可是弟弟竟要独自一人，孤零零地走在暗

1　斋藤茂吉.万叶秀歌（上）（『万葉秀歌』上）[M].东京：岩波书店，2006：75.

黑的山路上，深秋之夜的寒意向他不断袭来。大伯皇女想到，自己的衣裙已经被冷露湿透了，那么，此刻走在山间小道上的弟弟，也一定是湿透了衣衫。冷露带来的阵阵寒意，预示着可怕的噩运，大伯皇女在冷风中不停地战栗。

大津皇子回到飞鸟京之后，朱鸟元年（686年）十月三日，那远比秋山寂寥更可怕的噩运，立即降到了大津皇子身上。

天武天皇第三皇子大津皇子文武双全，21岁时就参与朝政，他的存在对皇太子构成了严重威胁。因此，天武天皇去世后仅20余天，大津皇子就被指控犯有谋反罪，并立即被处死。而这次谋反事件的真相却无人知晓。据说，当时有位朝鲜新罗国的僧人行心给他看相时，说他有帝王之相，应成为天皇，怂恿他谋反，但此事却被天智天皇之子河岛皇子告密。总之，大津皇子成了权力斗争的牺牲品。而那位怂恿者僧人行心并未受到处罚，只不过被送到飞驒国（今岐阜县北部）的寺院去罢了。

大津皇子不但在和歌创作方面颇有成就，还被誉为日本汉诗之祖。这位多才多艺的小皇子曾与贵族少女石川郎女相爱。秋夜里，他曾在山间焦灼地等待恋人前来幽会：

苦候阿妹立山间，滴滴清露湿衣衫。

——大津皇子　卷二—107

大津皇子约石川郎女到山间幽会，这里有他的别墅，或是为了这场幽会专门建起的一个临时住所。本来，他完全可以在室内等候恋人的到来，却一片痴心，久久地伫立在秋山夜露之中，"滴滴清露"，给人凄清孤独与焦灼难忍之感，读到这首和歌，仿佛能听见沉甸甸的露珠吧嗒吧嗒地落在满地的枯叶之上。那一夜，他白白地苦等终宵，衣衫湿透。他不知道石川郎女为何爽约，心中一直忐忑不安。石川郎女未能前来赴约，事后十分抱歉地作和歌一首：

劳君候我衣湿透，愿化山林露一团。

——石川郎女　卷二—108

石川郎女是一位绝顶聪慧的女子。她读到大津皇子的这首充满懊恼之情与怨气的和歌后，立即心领神会，充分发挥自己的诗才，从"滴滴清露"一词中展开了爱的遐想：我愿化为一团晶莹的露珠，紧紧地贴在你温暖的身躯上。这是她的真情流露，还是花言巧语地露出一副媚态？这正是石川郎女的魅力所在，她明明知道错在自己，处于十分被动的立场，但石川郎女也是一位颇有心机、说话得体的才女，作出了这首立意和遣词用句都十分得体的和歌。她派人将这首道歉的和歌送到大津皇子身边时，也许会让他满腹的幽怨烟消云散，开颜一笑吧。

石川郎女曾是草壁皇子的恋人。那么，这场权力斗争又被抹上了三角恋爱的复杂色彩。

盘余池上野鸭叫，今日幽魂赴云端。

——大津皇子　卷三—416

旧历十月二日，大津皇子以谋反罪在京城被捕，第二天就被处死，年仅24岁。刑场设在奈良县矶城郡的盘余池边。本歌的序言中说，大津皇子临行之前，禁不住流出悲伤之泪。他望着深秋水池上鸣叫的一群野鸭，把人生最后的景象收入了眼底。这些野鸭是在为他鸣不平吗？

大津皇子被处刑的公元7世纪，来自中国的"黄泉"与佛经中的"地狱"一词，都在日本广为流传。在这首辞世歌中，大津皇子偏偏没有使用这两个词语，而是用"幽魂赴云端"，即"灵魂隐没于云层深处"来表达自己死后的去处。《古事记》神话中说，人的灵魂是白色的，人死之后，就会像《古事记》神话中的人物"日本武尊"一样，化作天鹅飞上云霄。

斋藤茂吉指出："大津皇子素来喜欢舞弄文笔，是日本汉诗创作的倡导者，日本历来有'诗赋之兴，自大津始'之说。"[1]

日本最早的汉诗集《怀风藻》中，收有大津皇子临刑前所作的一首五言诗：

> 金乌临西舍，鼓声催短命。
> 泉路无宾主，此夕谁家向？

"金乌"，中国古代神话中用来指太阳。"西舍"，西边的房舍，这里指西方。夕阳西下，行刑的时间到了，刑场上擂响了阵阵鼓声，恐怖得令人魄动心惊。"泉路"，即"黄泉路"。这位刑场上的主角虽然哀叹自己生命短暂，对人世十分留恋，却颇有几分从容不迫的气度。黄泉路上熙熙攘攘，谁是主人？谁是宾客？大家都是亡魂，没有宾主之分。今天，到了九泉之下，夜里我们该去谁家住宿呢？

《日本书纪》中说：

> 皇子大津，谋反发觉……赐死皇子大津于译语田舍。时年廿四。妃皇女山边，被发徒跣，奔赴殉焉。见者皆唏嘘。[2]

文中的"译语田舍"，即刑场所在地"盘余田野"，"译语"是万叶假名"盘余"的不同写法。"盘余"位于今天的奈良县樱井市。

---

1 斋藤茂吉.万叶秀歌（上）（『万葉秀歌』上）[M].东京：岩波书店，2006：152.
2 坂本太郎等校注.日本书纪（下）（『日本書紀』下）[M].东京：岩波书店，1978：487.

日本的史书《日本书纪》记载：皇子之妃山边皇女"被发"（披头散发），光着脚扑向刑场，为大津皇子殉死，见者皆欷歔不已。

这年冬天，26岁的姐姐被解除斋宫职务回到了奈良。翌年春，大津皇子的遗体移葬葛城二上山的雄岳之上。那位杀害他的姨妈日夜忐忑不安，为了让冤魂安息不再作祟，特意下令隆重地举行大津皇子移葬二上山的仪式。从飞鸟京往西望去，夕阳每天都会从二上山的雄岳与雌岳之间缓缓落下。这时，佛教传入日本已经半个多世纪了，奈良时代的人们将二上山雄岳与雌岳之间的山口看成"死亡之门"，太阳每天落在两座山峰背后，安然地死去。人们希望大津皇子从这里一路往生，前往极乐净土。

第二天凌晨，在二上山死去的太阳会重新复活。三重县伊势湾二见浦的海面上，有一大一小两座礁石，人们叫它们"夫妇岩"，这就是"苏生之门"。太阳会每天从雌雄两座礁石之间冉冉升起，光明与温暖重回大地。太阳重生了，但愿大津皇子也能重新获得生命。

大伯皇女参加弟弟的葬礼时，目睹路旁盛开的大串大串的马醉木（椋木）白花时，满怀悲痛。我多么想折上一枝洁白美丽的马醉木花让你看看，春天又来到了人间！可你却早已不在人世了。

草壁皇子还不曾登基就夭折了。"人算不如天算"，母亲鸬野皇后盼儿子君临天下的一番苦心算是白费了。母亲只好自己称皇，号称持统天皇。她是一位心机颇深、泼辣干练的女人，热心政事，把政权牢牢掌握在自己手中。持统天皇又是一位沉着细致、一心推行新政的女皇，在日本史上做出了贡献。

持统天皇于公元694年离开飞鸟宫，迁到大和三山之间的藤原宫。她在位11年后，将皇位让给了孙儿，即草壁皇子的儿子"珂瑠"，史称文武天皇，可是这位天皇25岁就夭折了。他的母亲，即草壁皇子的遗孀成了女皇元明天皇。从此，日本的首都从奈良盆地南面的飞鸟京、藤原京一路向北，迁到平城京，即今天的奈良市。

二 柿本人麻吕：临刑前的离别歌

柿本人麻吕离开石见国告别妻子赴京时咏出长歌并短歌

石见高角山林密，吾挥衣袖妻难见。

——柿本人麻吕 卷二—132

　　柿本人麻吕，生卒年不详，万叶时代最有代表性的歌人，人称歌圣，活跃于天武天皇、女皇持统天皇、文武天皇三个朝代。他担任宫廷歌人专为朝廷唱赞歌，跟随天皇出游即兴作歌记事抒情，为盛大庆典写贺歌，也为天皇或皇族之死写挽歌。除此之外，柿本人麻吕还留下了许多抒发个人情感的和歌。

　　当时，贵族之间流行汉诗创作，日本人用艰深的汉语写诗，难度很大，无法充分直抒胸臆。到了人麻吕的时代，从统治阶级到民间都兴起了用日语创作和歌的风潮。一个民族的觉醒与成熟，必然带来民族文化的高涨，这正是《万叶集》诞生的历史文化背景。

　　《万叶集》4500余首作品中，柿本人麻吕的作品有长歌20首、短歌71首。另外，相传在古代还存在过一部成为大伴家持等人编撰《万叶集》的原始材料的《柿本人麻吕歌集》，据说其中共收入有370首和歌。这些和歌是否都是人麻吕所作呢？这一点从江户时代起就有争议，但学术界公认，其中的确有不少是人麻吕的作品，更多的则是他收集整理的民谣。

　　这里所选的两首"短歌"都是附于长歌之后的反歌。

人麻吕的妻子伊罗娘子伴随丈夫在"石见国"的高角山度过了最后的流放岁月。"石见国"，远离京城两千多里，位于山阴地方的岛根县西部。临别时，山高林密，妻子无法看见丈夫依依不舍地不断向她挥舞衣袖，作最后的告别。过去对这首和歌的解释是人麻吕前往京城出差时写下的离别歌。

斋藤茂吉解释道："这是人麻吕告别妻子，从石见国远赴京城时咏出的和歌。……这首和歌声调如水波流动，不但是铿锵有力，而且对妻子充满了浓厚的感情。"[1]

梅原猛教授认为，这首和歌是人麻吕因得罪了持统天皇，流放石见国之后，持统天皇派人到此将他抓走，扔进大海，是人麻吕在临刑之前的绝唱。按照梅原猛教授的说法来理解这首和歌的写作背景与动机，读来更加令人痛断肝肠。

柿本人麻吕的身份、官职皆不详，据说担任过皇子身边的舍人（皇族的近侍）、宫中下级官吏，晚年出任"石见国"的地方官，殁于任上。他一生成果辉煌，却留下了无数谜团。

至今不少学者认为，柿本人麻吕之死，原因和地点都不详，尚无定说。梅原猛得出的关于柿本人麻吕之死的结论，只是一家之言罢了。

斋藤茂吉则认为："江户时代的《万叶集》研究家贺茂真渊认为，柿本人麻吕死于和铜三年（710 年）前后，我则认为，他也许是死于庆云四年（707 年）前后石见国流行病猖獗的时候。当然这只是我的想象，比贺茂真渊说的和铜三年早死了几年，我认为柿本人麻吕那一年大约 45 岁。"[2]

1　斋藤茂吉 . 万叶秀歌（上）（『万叶秀歌』上）[M]. 东京：岩波书店，2006：81.
2　斋藤茂吉 . 万叶秀歌（上）（『万叶秀歌』上）[M]. 东京：岩波书店，2006：110.

而昭和女子大学教授、和歌诗人、近代短歌史研究家木俣修在《万叶集：时代与作品》一书中这样写道："人麻吕什么时候死于何处？关于这件事有各种各样的不同见解。有人说他死于庆云四年（707 年）流行病肆虐的时期，也有人说他死于和铜初年，迁都奈良之后的公元 710 年稍后。有人说他死在石见国，也有人说他死在大和国的葛城连山之中。总而言之，关于他的死亡一事尚无定说。"[1] 木俣修的这本书初版于 1964 年，到 1985 年已经是第 50 次印刷，作为 NHK 广播电台《古典讲座》节目的教材，发行的数量很大，影响深远。

在这本教材连续再版期间，1973 年，梅原猛教授的鸿篇巨著《水底之歌：柿本人麻吕论》问世了，引起举世轰动。但木俣修等不少学者却并未采信梅原猛的学说。

梅原猛教授详细论证了人麻吕的生与死，提出了发聋振聩的新结论：人麻吕因得罪了持统天皇，遭流放后被处死。这部上下两卷的煌煌大作共 700 页，在学术界引起了轩然大波，获得第一届大佛次郎奖。

笔者认为，梅原猛教授的这部著作对柿本人麻吕的死因论述得有理有据，证据链丝丝入扣，合情合理。他得出的柿本人麻吕先遭流放后被处刑的结论，是迄今为止唯一能让人信服的系统而完整的说法。

追溯到 1945 年，梅原猛 20 岁时读到《万叶集》卷二中人麻吕之妻伊罗娘子失去丈夫时所作和歌两首时，心生疑窦：

日日盼君终不返，尸沉水底伴贝眠。

——伊罗娘子 卷二—224

---

1 木俣修.万叶集：时代与作品（『万葉集——時代と作品』）[M].东京：日本放送协会，1985：111.

伊罗娘子日日盼望丈夫归来，却一直不见踪影。她后来听说人麻吕已经遇害，被抛进海中，陈尸水底。伊罗娘子不知到何处才能找到丈夫的尸骸，她只能痛心地想象，丈夫的遗体一定是在冰冷的海底，混在贝壳与水草之中。

无缘见君觅踪影，已化石川天上云。

——伊罗娘子　卷二—225

伊罗娘子见不到丈夫的面容，四处寻觅丈夫的踪影。她四顾茫然，不知该向何处去？走投无路的伊罗娘子梦游般地晃晃悠悠，走来走去，珠泪抛洒，放声哭号，不知不觉来到石川河畔，抬头看见天上飘过了几缕白云。她宁愿相信，丈夫已经化作石川上空的一抹云彩，飘然而去。

当年梅原猛只是京都大学哲学系的一名学生。伊罗娘子的这一组悼亡歌让他久久难以释怀。于是，梅原猛以这一组和歌为契机，经过将近30年的苦心研究，终于揭开了柿本人麻吕的死亡之谜。他得出结论，持统天皇下令处死柿本人麻吕，公元708年三月十八日，柿本人麻吕被拖上小船，脖子上绑上石头被沉到了海底，享年64岁。

梅原猛根据的史实如下：

公元690年，46岁的人麻吕担任了第40代天皇天武天皇的宫廷歌人。当时天武天皇已经年迈，疾病缠身，实权掌握在鸬野皇后手中。天武天皇去世后，鸬野皇后立即以谋反罪诛杀了自己的外甥大津皇子，目的是想将皇位传给自己的亲生儿子草壁皇子。草壁皇子夭折后，鸬野皇后只好自己登基，成了第41代天皇持统天皇。

天武天皇和持统天皇都十分器重人麻吕，希望将日本建成不亚于唐帝国那样的文化之国。日本从唐朝学来了都城建设的"条坊制"布局与建筑样式，还希望和歌也能与汉诗一样具有艺术魅力。人麻吕的才华使他们十分欣慰，持统天皇一生中一共行幸吉野33回，每次都带着宫廷诗人柿本人麻吕。

公元697年，持统天皇执政7年后终于将皇位传给了孙子文武天皇（683—707）。但年轻的文武天皇的身边还存在着一个很大的威胁，那就是天武天皇的长子高市皇子（654—696）。他曾在壬申之乱中辅佐父皇立下赫赫战功，并在持统朝中担任太政大臣。高市皇子是文武天皇的伯父，武功盖世，威望如雷贯耳，他自然成了持统想传位于孙儿珂瑠的巨大障碍。

有一天，高市皇子突然死去了，有人猜测是死于谋杀。柿本人麻吕对他的死十分悲痛，写下了《万叶集》中最长的长歌来哀悼他。即《高市皇子灵柩暂厝于城上殡宫时，柿本人麻吕作长歌一首并短歌二首》（卷二—199—202），歌中追述了高市皇子的不朽战功及出色的政绩，他那神一般的功绩，万代不灭，永世供人瞻仰。

高市皇子死后的第二年，15岁的文武天皇即位。

柿本人麻吕悼念高市皇子的长歌自然令持统天皇十分不快，认为他是在公然向自己的权威与皇权的合法性挑战。公元701年，柿本人麻吕获罪被流放到石见国的高津（今岛根县益田市）。

人麻吕的和歌中还有以下几首，展现了不同的风格。

这是他27岁那年站在琵琶湖畔追忆在壬申之乱的战火中化为灰烬的大津宫的作品。他悲伤地想起天智天皇时代的繁华，无数的前朝旧事。

志贺岸边波光碎，不见官人摇船归。

——柿本人麻吕　卷一—030

近江朝的首都位于琵琶湖畔西岸的大津市南滋贺町一带，由此向南延展，西面直达比叡山的山麓，东边紧紧挨着浩渺的湖水。"志贺"是琵琶湖边的一处地名，天智天皇的大津宫曾经伫立在琵琶湖畔的志贺一带，这里被称为"志贺都"。

如今，湖畔志贺岸边的风景依旧，一派"国破山河在，城春草木深"的景象。但当年的大津宫却早就不见了踪影，只剩下一大片蔓草荒烟。过去常常会有宫人摇船，陪伴着天皇一家在这里乘船游玩。志贺岸边的辛崎港口，依旧在等待着御船在金光闪耀的波浪之上，缓缓停靠过来。可是这一切都烟消云散，这景象只不过是诗人眼中的幻影罢了。

淡海夕波鸣千鸟，落漠情怀忆前朝。

——柿本人麻吕　卷三—266

歌中的"淡海"，是日本最大的湖泊，面积 670 平方公里的琵琶湖，位于今天的滋贺县。它的水质是淡水，却像大海一样宽阔，因此自古以来琵琶湖也叫"淡海"。眼下，被夕阳的余晖染得嫣红的万顷波涛，在风中不停地轻轻摇动。成群的"千鸟"在黄昏夕照的波浪之上和湖畔翩翩飞舞，发出阵阵喧闹的鸣叫。它们是在欢快地觅食，但在诗人耳中，这些水鸟的啼鸣就如同哀悼前朝的挽歌，让人心绪落寞、萎靡不振，不由得想起早就随风消逝的天智天皇朝代的那些好时光。

"千鸟"是日语词汇，指一种体型较小的水鸟，在我国叫"白鸻（héng）"。无数的千鸟常常成群结队地在海滨和湖畔飞舞。"千鸟"十分形象地传达出了它们给人的视觉意象，这个词汇一直使用至今，在《俳句岁时记》中，属于冬天的季语。

到了后世镰仓时代，藤原定家选编的《小仓百人一首》（1235年）的卷头歌是天智天皇的悯农诗，当年的宫殿位于琵琶湖畔的大津一带，后毁于战火。为了纪念天智天皇的近江王朝，在这里建起了"近江神宫"。如今，每年七月下旬最后一周的周五、周六、周日3天，要在这里举行全国的"百人一首竞技歌牌大赛"，来自全国各都道府县获得优胜的代表队都会前来参加总决赛。这场盛大的赛事被看成与甲子园的高中棒球赛一样激动人心的活动。

文武天皇时代，晚年的人麻吕曾被流放到赞岐（今香川县）的狭岑岛。交通不便，航海旅行更是艰难，旅途中充满了艰辛和危险，特别是要渡过洋流湍急的濑户内海到远在天边的四国岛去，行人往往有去无回，葬身鱼腹。人麻吕独自在地老天荒的偏僻异地，好容易熬到刑期已满，再次由西向东，乘船渡过濑户内海汹涌的波涛，前往大和平原。人麻吕思家心切，归心似箭，站在船头，从明石海峡上，就可以远远望见大和国的群山浮现在水天相连的远处。马上就可以回家，这让他惊喜万分，不禁吟出：

云山渺渺水迢迢，天边喜见大和岛。

——柿本人麻吕　卷三—255

可是，人麻吕的第二次流放，则是到了更加遥远的山阴地方，无法再次得到赦免，毫无希望回到故乡大和。柿本人麻吕在晚春季节被人无情地捆绑起来，抛进了冰冷的日本海。

他那一颗诗魂，在水底不停地吟唱，诉说心中的冤屈。今天，人们伫立在岛根县益田市的海边，从那涛声与海风中，依稀还能听见人麻吕的歌声。

三　有间皇子：死囚犯的自伤歌

有间皇子悲叹自身命运，作歌两首系于松枝之上

岩代滨松系诗笺，苍天佑我得生还？

——有间皇子　卷二—141

居家箪笥盛美食，旅途苦楮托饭团。

——有间皇子　卷二—142

有间皇子（640—658），第 36 代天皇孝德天皇之子。齐明天皇四年（658 年），他受到豪族苏我赤兄（约 623—？）的唆使，趁天皇行幸纪州（今和歌山县）之机企图谋反篡位，阴谋失败而被捕。有间皇子被押解到齐明天皇所在的纪州南部牟娄温泉接受审问，在被押解回藤白坂途中，十一月十一日处以绞刑，时年 18 岁。《万叶集》收入作品仅此两首。

有间皇子被捕，心中充满悲痛和惶恐，企图全盘否认自己的罪行，以求一线生机。《日本书纪》中，齐明天皇四年的历史中记载："甲申，有间皇子，向赤兄家，登楼而谋。……戊子，捉有间皇子。""于是皇太子，亲问有间皇子曰：'何故谋反？'答曰：'天与赤兄知，吾全不解。'"[1]

1　坂本太郎等校注．日本书纪（下）（『日本書紀』下）[M]．东京：岩波书店，1978：335.

审问他的皇太子，就是在本书卷一·三中出现过的那位中大兄皇子，即后来的天智天皇。有间皇子在供词中提到的"赤兄"，即"苏我赤兄"，是豪族权臣苏我马子之孙，在后来的天智天皇时代还担任重臣，并未因有间皇子的谋反事件而获罪。看来，"苏我赤兄"唆使有间皇子谋反，很可能是一场阴谋，他与中大兄皇子串通一气，目的是陷害和除掉有间皇子。后来，苏我赤兄在"壬申之乱"中，站在天智天皇之子大友皇子一边。大友皇子兵败身亡之后，苏我赤兄遭到了胜利者天武天皇的流放。

有间皇子在第 1 首和歌中吟道："被押往纪州途中，我路过岩代海滨时将两首和歌写在诗笺上系到松树枝头。我明知自己已经踏上了一条不归路，却又心存一缕希望，但愿自己能有机会从原路返回，再次见到自己系在松树枝上的字条。那个温暖而又遥不可及的家，是否还能等到我这位年轻的主人呢？"

岩代位于今天的和歌山县日高郡南部町，由此可进入神秘的熊野原始森林，这里路边的一座巨大岩石是当时人们的信仰之神。

齐明天皇是舒明天皇的皇后，年轻时名叫"宝皇女"。她生下中大兄皇子和大海人皇子，两兄弟后来分别成了天智天皇和天武天皇。舒明天皇去世后，"宝皇后"粉碎了苏我氏拥立舒明天皇之子"古人大兄皇子"称帝的阴谋。"古人大兄皇子"的母亲是苏我氏妃子，他比"宝皇后"所生的两个儿子中大兄皇子和大海人皇子年长，是他们的异母兄。

舒明天皇去世后，"宝皇后"登基称帝，是为第 35 代的皇极天皇。她与长子中大兄皇子一道，大兴土木、开挖运河、两次发兵讨伐虾夷族，中大兄皇子还灭掉了豪强苏我氏。大化改新后，皇极天皇将皇位禅让给弟弟轻皇子，即第 36 代的孝德天皇。弟弟驾崩后，她宣布重祚，又一次登上皇位，成为第 37 代的齐明天皇。

这年十月，齐明天皇的小孙儿不幸夭折，她悲痛无比，只好前往牟娄温泉疗养，以此来抚慰自己那颗悲伤的心。

有间皇子是孝德天皇之子，也是齐明天皇的侄儿。他年轻气盛，对姑妈的重祚十分不满，耳闻朝野上下对齐明天皇的好大喜功颇有微词，便一心要铤而走险，跃跃欲试，问鼎皇权，一旦有人怂恿唆使，便迫不及待地企图发动政变。

有间皇子被捕后，自知死罪难逃，事到如今却对生命感到更加留恋。他望着路边一株千年老松，迟迟不肯迈步前行。你看，这株历尽人世沧桑的老松，枝繁叶茂，虬根盘结，似乎蕴含着无限的生命力。有间皇子望着千年古松，想想自己仅仅18岁，眼看就要奔赴黄泉，禁不住悲从心来，哀伤自怜，不断哽咽。他在被押解途中一共作了两首和歌，将它们一道写在纸上，系上千年老松的枝头，希望千年老松将生命之力赋予自己。古代日本有一种原始信仰，"如果将写有自己心愿的纸条系在树枝，就能得到地灵的庇佑，获得松树的生命力，心想事成。""松が枝を結ぶ"（将写有字句或和歌的诗笺系在松枝上），"其含义十分容易理解，是祈求安全，祈求长寿的意思。"[1]

第2首和歌写的是身为死囚犯的有间皇子，怀念起曾经有过的锦衣玉食的生活场景，抚今追昔，感慨万千而作。在押送途中，解差们随意从路边摘下几片苦槠树叶权当饭碗，抓一个饭团放在上面递给他："吃吧，吃完马上赶路！"有间皇子看着冷冰冰的饭团却毫无食欲。

"箪（dān）"，圆形的食盒；"笥（sì）"，方形的食盒。这两种器具都是用竹片或芦苇编制而成的，起源于中国先秦时代。有间皇子用餐时，宫女们手捧食盒，将精美的食物一道道地献上

---

1 广冈义隆.万叶散步道（下）（『万葉の散歩みち』下）[M].东京：HANAWA新书，2008：9.

来。斋藤茂吉说："山田（孝雄）博士认为，万叶时代的皇族与大贵族所用的餐具，虽然形状与竹编餐具几乎一样，但大概都是银器。"[1]

"苦槠树"，又名"栲树"，日文的原文是"椎（しい）"。昔日，精美的银质餐具中的美食，如今变成了捧在手上的苦槠树叶上一个冰冷的饭团，真是天壤之别。有间皇子的心中一定是百感交集，悲痛难忍，欲哭无泪。

当年，飞鸟时代的人们，对这位被处决的有间皇子十分同情。43 年后的大宝元年（701 年）持统太上皇与文武天皇在前往牟娄温泉途中，想起有间皇子的遭遇，也曾咏出和歌表示同情。

今天，旅客们在前往熊野古道时路过岩代，会看到两座石碑。一座是近代作家德富苏峰（1863—1957）挥毫题写的有间皇子所作第 2 首和歌："居家箪笥盛美食，旅途苦槠托饭团。"沿着古道再往前走，会看见另一座石碑。这是著名的《万叶集》研究家泽泻久孝（1890—1968）题写的第 1 首和歌："岩代滨松系诗笺，苍天佑我得生还？"

1　斋藤茂吉. 万叶秀歌（上）（『万葉秀歌』上）[M]. 东京：岩波书店，2006：87.

四 柿本人麻吕：献给妻子的悼亡歌

柿本朝臣人麻吕，妻子亡故，泣血哀恸作歌二首

苦苦寻妻路不见，迷途黄叶满秋山。

——柿本人麻吕 卷二—208

黄叶飞舞传噩耗，历历往事在眼前。

——柿本人麻吕 卷二—209

柿本人麻吕生平参看卷二·二。

"柿本朝臣人麻吕"中的"朝臣"二字，是天武天皇所赐的8种姓氏之一，列在第2位，加在三品官员的姓之下，四品官员的名之后。

公元684年，天武天皇对皇族与近臣的血统与先祖系谱进行了考证、整理、辨别，最后统一规定出8种姓氏，赐予皇族与近臣，日本史上称之为"八色之姓"，这8种姓氏分别是：真人、朝臣、宿祢、忌寸、道师、臣、连、稻置。

直到今天，天皇家族仍自诩为神的后裔，但日本皇室却没有姓氏。这是因为臣子的姓氏是天皇所赐，却没有人能给至高无上的天皇决定姓氏。纵观历史，无法继承皇位的皇子一旦被赐予姓氏，便表示被降为臣籍。如源氏，平氏，他们便失去了继承皇位的资格。另外，也是为了避免在日本出现中国古代那样的"易姓革命"而改朝换代，方能保障天皇制的"万世一系"。

柿本人麻吕年轻时在"轻市"（今奈良县橿原市大轻町的和田石川一带，这里曾有一座官办的集市）有过一位美丽贤惠的妻子，但两人尚未正式成亲，正处于幽会的甜蜜恋爱阶段，她却不幸突然患病早逝。

人麻吕听到妻子的死讯后，悲痛欲绝，立刻赶到这里。他登上村庄附近黄叶萧萧的宙傍山，四处寻找妻子的幻影。古代日本人相信，死去之人的亡魂会登上茂密的山峦隐藏起来。现实世界中一个个鲜活的生命，死后都会藏匿于山林之中，时隐时现。这是古代日本人心目中的一条持续而永恒的生命轨迹与历程。人的生与死之间是没有严格界限的，灵魂是永恒不灭的。公元6世纪，佛教这种外来文化传入之后，带来了对死后世界的全新思考，人们才逐渐有了生死殊途、阴阳相隔的概念。人麻吕所处的奈良朝代，正是日本传统的生死观与外来的佛教生死观开始相互碰撞与融合的时代。

他将满山茂密的黄叶作为诗歌的背景，为寻找妻子的亡魂而登上山岗，结果自己反而在山林中迷了路。人麻吕后悔过去没能常常前来看望妻子，如今突遭变故，人去屋空，该到哪里去寻找妻子的倩影呢？

人麻吕呆呆地站在满山飞舞的黄叶之中，不知所措。那晴天霹雳般的噩耗还在耳边回响，闭上眼睛，往日里夫妻相敬相爱的一个个场景还历历在目。

万叶时代日本流行的婚姻制度是"访妻婚"（妻问い婚）。恋爱阶段，男子可以趁着夜色偷偷潜入女子卧室去幽会，但天明前必须离开，不能让旁人发现。等时机成熟时，双方家长会向亲友公开这门亲事，正式举行婚礼。但是，女子婚后仍然住在娘家，生下孩子后由孩子的外祖母给孩子起名，让他（她）从此成为社会的一员，娘家的财产自然会成为母子的生活保障。这不失是一种一夫多妻制之下，保护妇女儿童权益的好办法。

我们从《紫式部日记》中可以读到，就连身为一条天皇皇后的彰子，也要回娘家藤原家分娩。皇子诞生后，天皇不等皇后带着孩子回宫，就兴冲冲地到皇后娘家来看望小皇子了。

今天，日本已婚妇女仍然保留着回娘家分娩的习惯，过去是将接生婆请到家里来，今天则是住进娘家附近的医院生孩子，产后由娘家母亲照顾产妇母子。这些显然是古代"访妻婚"制度留下来的遗风。

据中西进 [1] 的《全译注万叶集》和大久保广行的《文法全解万叶集》的注释，经常在人麻吕和妻子之间传书带信的使者，却在一个黄叶纷飞的秋日，突然带来了人麻吕妻子染病身亡的消息。往日，这位使者每次带来的都是妻子的柔情问候，还有一件件寄托着相思之情的礼物。今天，使者丧魂落魄地来到自己身边，带来的却是晴天霹雳，让人无法接受。日文原歌中称使者为"玉梓の使ひ"，"玉"，美玉，用来比喻美好的夫妻之情，当时的使者传书，往往会将书信系在梅花、樱桃、梓木、红叶、胡枝子等四季不同的花木枝条上。

这两首短歌的前面还有一首长歌："轻市附近的村庄里，有妻子的家。我虽然十分想念她，却不敢过多地前去幽会。因为时期尚不成熟，还需要避开人们的眼目。一心期盼着将来亲之后，我就能随时前来看望她了。当年，妻子就像经天的日月，如今却是日落西山，月隐云中。与我同床共枕的妻子转瞬之间就不见了。……我伫立在她经常前往的集市中，侧耳细听，却是一片沉寂。平日里，妻子的绵绵情话，温柔得就像鸟声婉转，今天，就连亩傍山上的鸟儿都停止了啼鸣。集市上过往的行人，都不是我熟悉

1　中西进（1929—），日本教育家，日本文学学者，主要研究《万叶集》，东京大学文学系毕业，曾在普林斯顿大学担任客座讲师。2013 年获得文化勋章。有著作《万叶集的比较文学研究》《日本文学与汉诗》等。——编者注

的妻子的身影。我只好呼喊着妻子的名字，挥舞衣袖为妻子招魂。"

犬养孝教授在《万叶之旅》一书中解释这首长歌时说："人麻吕得到讣报后，连忙赶到轻市，却听不见亩傍山上的鸟叫，看不见任何一位丽人的身影，他只好呼唤着妻子的名字，挥舞衣袖，长歌当哭。""轻市，位于亩傍山东南方向。……这里的集市自古以来就十分繁盛，市场上交易的商品，很多都具有中国的文化特色，天武天皇和藤原京时代，集市逐渐形成了村落。"[1]

1 犬养孝.万叶之旅（上）（『万葉の旅』上）[M].东京：现代教养文库，1974：72.

卷三　杂歌与挽歌

原著本卷收入和歌252首，分为杂歌、相闻歌、挽歌三大类。柿本人麻吕、山部赤人、大伴家族的作品开始增多。

一　高市黑人：琵琶湖羁旅歌

高市连黑人羁旅歌八首（其四）

旅途恋家望山下，海天忽现朱漆船。

——高市黑人　卷三—270

　　高市黑人，生卒年不详，又称"高市连黑人"，"高市"一族是传说中众神之子孙，加在姓氏后面的"连"字，是大和朝廷赐给他们家族的姓氏。高市黑人与柿本人麻吕几乎是同时代的宫廷和歌诗人，可能比人麻吕稍晚一些进入宫廷。但他终其一生地位都不高，所作和歌多以伴驾与羁旅为题材。高市黑人咏唱大自然的作品以营造出独特的意境，开写景和歌之先河。《万叶集》收入其短歌18首。

　　人在旅途，时时会思恋起全家人其乐融融的日子，羁旅天涯，孤身一人，四顾茫然，心中会涌起一股无名的忧伤。高市黑人登上山顶，望见辽阔的大海，更感到海天辽阔，人的存在不过是沧海之一粟而已。他望见远处海面上有一艘涂了红色涂料的船正在驶向天边。那船儿是正在驶向京城奈良吗？让人心中突然涌起了思念家人的心情，也许，这红色的船儿是进入了更加无依无靠、更加危险、更加寂寞的境地，不由得让人替它担忧。

　　当时，人们从叫作"赭土"的土壤中提取的氧化铁为涂料，将其涂在木造房屋和船舶之上，用来防腐与驱邪。原歌中的"そほ／赭"一词，就是指这种红色涂料。将其再进行精加工，可以得到更高档的红色涂料"真朱"，是用来建造寺院与佛像的。在法国南部的拉斯科洞窟中和西班牙北部的阿尔塔米拉发现的新石器时代的彩色壁画中，也是用这种涂料绘制出了牛马等动物的。这种红色之中微微带黄的涂料，是人类使用最早的涂料之一。

这次旅途中，高市黑人一共写了8首羁旅歌，下面再介绍3首。

鹤群鸣叫潮水退，飞向樱田过海滩。

——高市黑人　卷三—271

斋藤茂吉认为，"樱田"位于今天爱知县爱知郡作良乡，热田东南方的樱地一带。这里靠近大海，早就开垦出一片田地，因此叫"樱田"。"年鱼市海滩"，是"樱田"的一部分。

中西进教授则指出，歌中的"樱田"位于今天名古屋市东部的南区一带。当年，那片海岸名叫"年鱼市海滩"。

黄昏时分海潮退去，海滩上会留下许多无法回到大海中去的鱼虾类，成为海鸟争相捕食的对象。头顶上的鹤群从陆地朝着大海方向的"樱田"飞去，"年鱼市海滩"上许多鱼虾还挣扎着想返回大海。面对美食的鹤群，兴奋无比地大声鸣叫起来，盛宴开场了。

船行湖边礁石处，八十渔港鹤鸟喧。

——高市黑人　卷三—273

高市黑人乘船穿行在琵琶湖中的礁石之间，"八十渔港"不是具体数目，而是泛指沿琵琶湖的岸边一带有许多渔港。

小岛宪之[1]教授指出，琵琶湖中有礁石的地方只有两处，一处是湖北面葛笼尾崎，另一处位于琵琶湖畔胜野平原的明神岬一带。

原歌中体型硕大的水鸟写作"鹄（hú）"，在古汉语和古日语中都是天鹅之意。

琵琶湖的面积达 670 余平方公里，最深处 104 米，这里的湖光山色景色宜人，风光秀美，历来都是诗歌小说等文学作品的好题材。相传，紫式部曾在湖畔的石山寺中住过一段时间，在此继续构思她的《源氏物语》。这一带是古代近江国的领域，因而琵琶湖也被称为"近江之海"。如今，琵琶湖的丰沛淡水为京都与大阪一带居民源源不断地提供着生活水源与农业用水。

今宵投宿何处去？高岛胜野日西倾。

——高市黑人 卷三—275

从高市黑人这一组羁旅歌中的地名来看，他的旅行线路是从大和国出发，朝着东北方向前行，一直到达名古屋海边，然后再转向西北方向，前往滋贺县的琵琶湖畔。本首和歌中的地名"高岛"，属于今天滋贺县的高岛郡，胜野是高岛郡的一片原野。太阳已经偏西，暮色马上就要笼罩大地，得赶快找到投宿之处。

此歌直截了当，简单明快，充满期待。太阳西坠，天色将晚，歌人已经走得饥渴难耐，想马上找到一处吃饭与歇息的旅店，但投宿之处还不见踪迹。

《万叶集》卷一中，还收有高市黑人凭吊大津宫遗址的哀歌两首。"壬申之乱"发生后，二十多年过去了。他来到琵琶湖畔当年皇宫留下的一片废墟之处，发出了与柿本人麻吕一样的悲痛感慨。此歌被《万叶集》的选编者编排在柿本人麻吕的和歌"志贺岸边波光碎，不见宫人摇船归"（卷一—030）的后面。

1　小岛宪之（1913—1998），日本文学研究学者。大阪市立大学名誉教授。专攻古代文学、和汉比较文学。1965 年以《古代日本文学和中国文学》获得日本学士院奖恩赐奖。——编者注

高市黑人在持统天皇和文武天皇时代任职于宫中，大宝元年（701年），曾跟随持统太上天皇巡幸吉野，第二年又伴驾巡幸三河国（今爱知县东部）。

前朝遗老来乐浪，故都难觅心悲伤。

——高市黑人　卷一—032

他自称前朝"遗老"，心怀亡国之痛。眼前的琵琶湖依旧是那样美丽，波光粼粼，水天茫茫。可当年的宫殿在战火中化为废墟，早已难觅踪迹。"乐浪"是琵琶湖畔的一处地名，可见当年这里是一处多么美丽而令人快乐的山水。可是，当年的皇都消失在荒烟蔓草之中，歌人该到哪里去寻找它的踪影呢？

高市黑人虽然自称"遗老"，却不曾在天智天皇时代任过职。他对皇室内部骨肉相残的"壬申之乱"唏嘘不已，代表了那个时代人们心中普遍的怀旧之情。

乐浪御神心亦碎，忍见皇都百草荒。

——高市黑人　卷一—033

日本的民族宗教神道，属于多神教信仰的"泛灵论"（animism），认为山川草木皆有神。人们常说天地之间有八百万神，乐浪之地自然也有庇佑该地的"御神"。但是，这些神灵在面对"壬申之乱"，骨肉相残的连天烽火之时，却根本无力阻止战乱，拱卫国都。"御神"只能眼看着山河破碎，玉石俱焚，宫殿毁于战火。它们也会与柿本人麻吕，高市黑人等文人墨客一样，伤心欲绝，日夜悲痛，狂歌当哭吧。

二 山部赤人：富士山赞歌

山部赤人，望富士山咏歌一首

田子浦上放眼望，富士高岭白雪扬。

——山部赤人 卷三—318

山部赤人，生卒年不详，是与柿本人麻吕齐名的宫廷歌人，也被誉为"歌圣"。纪贯之在《古今和歌集》序中说："人麿既不立赤人之上，赤人亦不居人麿之下。二人是伯仲之间，同为歌仙也。"山部赤人一生官职卑微，除伴驾、应召之作以外，尤以歌咏大自然的和歌而闻名，其作品格调工整，意境清澄。《万叶集》收入其长歌13首和短歌37首。"山部连"这一姓氏中的"连"字，是大和朝廷所赐姓氏。山部家代代管理国家山林，采办山货进贡朝廷，同时还负责藤原京的皇宫藤原宫十二道宫门之一的东北面阳明门的护卫，天武天皇时，山部一家又被赐予"宿祢"姓氏，与朝廷的关系变得更加紧密。

富士山位于山梨与静冈两县之间，海拔3776米，是日本的最高峰，山体轮廓线条优美流畅，呈现出美丽的圆锥形。山顶终年积雪，山麓处有广袤的森林，白雪皑皑的山峰屹立于丽日蓝天之下，给人美的感动。十多万年前，它曾是一座活动频繁的活火山，不断喷烟喷火，引起地震、森林火灾等自然灾害。在古人的眼里，它具有无穷的神秘力量，很早就成为大和民族图腾的标记，受到虔诚的膜拜。富士山距今最近的一次喷发是在江户时代宝永四年（1707年），如今的富士山不是"活火山"，也不是"死火山"，而是一座正处于休眠状态的"休眠火山"。

山部赤人在本歌之前的长歌中，咏唱的是日、月、云、雪之中的富士山悠久神圣的历史，是一支优美的"幻想曲"，而之后的这首短歌却是写实风格，这组简洁而优美的和歌不愧为歌咏富士山的千古绝唱。

富士山自古以来被日本民族视为神圣，人称"灵峰富士"，成了日本的象征。千百年来，它一直是物语、和歌、俳句、日本画、浮世绘等艺术讴歌的对象。

平安时代天女下凡的传奇故事《竹取物语》中说："赫夜姬换上飞向天宇之羽衣，给养育自己的二老留下一封哀切的书信，将不死之药附上和歌一首请人转交天皇。至此，赫夜姬抛却了一切人间烦恼，乘上云中锦车随仙人升天而去。二老痛失爱女，一病不起。天皇读了姑娘留下的和歌，不思茶饭，命人将不死之药连同姑娘的书信拿到离天最近的山顶上去烧掉：'不能与仙女重逢，长寿又有何用？'兵士们来到骏河国的最高峰，点燃了不死之药与书信。那烟气直冲云霄，绵绵不绝。从此，这座山就叫'不死山'（即富士山，'不死'与'富士'同音）。"

横山大观[1]的日本画《灵峰飞鹤》，也是以富士山为题材的，画的是霞光缭绕的富士山上空，一群仙鹤迎着朝阳冲天而去。

田子浦，也写作"田儿浦"，位于今天的静冈县富士市，海岸风光优美、天气晴好之日，可以远眺富士山的雄姿。作者多少次往来于田子浦，遥望着湛湛蓝天之下银装素裹的富士山。那纳素般的积雪，安详静穆的身姿，银光闪闪，犹如一位银装素裹的

1　横山大观（1868—1958），日本美术家、画家。本名是横山秀磨。近代日本画坛的巨匠，因确立了"朦胧体"技法而闻名。——编者注

美女，激发出作者心中滚滚诗潮，不由得要讴歌这壮美的景色，那山巅之上，想来正是大雪纷扬吧。

学者们对原歌中的"うち出でて"一词的普遍解释是，来到宽阔的地方。但日本三重大学的广冈义隆[1]教授指出："'うち出でて'的意思是下决心划船来到田子浦宽阔的的海面上，为的是更好地仰望富士山。因为当时的富士山山麓一带布满坚硬的碎石与大块的岩石，道路尚未修好，难于行走。要瞻仰富士山的雄姿最好是下决心到海上去。"[2]

富士山当时是一座活火山，喷出的岩浆散落于海岸一带，冷却后就成了坚硬的岩石，使得这一带的海岸崎岖不平，无法通行。

《万叶集》中，紧接山部赤人咏唱富士山的作品后面的，是无名氏与万叶时代第3期代表歌人高桥虫麻吕的咏富士山歌一首。他根据古籍《骏河国风土记》中描写的"富士山上之积雪，六月十五日消融，子刻之后再降白雪"，而创作出了下面这一组和歌。

这里将高桥虫麻吕长歌后的两首短歌介绍如下：

富士高岭多积雪，六月十五消，夜里又雪飘。

——高桥虫麻吕　卷三—320

富士山上的积雪终年不化，一年之中飘雪不断。农历六月十五日那天，据说山顶上的积雪化了，但晚上又会下起雪来。今天，富士山顶上建有气象站，以观察山顶的天气变化。日语词汇"初雪"，属于俳句中用来表示四季不同的天文、地理、动物、植物，以及民俗生活的"季语"，也被用作气象学的术语。富士山顶一

1　广冈义隆（1947—　），三重大学名誉教授、日本文学研究者。专攻《万叶集》等相关古代文学。——编者注

2　广冈义隆 . 万叶小道（『万葉のこみち』）[M]. 东京：HANAWA 新书，2005：157—158.

年之中飞雪不断，哪一天的降雪才是一年之中的"初雪"呢？气象学家们规定，富士山顶夏至之后的第一场雪即被视作"初雪"，尽管它的前后有好多场降雪紧紧相连。

富士山高路亦险，白云难攀顶，流连在山腰。

——高桥虫麻吕　卷三—321

古代，富士山的登山路十分险峻，就连白云也难以飘到山顶，因此，它们都流连徘徊在富士山的半山腰上。如果将富士山比喻成一位端庄秀丽的美女的话，那么，片片白云就好像是给美丽的富士山缠上了洁白的腰带。

三 大伴旅人：赞酒歌，浊酒难消万古愁

大宰帅大伴卿赞酒歌十三首（其四）

莫让忧思满胸臆，不如浊酒饮一杯。

——大伴旅人 卷三—338

大伴旅人（665—731），为《万叶集》主要选编者大伴家持之父、大伴家族之长，也是《万叶集》第3期的歌坛领袖。他出身中央贵族世家，曾任持节大将军，多次平息战乱，神龟四年（727年）出任要职大宰帅，负责九州地方的行政、海防与对外交流，大伴旅人因公务之便，能最早读到来自中国的书籍。他深受中国的儒家思想、佛教思想和神仙思想的影响，歌风浪漫抒情，深受读者喜爱。《万叶集》收入其作品长歌1首，短歌75首。

大宰府遗址位于福冈市东南16公里处，时称"都府楼"，意思是"都督府楼阁"。如今，西部日本铁路公司坐落于此的车站就叫"都府楼"。当年的大宰府背靠的"大野山"，如今叫"四王寺山"。当年，这座九州最宏伟的建筑"都府楼"，可说是远离京城的另一座宫殿。历年来，从"都府楼"的遗址上常有当年的红瓦与青瓦出土。草丛之中还掩埋着当年支撑"都府楼"建筑群的巨大的础石，可以让人想象出当年这座府邸的恢弘气势。

大伴旅人在九州大宰府任职期间，经受了丧妻之痛。他的正妻，大伴家持的养母大伴郎女不幸病故，这让他常怀断肠之思。另外，神龟六年（729年），京城奈良发生了长屋王之变，他的

知心朋友长屋王自杀身亡。长屋王是天武天皇之孙，高市皇子之子，神龟元年晋升为左大臣，在与政敌藤原仲麻吕一家的对抗中不幸失败而被迫自杀。赞酒歌正是创作于大伴旅人这一段心情最为落寞的时期。他只好以酒浇愁，一连写了十三首"赞酒歌"。

大伴家历代都是中央贵族，眼看着藤原氏逐渐强大，掌握政权。如今，自己的后台长屋王自杀身亡，旅人预感到大伴一家早晚要被排挤出中央政权，展望前景，不禁忧心如焚，无可奈何，便只好借酒来排遣心中的悲苦了。

斋藤茂吉认为："我们可以这样来看，旅人在这首和歌中使用的是当时的会话体语言，对亲友娓娓道来，亲切感人。又像是作者独自吟唱出来的咏叹调，但唱歌时就明显地意识到有听众的存在了。因此，这样的和歌具有无穷生命力。"[1]

我们再来读几首他的赞酒歌吧，从这些酒后吐露的真言之中，可见大伴旅人心中的痛苦是何等深沉：

人世自有快乐在，来生愿做鸟与虫。

——大伴旅人　卷三—348

人世界还是有快乐的，你看那些天真的鸟虫，它们从来没有卷入到人世间的烦恼与痛苦之中，也不曾体会过朝廷上的权力争斗。那么，我来生愿做天上的飞鸟，地上的小虫，痛痛快快地活在天地之间，哪怕生命是鸟虫般地短暂。

人生一世终有死，但愿年年乐无忧。

——大伴旅人　卷三—349

1　斋藤茂吉.万叶秀歌（上）（『万葉秀歌』上）[M].东京：岩波书店，2006：146.

"生年不满百，常怀千岁忧"（《古诗十九首》）。人生不过短短的几十年光阴，死神很快就会降临到你身边。人生苦短，为何要苦苦折磨自己呢？应赶快抛开一切忧愁悲苦，但愿我们都能年年快活，欢乐无忧。

正襟危坐默无语，不如醉酒哭一场。

——大伴旅人　卷三—350

摘掉虚伪的面具，放下虚伪而无用的架子，对人生，对亲友，都应该一片坦诚，活在真实的人生之中。心中有所感悟，就该对知己畅所欲言，欢乐与痛苦，都要与亲友分享。不要沉默不语，独自饮泣吞泪。想喝酒时，就共同举杯吧。即便是酒醉后痛哭一场，也是一番淋漓尽致的真情流露。

日本古代最早的酒是用唾液来发酵的，即大家从动画电影《你的名字》这样的作品中熟知的"口嚼酒"。这是一种"将生米嚼碎吐在容器里，利用唾液中含有的分解酶让其发酵变成酒"[1]的"上代"（古代）风习。

古代只有供职于神社中的未婚少女经过咀嚼制作而成的酒，才有资格用来祭神。奈良时代的《播磨风土记》中就有记载，当地的人们用酶来让粮食发酵、酿酒等。

当时日本的酿酒技术不发达，酒类属于高档奢侈品。"奈良时代的酒分为三等：'上澄酒'，用于祭神与飨宴宾客。'中汲酒'，平常自己饮用。还有一种就是未经过滤的低档浊酒。大伴旅人的和歌中，提到的就是'浊酒'。

"直到室町时代（14世纪末至16世纪），日本才培育出了优质的酒曲来。"[2]

1　櫻井满监修.万叶常识事典（『万葉を知る事典』）[M]// 酒.东京：东京堂，2003：147.

2　下中邦彦监修.国民百科事典（『国民百科事典』）[M]// 酒.东京：平凡社，1979.

四　大伴旅人·圣德太子：挽歌

天平二年，冬十二月大宰帅大伴卿，上京途中所作和歌五首

当年吾妻过鞆浦，杜松苍翠人已亡。

——大伴旅人　卷三—446

大伴旅人生平参看卷三·三。

鞆浦位于今广岛县福山市鞆町一带的海滨，公元728年，大伴旅人带着妻儿奔赴九州，上任途中曾路过这里。歌中的"吾妻"，指旅人的正房夫人大伴郎女，而家持的生母是贵族多治比氏的女儿，虽然名分上是"妾"，地位却并不低下。多治比氏是第28代天皇、即宣化天皇的后代，家族中不少人在持统天皇与文武天皇时代的朝中为官。这一次丈夫旅人远赴九州，家持的生母依然留在奈良家中。

大伴旅人一家在濑户内海风光明媚的海滨休憩时，对海滩上苍翠而美丽的杜松赞叹不已。那一年，夫人正值盛年，儿子大伴家持大约只有十来岁。

大伴旅人在九州任职的3年期间，没想到妻子一病不起，撒手人寰，长眠于九州。天平二年（730年），大伴旅人任满回京后，晋升为正三品官大纳言，这是仅次于太政官和右大臣的高官。他带着儿子大伴家持又路过了鞆浦海滨，当年那几株引得全家赞叹不已的杜松，如今尽管是严冬时节，却依然是苍翠挺拔。而曾经流连于杜松树之下的妻子，却不能与全家人一道再次欣赏这里美

丽的杜松与海岸风光了。

　　杜松，松杉科常绿乔木，可以长到10米之高。树上结出的紫黑色肉质球果叫"杜松子"，著名的杜松子酒在欧洲英、法、荷兰等国十分流行，它是在蒸馏出来的白酒中加入了杜松子的香气。今天，人们习惯叫"杜松子酒"或"金酒"，"金"是英文"gin"的发音。

　　又见杜松礁石上，渺渺芳魂眼前来。

——大伴旅人　卷三—447

　　旅人无法忘怀死去的妻子，在返回奈良的途中来到鞆町一带的美丽海滨，又望见礁石上的杜松时，不由得回想起当年与妻子一道欣赏海岸风光，瞻仰这株仿佛具有神力的古松的情景。今天，他孤零零地独自来到松树附近，默默无语，仿佛看见亡妻的芳魂飘飘渺渺地来到眼前。

　　杜松盘根礁石上，借问爱妻在何方。

——大伴旅人　卷三—448

　　欲问这礁石上盘根错节的老松树，我的妻子如今身在何处，她怎么样了？老松啊，你能告诉我吗？老松啊，你具有无限的生命之力，数千年不老。可是我们人类却为何难有百年的寿命呢？妻子正当青春年华，却突然间与我人鬼殊途。如今，她的芳魂身在何处呢？

　　当年同望敏马崎，今日独见泪盈眶。

——大伴旅人　卷三—449

大伴旅人的一家，从广岛县鞆町继续向东行走，又来到了兵库县海滨。当年全家人路过这里时，他曾与妻子一同遥望过海滨的敏马崎海岸一带的礁石。

今天却是我独自茫然远望，只见得眼前是一片空荡荡的荒凉海滩，人迹罕至，当年我们路过这里时留下的足迹，在哪里呢？面对着物是人非的海滨景色，我禁不住泪水涟涟。

敏马崎位于今天兵库县神户市滩区岩屋町一带。

返回京城的途中，一路上大伴旅人都深陷恍惚之中，他觉得妻子的芳魂一直伴随着他们父子二人，飘飘忽忽，如影随形，不肯离去。大伴郎女不愿做千里外的孤魂，希望与家人一同返回奈良。大伴旅人回到家中，睹物思人，唯独看不见妻子的倩影，途中所作的 5 首悼亡歌，还无法完全倾诉出心中的悲思与痛苦，到家之后，旅人继续写出 3 首悲歌：

夫妻同赏礁石峻，今日独对心伤悲。

——大伴旅人　卷三—450

人去屋空怎奈何，远胜荒野更凄凉。

——大伴旅人　卷三—451

好容易回到奈良的家中，过去温暖的家已经变得陌生，旅人的心情反而更加悲凉。在空旷的庭院和冷清的房间里，到处都无法寻觅到妻子当年的身影。他走进妻子生活过的房间，感觉到这里弥漫着寂寞凄凉的气氛。那华美的卧榻、精美的梳妆台、屏风，当年曾是一个多么温馨的小天地啊。如今在旅人眼中，家中已是物是人非，远比一路上的荒郊野外更令人痛断肝肠。

当年夫妻造庭院，树木参天已成梁。

——大伴旅人　卷三—452

走到庭院之中，看见当年与妻子一起反复商量、设计方案而建造的园林，当年的时光还历历在目。他们不在家的这3年，在园艺师的精心照料下，这座园林已经变得整洁优雅，树木参天。庭院中的花木依旧不停生长，泉水依然汩汩流淌，百草丰茂，鸟语花香。唯夫人大伴郎女却无法与家人一道在园中漫步了。

爱妻植梅花已发，睹梅思人泪两行。

——大伴旅人　卷三—453

大伴郎女当年亲手种植的梅树，如今已经花满枝头。这可是夫人的一缕香魂飘然回到家中，依托绽开的梅花，向家人露出温柔的微笑？旅人看见梅花，不禁想起了当年夫人植树的情景，止不住的热泪潸然而下。斯人不在，梅香依旧。

卷三之中，还有圣德太子对倒毙于途的无名死者的悼亡歌一首：

在家头枕妻玉臂，可怜荒草卧孤魂。

——圣德太子　卷三—415

圣德太子（574—622），用明天皇第二皇子，在姑母推古天皇君临天下时期，担任摄政大臣。公元603年，制定日本最早的官制《冠位十二阶》。公元603年，制定日本最早的宪法《宪法十七条》，明文规定"和为贵"，主张"神道""儒学""佛教"的融合，造就了日本民族兼收并蓄的进取精神与开放心态，同时大力组织人员编撰国史，积极吸收中国文化。公元 607 年，曾派遣小野妹子使隋。

有一次，圣德太子到竹原井（今大阪府柏原市高井田一带）巡游，从奈良出发往西，翻过二上山的山口，到达竹原井。这里有龙田山，山下有一条美丽的河流龙田川蜿蜒流过，历来是观赏红叶的名胜之地。

圣德太子看见龙田川畔有死者卧于荒草之上，不禁动了恻隐之心，当场吟出这首十分有名的和歌。这位死者衣着整齐，看来也是有身份之人，可惜旅途中突然患病，曝尸荒野。要是在家里，夜里他会习惯地头枕娇妻的手臂而眠，如今却不知何故在此头枕荒草，死于非命。

当时日本流行土葬，我们可以推测，慈悲心肠的圣德太子一定是让随从们将这具倒毙于途的无名尸体掩埋了。

古代日本是什么时候开始流行火葬的呢？

"据《续日本纪》载，首位实行火葬之人，是文武天皇四年（700 年）去世的僧人道照。火葬由此开始……大宝二年（702 年）十二月去世的持统太上天皇是最早实行火葬的天皇，她的遗体于翌年十二月十七日在飞鸟之冈举行火葬仪式。二十六日，将她骨灰运至其夫天武天皇大内陵，夫妻合葬一处。从此，火葬开始普及。"[1]

万叶时代的天武朝，殡葬制度发生了巨大变化。殡期缩短，火葬普及，按理说，大伴旅人之妻也是火葬于九州之地的。这是佛教思想在日本普及的结果。人们相信亡灵应该前往西方极乐净土，那么就不应该保存让灵魂可以回归的遗体。模仿中国

1 樱井满监修 . 万叶常识事典 [M]// 火葬与葬礼制度的变化（『万葉を知る事典』[M]// 火葬と葬制度の変化）. 东京：东京堂，2003：147.

厚葬制度的"日本古坟时代"从公元3世纪末延续到公元7世纪，然后戛然而止，日本再也没有出现过巨大的陵墓了。

公元604年，圣德太子制定《宪法十七条》，垂示训诫群臣，以"和"的精神为基础，调和儒教与佛教的思想，主张司法公正。

卷四　相闻歌

原著本卷收入和歌 309 首，大伴家族的作品逐渐增多。这些相闻歌中,笠女郎对大伴家持的相思之歌最为情真意切,感人肺腑。

一 冈本天皇：太平盛世寄相思，相闻歌

冈本天皇御制长歌一首并反歌二首

长歌

神代始，代代相繁衍。

人丁旺，国土无闲田。

人如鸭，来往通衢间。

恋心动，绝非野鸭喧。

白昼苦，暮色已苍然。

夜晚苦，漫漫待晓天。

日夜苦，不得片刻眠。

相思到破晓，长夜苦不堪。

——冈本天皇　卷四—485

反歌

山边喧闹野鸭舞，此景与我何相干。

——冈本天皇　卷四—486

近江路上鸟笼山，不知哉川苦相恋。

——冈本天皇　卷四—487

舒明天皇和齐明天皇曾居住于飞鸟冈本宫。这组长歌与反歌

中称恋人为"君"，因此，大多数万叶和歌研究家认为，作者应该是女性，即齐明天皇。她理性而冷静，是一位合格的政治家。万叶时代 400 年间，前后一共诞生了 6 位女皇，她们都显示出杰出的政治才能。

这是一首长歌，但形式还尚未成熟定型。《万叶集》大约 4500 首和歌中，共收入长歌 265 首，短歌 4207 首，其余还有旋头歌 62 首，佛足石歌 1 首，连歌 1 首。

长歌的基本格式是若干组"5—7"音节的反复，最后以"5—7—7"结尾。齐明天皇的这首长歌比较特殊，其中出现了两次 3 个假名构成的诗句，最后的结尾是"5—7—7—7"。

我们在卷一·三"额田王：从'蒲生野'到'壬申之乱'"中，读到过齐明天皇企图率兵远征朝鲜介入半岛内乱，却死于九州，还在卷二·三"有间皇子：死囚犯的自伤歌"中读到她诛杀有间皇子的故事，那些都是她人到晚年的事情了。今天，我们借这首长歌来感受一下她年轻时心中滚烫的恋情吧。

齐明天皇看见自己的国家不断兴旺，十分欣慰。她用古语中表示贵人诞生的"生る（ある）"一词来赞美人口的"繁衍"，认为这是一种众神庇佑的灵验结果。同时，她又用成群的野鸭来比喻人群的活动，然后说"恋心动，绝非野鸭喧"，希望歌中提到的"君"能够善解人意，理解自己，我的相思绝非心血来潮的冲动，而是出自真心。

第 1 首反歌唱道：野鸭群飞舞喧闹，充满勃勃生机，是多么美丽的景观啊。但我却无比寂寞，无心欣赏眼前的景色，一心一意思念着你啊。

第2首反歌中的地名"不知哉川",也叫"大堀川",齐明天皇用此地名来表示自己苦苦思恋之人,如今对自己的单相思还浑然不知。"大堀川"流经近江路的"鸟笼山"一带,"鸟笼山",即今天滋贺县彦根市的正法寺山。近江路是琵琶湖周边的古道,沿途湖光山色,景色秀美。这首反歌一连用两个地名,来暗喻自己的相闻歌就像鸟声婉转,可惜心中的一番真情还未被对方理解和接受。

齐明天皇年轻时苦苦思恋的人是谁?目前尚无结论。她最初的恋人是第31代天皇用明天皇之孙高向王,后来却嫁给了第30代天皇敏达天皇之孙田村皇子,即后来的舒明天皇,生下了天智天皇和天武天皇等子女。

齐明天皇胸有城府,成熟稳健,这组和歌大气而充满自信,天下太平,风调雨顺,国富民丰,人丁兴旺,不由得以女皇的气度放声讴歌四海无闲田,户户有余粮。同时,这首歌也用细腻的笔触,描写了她儿女情长的丰富的内心情感。

歌中有"人丁旺,国土无闲田"一句,我们就趁此机会介绍一下万叶时代民众的生活吧。

"方圆16至20日里(一日里约合3.9公里)为一大郡,方圆12至15日里为上郡,方圆8至11日里为中郡,方圆4日里左右为下郡,方圆2日里以下为小郡。50户为一里,置里长一人。每一户平均25口人。结婚年龄为男子15岁,女子13岁。

"万叶时代的日本模仿唐朝的"租庸调"制度:

"租,向国家缴纳的地租。每一段(大约1000平方米)土地缴纳稻谷一束5把,约合大米2升,占总收成的3%。

"庸，劳役。每位成年男性服岁役 10 天，可缴纳物品代替劳役。另外，还要参加修建水渠、道路、堤坝等工程，每年 60 天。

　　"调，缴纳麻布等纺织品。一匹麻布长为 2 丈 8 尺，宽 2 尺 4 寸。缴纳多少每年不同。"[1]

　　大和时代的日本首都在大和地区之内不断迁徙，从最早的飞鸟冈本宫（舒明天皇与齐明天皇）、大阪湾海边的难波长柄丰崎宫（孝德天皇）、经过琵琶湖畔的近江大津宫（天智天皇与弘文天皇）……大和三山之间的藤原京（持统天皇、文武天皇、元明天皇）、平城京（元明天皇与元正天皇）……745 年终于定都平城京（奈良，孝谦天皇）。150 年间共迁都 13 回，平均十余年就迁都一次。

　　关于大和朝廷频繁迁都的原因，学者们提出了不少理由。

1.　草屋顶容易漏雨，需要不断迁移，建造新宫殿；

2.　有皇族死去后，为避开"死亡"与"污秽"而迁都；

3.　发生内乱、谋杀事件后，为避开"冤魂"而迁都；

4.　与隋帝国、新罗交往，需要更体面的新宫殿接见外国来使；

5.　藤原京与平城京采用中国长安城市规划的"条坊制"，建设现代化首都的需要。

1　櫻井满.万叶集（下）[M]// 万叶歌人的生活和表现（『万葉集』下 [M]// 万葉びとの生活と表現）.东京：旺文社文库，1980：439—445.

二 坂上郎女：郎骑黑马夜夜来，相闻歌

坂上郎女和歌四首（其二）

佐保川上踏碎石，但愿黑马夜夜来。

——坂上郎女　卷四—525

佐保河滩千鸟啼，涟漪荡漾如恋情。

——坂上郎女　卷四—526

坂上郎女，生卒年不详，也称"大伴坂上郎女"，大伴旅人的异母妹，大伴家持的姑母，后来又成了他的岳母。年轻时她曾是穗积皇子的恋人，皇子死后，又嫁与藤原不比等之子藤原麻吕为妻，后改嫁异母兄大伴宿奈麻吕，生下两个女儿，大娘和二娘。

公元 730 年，她跟随大伴旅人前往九州大宰府，担任主持家族祭祀的"家刀自"（主持祭祀的掌门主妇）。回到平城京（奈良）之后，也一直担任此角色。《万叶集》收入其作品 84 首，在女性歌人中出类拔萃。

这一组和歌作于大伴坂上郎女与藤原麻吕相恋时期，咏唱的是她夜夜盼望情郎前来幽会的浓烈恋情。佐保川是奈良市北部，经佐保地区向西而去的河流，当时大伴家位于佐保川的右岸。这里是夏季观赏流萤，冬季观赏"千鸟"翩翩起舞的名胜之地。

第 1 首反歌唱道：夜晚，藤原麻吕骑着黑马从佐保川上踏着河底光滑的小石子涉水而过，前往心上人大伴坂上郎女身边幽会。

她希望藤原麻吕每天夜里都会骑着这匹黑马来到自己身边，一年365天，一天也不要爽约。

第2首反歌唱道：我正当青春年华，春心荡漾，心中的恋情时时刻刻都在不停地涌动，盼望着与情人相会。我的心，就像佐保川河滩上成群的千鸟上下飞舞，不断鸣叫，呼唤恋人。我的心中春情涌动，就像是佐保川河面上的涟漪一样，日日夜夜荡漾不止。

藤原不比等（659—720）是元明天皇与文武天皇时期权倾朝野的重臣。藤原不比等在万叶时代十分活跃，是一位举足轻重的政坛大人物。

藤原不比等是圣武天皇的皇后（即光明皇后）的父亲。

梅原猛教授这样介绍和高度评价藤原不比等这位天才政治家：

> 藤原氏原本是神道世家中臣氏出身。（藤原不比等的父亲）藤原镰足临死之前，被天智天皇授予最高冠位"大织冠"，并赐姓"藤原"。
>
> 藤原不比等的时代，是一个真正严正执法的时代，可谓是路不拾遗。这也是一个恐怖的时代，用恐怖来维持法律。
>
> 日本的《古事记》神话之中，隐藏着藤原不比等的政治构想。
>
> 《古事记》曾长期深藏官中，秘不外传，直到室町时代才公之于世。我将这一事实看成元明天皇与藤原不比等之间的一道秘密的政治计划书，由此制定了当时的政治计划。……我不得不这样考虑，《古事记》《日本书纪》的真正作者是藤原不比等。

公元 7、8 世纪的政治中心，有一位政治天才藤原不比等。是他在日本制定完成了第一部法律《大宝律令》，在日本首次制定了货币制度，设计出了一个计划性很强的首都。……（后来的）日本历史基本上是按照藤原不比等的计划在推进。"院政"（天皇禅位予子侄，自称上皇继续执政），即是天照大神对（天孙）琼琼杵尊的支配，"摄关政治"，即是高御产日神（日本三大造化神之一）对琼琼杵尊的支配。后世的政治，都是按照藤原不比等划定的神话路线在推进。[1]

藤原不比等引领中央政府制定了《大宝律令》和《养老律令》，模仿唐代长安与洛阳的城市布局，绘制了平城京的城市规划蓝图，并奉旨铸造出日本最初的铜钱"和同开珍"，奠定了日本律令制国家的基础。藤原不比等是一位万叶时代非常有作为的政治家，同时也为藤原氏的崛起打下了基础。

藤原不比等的儿子藤原麻吕（695—737）曾任左京大夫、右京大夫、参议（参与朝议）等要职，善于写五言汉诗，后来死于流行病。

天平七年（735 年）八月，大宰府管辖内的九州地区发生了流行病"麻疹"，疫情逐渐朝着首都一带蔓延开来，到了天平九年，国家迎来非常危险的"紧急状态"时期。藤原不比等的四个儿子，藤原麻吕以及他的三个弟弟都先后死于"麻疹"，公卿贵族和天下百姓死者无数。农民为了躲避疾病，开始四处逃亡，天下大乱。

天平十年（738 年），为控制疫情，圣武天皇的光明皇后的异父兄，大纳言橘诸兄临危受命，升任右大臣，掌握朝中大权。他重用曾在唐朝留学二十年的吉备真备、僧侣玄昉（fǎng），推

1　梅原猛. 劝学（『学問のすすめ』）[M]. 东京：佼成出版社，1979：138—150.

行唐朝文化，安抚人心。但疫病流行，天变地异的局面却难以扭转。于是，橘诸兄的侄儿藤原广嗣站了出来，他上奏圣武天皇，提议免去橘诸兄的职务。天皇没有采纳藤原广嗣的建议，他公然举兵造反，两个月后被镇压下去。

这场动乱之后的天平十二年（740年），圣武天皇决定迁都恭仁京。这里属于橘诸兄的地盘，位于今天京都府的西南部，当年的宫殿建造在木津川中游的小盆地之中。

天平十三年（741年）起，橘诸兄在四处建立"国分寺"，正式名称为"金光明四天王护国之寺"，企图借助佛的力量来平息这场瘟疫和社会动荡，祈祷五谷丰登，国泰民安。以奈良东大寺为"总国分寺"，在各地建立"国分寺"和"国分尼寺"。

天平十六年（744年），圣武天皇宣布，再次迁都难波京，皇宫建于今天大阪市中央区法圆坂町一带。

父亲大伴旅人去世之后，大伴家持和弟弟住在平城京北部佐保的大伴氏邸宅中，得到姑母大伴坂上郎女的悉心照料，并拜师姑母学习和歌创作。

光阴荏苒，有一天，家持突然发现表妹大娘已经长成一位亭亭玉立的姑娘了。大伴家持和姑姑的女儿坂上大娘是青梅竹马的伙伴，坂上大娘也是他初恋的对象。坂上郎女也有意撮合这门亲事，家持16岁，大娘13岁的那年春天，姑母便捉刀代笔，替女儿写下了一首情歌：

相思又一月，忽觉眉毛痒。

画眉似新月，欣喜会情郎。

——坂上大娘　卷六—993

歌中唱道：又到了新的一月，我感到额头上画成新月般的眉毛依然是天天都在发痒，让我不由得不停地去抓挠。苍天开眼，经过旷日持久的思念，今天终于如愿以偿，与你幽会了。

古代日本人相信，姑娘思念心上人时，眉毛会发痒。对于表妹这样大胆的爱情告白，家持也怦然心动。他从中国的《文选》中，六朝诗人鲍照（约414—466）的一首五言诗中得到启发，作和歌一首。鲍照的诗曰：

始见西南楼，纤纤如玉钩。
未映东北墀，娟娟似峨眉。

于是，大伴家持提起笔来，摹仿鲍照的诗，回赠表妹这样一首和歌：

仰望春空处，皎皎新月凉。
芳颜曾一睹，得忆画眉长。

——大伴家持　卷六—994

他咏道：每当我仰望渺远的天空，看见一弯皎洁月牙儿时，顿觉神清气爽，不由自主地想起那位曾经见过一面的姑娘额头上那一道弯弯的画眉，就像春夜里的一弯新月啊。

当时的日本女性要将自己原来的眉毛剃掉，再用眉墨将眉画成月牙芽状。今天，我们在奈良药师寺所藏的画卷《吉祥天女》以及正仓院博物馆所藏的画卷《树下美人图》上都能看到用眉墨描出来的这种眉毛。

少年家持仰望春日的夜空时，看见一弯新月，就不由得想起曾见过的少女眼睛上方画出来的月牙形的眉毛。由此看来，家持并非不懂男女恋情，而是早熟的少年，并且十分浪漫。这种青少年期的浪漫诗心伴随家持的一生，使他在诗歌艺术的道路上硕果累累。大伴家持的地位、才华，使他在众多女性心目中魅力十足。

三 笠女郎：一场神魂颠倒的单相思，相闻歌（上）

笠女郎赠大伴宿祢家持相思歌二十四首（其三）

不知妾居打回里，夜夜苦盼君难来。

　　　　　　　　　　　　　——笠女郎　卷四—589

笠女郎，生卒年月不详，犬养孝所著《万叶集的歌人们》载："笠女郎，传记未详，也许是万叶时代第 3 期歌人笠金村之女，或是笠朝臣麻吕之孙，她的身世无人知晓。《万叶集》一共收入其作品 29 首，全属于恋歌，并且都是赠给大伴家持的。"[1]

笠女郎当是地方贵族之女，出身不如大伴家持那样高贵，年龄又比家持稍大。一个偶然的机会，她见到了家世显赫的红颜美少年家持，从此陷入单相思。笠女郎作的这一组相思歌，吐露了她心中深沉、细腻的恋情，同时又充满了无法得到爱情的失望与自嘲。

这是笠女郎寄赠家持的相思歌 24 首中的第 3 首，"打回里"，是奈良明日香村甘橿丘附近的地名，当时笠女郎一家的住处。笠女郎哀叹道：如果我和你是恋人关系，晚上你就可悄悄来到我身边。可是，我们还是那么陌生，你连我的住处都不知道，怎么会突然从天而降，前来与我幽会呢？纵然是我夜夜苦苦相盼，你也

1　犬养孝 . 万叶集的歌人们（『万葉の人々』）[M]. 东京：新潮文库，1983：234.

不可能出现在我身边。

大伴家持与笠女郎都是万叶时代第 4 期的歌人。公元 710 年，日本的首都已经从大和三山之间的藤原京向北迁移，到了今天的奈良市一带，当时的都城叫"平城京"。

笠女郎赠家持的相思组歌的第 1 首是：

睹物思人应念我，悠悠岁月长忆君。

——笠女郎　卷四—587

"睹物"，是笠女郎希望家持看到自己托人赠送给他的礼物。按照当时习俗，笠女郎与大伴家持尚未有过交往，不可能亲手将礼物交给大伴家持，而是派遣使者连同书信一同送到对方府上的。这份寄托了自己无限真情的礼物，不知家持是否看到？是否喜欢？但我却一腔痴情，一直苦苦思恋着你。你要是看见我送给你的礼物，就会想起我吧。也许，你只是在这一瞬间才会想起我来，但是我却正在经受着长久的相思之苦啊。

飞羽山上飞白鹭，青松伫立已赢月。

——笠女郎　卷四—588

你看啊，一只孤零零的白鹭围绕着飞羽山不停飞翔，发出声声哀鸣，我好比那山头伫立不动的青松，一个多月以来，我一直期盼着来自你的回音和消息。伫立的青松在苦苦等候，日语中的"松（まつ）"，与"待つ（まつ）"读音相同，和歌中常用"松"来表达"苦苦等候"的心情。在和歌中，这种写作手法叫"挂词技巧"，也就是中国诗歌中的"谐音"，一语双关。

苦苦相思又一年，莫将妾名告他人。

——笠女郎　卷四—590

　　我沉浸在痛苦的相思中度日如年，一天又一天，365个日日夜夜，总算是熬过一年了。这一年就如同漫长的一生。你不止一次读过我写给你的书信，还有和歌，你一定知道我是谁，知道我的名字。我求你，千万不要将我的名字告诉别人。

　　我们在读《万叶集》的卷头歌时就知道，当时日本流行的原始信仰中有"言灵信仰"。人们相信语言具有咒术般的魔力、灵性和神性。女子的姓名之中，蕴含着这位女子的灵魂。如果将姓名告诉异性，无异于大胆而热情的告白，同意以身相许。

　　这首和歌中，等于是笠女郎说："千万不要将我的姓名告诉别人，我只属于你！"

朝启玉匣现梦境，心事已被世人知。

——笠女郎　卷四—591

　　"玉匣"，精美的梳妆盒。笠女郎早已深陷神情恍惚之中，一夜难眠，早上起来，慵倦无力地打开梳妆盒时，她仿佛在那一面犹如屏幕般的铜镜之中，看见了自己的梦境。这场春梦化为铜镜中一连串的镜头，展现在笠女郎眼前。最害怕的事情却偏偏发生了，恐怕自己心中的秘密已经被人知晓。面对来自四面八方的冷嘲热讽，我该如何是好？

夜色沉沉闻鹤唳，与君相会恨无期。

——笠女郎　卷四—592

　　我们之间门第悬殊，侯门深似海，我该去哪里寻找你呢？对我来说，你只是一个遥远而高不可攀的存在。就像是沉沉夜色之中，空中传来一阵阵鹤鸣，我却难得一见你高傲的身影，更无法与你亲近。看来，我的一腔痴情实在是难以如愿，何时才能与你相会呢？我只好抱恨哭泣了。

　　相思难遣魂不安，山头松下唯长叹。

——笠女郎　卷四—593

　　那梦绕魂牵的相思怎能排遣？我日夜不安，身不由己，梦游一般跟跟跄跄地登上了奈良北面的山头，气喘吁吁，慵倦无力地伫立于松枝之下，手扶树干，向山下遥望你居住的深宅大院，我无计可施，只好叹息良久。我恨这无情的高墙，将我们隔开。

　　黄昏庭院白露消，相思销魂受煎熬。

——笠女郎　卷四—594

　　漫长的一天在苦苦相思中终于过去，又到了凄清寂寞的黄昏时节。经过一整天的日晒，草丛上的点点露水，早就被中午时分灼热的阳光晒干。看到草丛，想起那些消散的露水，不由得顾影自怜，这消失得无影无踪的露水，就像我那白白耗费的生命与痴情。这一场令人销魂的煎熬啊，何时才到头？

四 笠女郎：一场神魂颠倒的单相思，相闻歌（下）

相思情深来大寺，错拜饿鬼白磕头。

——笠女郎　卷四—608

"大寺"，指京城里得到朝廷资助的大规模佛寺，包括当时奈良的大安寺、药师寺等。

"饿鬼道"是佛教三恶道中的第二道，贪婪之人死后将坠入"饿鬼道"，饱受饥渴之苦。香客要是去拜饿鬼像，已属徒劳无益之举，何况笠女郎因相思之苦的折磨，神魂颠倒地走进大寺，稀里糊涂地还拜错了方向。她朝着饿鬼的背后磕头，有哪一位菩萨和神佛能看得见呢？她的一片痴心真是白费了，那几个饿鬼一定是在不怀好意地偷笑她。

作者用奇特的比喻来自嘲：可叹我满腹的单相思注定是毫无结果了。

这首和歌前面还有两首：

相思积郁能销骨，纵死千回亦心甘。

——笠女郎　卷四—603

日日夜夜思念着你，这就是我生命的唯一价值，我别无选择。我曾听说过，有多少痴男怨女，因为无法得到爱，久经痛苦的折磨，积郁成疾，早已命赴黄泉，我毫不顾忌这些前车之鉴，如果因苦苦相思而丧命的话,我也毫无怨言。为爱而死,这将是莫大的幸福,我愿这样死上一千回。

> 夜静人寐晚钟声,我独思君梦不成。
>
> ——笠女郎　卷四—607

夜幕降临,飞鸟寺、东大寺、法隆寺、兴福寺、药师寺、秋篠寺、中宫寺……古都奈良远远近近的寺庙中,传来了悠悠扬扬的晚钟声,催促人们忘却一天的烦恼,早早安睡。奈良的夜多么宁静,可我的心却在为你害相思,甜蜜的梦乡与我无缘啊。

此歌是笠女郎于公元 730 年稍后所作,当时她和大伴家持都只有十几岁。而鉴真和尚开创的唐招提寺竣工于公元 759 年,是他们人到中年之后的事情了。因此,笠女郎听到的佛寺钟声,不包括唐招提寺那口大钟发出的声音。

这首和歌的后面还有一首:

> 身不由己别君去,妾身今日归故里。
>
> ——笠女郎　卷四—609

我偷偷地在心中神魂颠倒地爱了一回,但摧人心肝的相思还是毫无结果。我真不愿就这样离开奈良,却又不得不随同家人回故乡去,恐怕此生再也见不到您了。这就是命运给我的最后安排么?这场失魂落魄的相思就这样了结了么?

别了,奈良!别了,我的爱!

笠女郎的相思歌作于天平四年秋到天平五年春(732—733)。大伴家持还只是一个十四五岁的少年,也许他对笠女郎的一往深情与苦心尚不能充分理会。这场刻骨铭心的相思也只好以毫无结果的分别而告终了。笠女郎执着追求真爱的一片苦心却没有白费，她以自己非凡的歌才将相思之苦升华为真诚动人的心曲，留在大伴家持身边，尽管他一时还不能真正理解它。

岁月流逝，少年家持的脸上渐渐布满皱纹。特别是在他经历了无数的人生坎坷之后，重读这些写给自己的相思歌，回想缈不可忆的往事，该是一番什么样的滋味呢？是甜蜜，是哀怨，还是悔恨？40多年后，家持编撰《万叶集》时，将笠女郎所写的相闻歌悉数收入其中，自己还写了两首和歌附于其后作为回答，表达了无限怅惘与悔恨的心情。

此刻与妹难再逢，万般愁绪犹在胸。

——大伴家持　卷四—611

默默何须费言辞，无计相见苦相思。

——大伴家持　卷四—612

事到如今已经无计可施，时光不可倒流，我该到哪里去寻找当年的笠女郎呢？她恐怕早已嫁为人妇，我也不该再有非分之想。面对已经永远逝去的如烟往事，我只能愁绪满胸地将悔恨压抑在心中。

我默默无言，陷入沉思之中。无缘的人，不论有多么刻骨铭心的思恋也无法如愿。

当年无缘相见，如今更是渺茫。少不更事的我，哪里会知道，你曾经受过如此沉重的折磨与煎熬。

大伴家持用自问自答的形式，希望这一场相思不曾发生过。他替笠女郎惋惜，也替自己后悔。

在《万叶集》的晚期，笠女郎是最为才气焕发的女诗人。万叶晚期的诗风逐渐衰退，笠女郎却不愧是那个时代的晚霞中最灿烂夺目的一缕余辉。她留下的相思之歌都是那样出色，那样意味深长，又是那样真诚、新颖、优美、痛彻心扉。大伴家持的形象也因笠女郎的相思歌而更加鲜活。

人生匆匆，千灾百难。新贵族藤原仲麻吕一家专横跋扈，不断排挤大伴家持一族，将他贬到地方为官，远离中央政坛。如今，大伴家持已到垂暮之年，用余生为后世编撰不朽的诗集《万叶集》。当年笠女郎对他的缕缕相思之情，眼下又久久地萦绕在家持心中。这些相思之曲也将同《万叶集》一道流芳百世。

可是，笠女郎如今在哪里呢？也许早成了抱孙子的祖母，也许已不在人世了。她是否能读到家持这半个世纪后的回答呢？

卷五　杂歌

原著本卷共收入和歌114首，其中包括山上忆良创作的许多脍炙人口、真挚感人的作品。特别是相传由他撰写的汉文序，代表了万叶时代遣唐使汉文写作的最高水平。

一 大伴旅人等：梅花之宴组歌

原汉文序

天平二年正月十三日，萃于帅老之宅，申宴会也。于时，初
春令月，气淑风和，梅披镜前之粉，兰熏珮后之香。加以曙岭移云，
松挂萝而倾盖，夕岫结雾，鸟封縠而迷林。庭舞新蝶，空归故雁。
于是盖天坐地，促膝飞觞。忘言一室之里，开衿烟霞之外。淡然
自放，快然自足。若非翰苑，何以滤情。请纪落梅之篇。古今夫
何异矣。宜赋园梅聊成短咏。

大伴旅人在大宰府召开的梅花之宴的盛会，一共有 32 人出席，
每人赋诗一首，共 32 首。这种文人集会是对王羲之等人举行兰
亭雅集的模仿。据小岛宪之教授推测，这篇"序言"是山上忆良
所作，其遣词用句不但模仿了王羲之的《兰亭集序》，还能从中
看到王勃、骆宾王的语言风格。

日本从公元 645 年开始使用年号"大化"，直到 2019 年 4
月底使用的年号"平成"，都是出自中国典籍《易经》《书经》《史
记》等。而 2019 年 5 月开始使用的新年号"令和"，第一次选
自日本的古籍《万叶集》梅花之宴的文章。"令和"一词，就来
自梅花之宴序言中的"初春令月，气淑风和"。

梅花盛宴的消息和作品很快就传到京城奈良，人们惊叹，当
朝一流的和歌诗人都云集于九州大宰府中，使得京城的歌坛不禁
黯然失色。

注释

天平二年：公元 730 年。

萃：汇聚。

帅老：对大宰帅大伴旅人的尊称。

申：召开，举行。

令月：美好的月份。

镜前之粉：女子化妆所用之粉。

珮后之香：挂在腰带上的香囊。"珮后之香"与"镜前之粉"为对句。

縠：读作"hú"，有皱纹的薄纱，这里比喻山林中的轻雾。

烟霞：指红尘俗世。

翰苑：美文荟萃之处。

滤情：让自己的心情变得更加纯净。

白话文翻译

　　天平二年正月十三日，众人汇聚于帅老大伴旅人之府邸，召开盛大宴会。那一日正值初春美好的月份，空气清新，和风吹拂。盛开的梅花如同在梳妆台的镜前扑上了白粉，兰花散发出馨香，如同佩戴在腰间的香囊散发出来的气味一般。再看那曙色之中的山岭上，彩云正在缓缓移动，青松上挂着藤萝，亭亭玉立，美丽的树冠就像一顶倾斜的冠冕，到了黄昏，山上弥漫起轻雾，就像是绮罗绫縠，让鸟儿在树林里迷了路。院子里彩蝶纷飞，天空中飞来了似曾相识的雁群。于是，我们盖着天，坐于地，促膝而饮，推杯换盏。举座之人都高兴得忘记了言语，在红尘俗世之外解开衣襟。大家都心情恬淡，敞开胸怀，快乐得心满意足。如若不是挥洒笔墨，怎能抒发心中之情呢。我们用诗歌咏出落梅之篇。这种风雅之举，古今相同。那此刻就以庭院中的梅花为题，吟赋短歌吧。

梅花歌三十二首（其七）

正月和睦春已到，年年赏梅乐陶陶。

——大式纪卿　卷五—815

"大式"是官职，大宰府的首席次官，大伴旅人的部下。"式"，同"贰""二"。

此人姓纪，"卿"是对他的尊称。大伴旅人身为大宰府长官，主持了这一场梅花盛宴。他让副职纪氏首先公布自己即席创作的作品。这一首和歌是开场白，点名了梅花之宴的主题：上下一心，和睦迎春，赏梅饮酒，其乐融融。

春来梅开庭院里，独坐直到日偏西。

——筑前守[1]山上忆良　卷五—818

在场的客人当中，山上忆良年龄最长，资历最老，作歌水平最高，因此，理所当然地受到尊敬。按照座次的顺序，他坐在第四个位子上，因此很快就轮到他公布作品了。忆良回忆起平素自己独居家中，面对庭院中盛开的梅花时，也常常会有孤独之感。今天来到大宰府中，亲赴梅花盛宴，同僚满座，亲朋欢聚，好不快活。我要与大家一起开怀畅饮，高声放歌。

世人多为恋情苦，但愿超凡做梅仙。

——丰后守大伴大夫　卷五—819

1　筑前守：筑前国（古代日本的地方行政划分之一的令制国之一）的长官。一般在中央任职，但贵族、朝廷任命后被分配至地方任职的官员不在少数，到了平安时代之后，已形同虚设。——编者注

丰后守（今九州大分县大部分地区的长官）大夫大伴首麻吕，"大夫"是一种尊称，不代表相应的官位。他也是大宰帅大伴旅人的部下，紧接山上忆良之后公布自己的作品，这首和歌突然话锋一转，希望能借今天的酒美梅香与盛宴气氛，抛开郁结在心中的失恋之苦，超凡入圣，飘飘欲仙。

酒尽人散满地落，青柳梅花头上插。

——笠沙弥　卷五—821

出家人沙弥满誓，笠姓，俗名笠朝臣麻吕。"朝臣"是天皇赐给皇族与贵族的姓氏之一。他出家之前任过地方官，元明天皇时代后期出家，这次是以大伴旅人的朋友身份前来出席九州大宰府梅花之宴的。出家之人面对盛开的梅花，立刻想到了花落人散、"诸行无常"的哲理。笠沙弥想要将这场宴会的余兴带走，便把苑中的柳枝与梅花插在头上，让快乐一直陪伴在身边。

我家园中梅花落，天降香雪正飘飘。

——大伴旅人　卷五—822

此刻，东道主大伴旅人在宴会上也公布了自己吟出的梅花歌。盛会之时，春风骀荡，枝头的梅花纷纷飘落，就像在地上铺了一层香雪。

这时，大伴旅人那位十来岁的公子大伴家持就坐在他身边，默默地将父亲的作品记在心中。当他长大成人之后，也不曾忘怀，后来，与弟弟大伴书持一起回忆起这场盛宴和与父亲在一起的时光，还特意作歌相和。

春来果见梅花放，思君不见夜难眠。

——壱岐守板氏安麻吕　卷五—831

这首和歌的作者壱岐守是大宰帅大伴旅人的部下。"壱岐"是对马海峡中的群岛，离九州本土25公里，今属长崎县。"壱"是"壹（yī）"的古字。

他唱道："我远在海岛之上时，就听说大宰府苑中的梅花开了，今天来此赴宴，果然是一派繁花美景。平日里我独处孤岛，日日思念各位朋友，常常彻夜难眠。今天真是一场难得的盛会。"

大家共同举杯，饮酒赋诗，曲终人散之后，他又会重新渡海，前往壱岐岛，与亲朋好友隔海相望了。

梅花插头终难弃，霞光缭绕春日迟。

——小野氏淡理　卷五—846

小野朝臣田守，名淡理。"朝臣"，天皇为皇族显贵所赐的"八姓"之一。

我把梅花一直插在头上，舍不得将它扔掉。举目四望，春天的水蒸气在和煦的阳光下幻化成美丽的霞光，缭绕在我们身边，春天的白昼慢慢变长了。"春日迟"是春天来临后，白昼一天天变长之意，出自我国的《诗经·小雅·出车》："春日迟迟，卉木萋萋"。

大弐纪卿的开场诗十分得体，歌咏的是其乐融融的盛会气氛，随后是山上忆良，他写的不是眼前的景物，而是在自家庭院独自赏梅的情景，可见他对家庭的深厚感情。而丰后守大概正处于失恋的痛苦之中，希望自己能够变成梅仙，摆脱烦恼。笠沙弥的和歌则有一股"菊花须插满头归"（杜牧《九日齐山登高》）的忘情与洒脱。大伴旅人的和歌意境高远浪漫，比喻贴切。壹岐守的和歌感叹，春天一到，便有梅花盛开，但人生漂泊，难于预料，心中思念的友人未能出现在眼前。小野氏歌是 32 首和歌中的最后一首，恰如其分地表达了众人依依不舍的情怀。

二 大伴旅人：松浦川畔遇仙姬（上）

汉文原序

余以暂往松浦之县逍遥，聊临玉岛之潭游览，忽值钓鱼女子等也。花容无双，光仪无匹。开柳叶于眉中，发桃花于颊上。意气凌云，风流绝世。仆问曰："谁乡谁家儿等，若疑神仙者乎？"娘等皆笑答曰："儿等者渔夫之舍儿，草庵之微者。无乡无家，何足称云。唯性便水，复心乐山。或临洛浦而徒羡玉鱼，乍卧巫峡以空望烟霞。今以邂逅，相遇贵客，不胜感应，辄陈款曲。而今而后岂可非偕老哉！"下官对曰："唯唯，敬奉芳命。"于时日落山西，骊马将去，遂申怀抱，因赠咏歌曰：

注释

县：同"地"。"松浦之县"，即松浦之地。

意气：这里是"品味高雅"之意。

仆：第一人称的代词，自身谦称。"仆少负不羁之才，长无乡曲之誉"（司马迁《报任少卿书》）。

娘：年轻姑娘。

唯性：唯有生性如此。

便水：乐水，喜欢与水亲近。

复：还有。

洛浦：洛水之滨。语出曹植《洛神赋》。描写他在洛水之滨偶遇美貌多情的洛水女神的故事。两人虽灵犀相通，但终因人神殊途，又不得不怅然分别，恍如一场梦境。

徒羡玉鱼：出自《淮南子·说林训》："临河而羡鱼，不如归家织网。"

乍：这里是"恰逢，正好在……"之意。

巫峡：出自《文选》中的《高唐赋》。姑娘们以巫山神女自喻。

款曲：衷情。

日落山西，骊马将去：出自曹植的《洛神赋》，文中有"日既西倾，车怠马烦"的字句。骊马，即黑马。

白话文翻译

我前往松浦川一带，进行了一次短暂的逍遥畅游。来到玉岛潭边，忽然遇见几位女郎正在垂钓。她们都长得花容玉貌，光彩照人，无可匹敌。眉如柳叶，面似桃花。一个个品味高雅，风流绝世。我问道："姑娘是何处之人，谁家之女？可是仙女？"姑娘们笑着回答："妾等都是渔家之女，身居草庵，身份低微，没有故乡也无家人，何足挂齿。妾等喜欢流水，以山为乐。或在洛水之滨心生羡鱼之情，或怅然卧于巫峡之中，空望江上漂浮的烟霞。今天偶遇贵客，心中不胜感动。那就将一腔心事和盘托出吧。从今往后，我们可否白头到老！"下官答道："好的，就按姑娘的一番美意来办吧。"这时，日落西山，我的马匹就要返回了。那我也将心中的感情表述出来，赠送你们几首和歌，歌中说：

自言垂钓渔家女，显赫家世定不凡。

——大伴旅人　卷五—853

少女们微笑着回答，自称是海边渔家之女，但大伴旅人一眼就看出，她们的衣着、风度、言谈举止都表明，这是一群当地身份高贵、知书达理的大户人家的千金。其家世都十分显赫，可追溯到遥远的古代英雄传说的时代。

> 家在玉岛河畔住，贵人面前不敢言。

——垂钓女儿　卷五—854

垂钓少女终于说了实话，告诉大伴旅人，她们家居玉岛河畔，而不是荒凉的海滨。她们看到这位来者气度不凡、前呼后拥，定是这一地方的最高长官，心中不免感到惶恐与局促，不好意思说出自己的身份。因为在她们深知，自己的家世、父母的官职在这位统领九州地方的长官面前都是微不足道的。

客人再赠和歌三首

> 波光粼粼松浦川，临河垂钓湿裙边。

——大伴旅人　卷五—855

松浦川在阳光之下，闪着粼粼波光静静流淌着。姑娘们站在河边垂钓，不知不觉中，衣裙的下摆已被沾湿。她们一心垂钓，目光紧紧注视着吊钩线上漂浮在水面的浮标，全然不知衣裙下摆已经被飞溅的浪花和水波沾湿了。

> 借问仙姬家何处？松浦玉岛垂钓竿。

——大伴旅人　卷五—856

大伴旅人再次向姑娘们发问，你们的家到底住在玉岛河畔的什么地方？松浦川很长啊，只听说玉岛这个地名也在松浦川沿岸一带。你们的家究竟是在哪一段？看来，大伴旅人想问清地址后，前去拜访。

脉脉含情迎远客，愿枕仙姬香臂眠。

——大伴旅人　卷五—857

在松浦川上垂钓香鱼的少女们含情脉脉、眼波流盼、楚楚动人、人见人爱。大伴旅人一行人，多么希望与她们继续交往，谈情说爱，甚至幻想着有一天，趁着美好的夜色，能够前往她们的香闺幽会，共度佳期。

此组对唱和歌共 8 首，这里选其 5 首。

组歌《松浦川·序》文辞优美，意境缥缈，深受中国神仙思想与古典文学名篇之影响。观之，则流金溢彩，诵之，则金声玉振。这篇序言的作者可能是大伴旅人本人，但也有学者认为是山上忆良，或是由大伴旅人授意，山上忆良所作。忆良具有留学大唐的资历与深厚的汉学教养，深得上司大伴旅人的器重。

歌中提到的"（香）鱼"，日语原文为"鮎"（あゆ），是栖息在溪流中的一种淡水鱼，分布于整个东亚，日本的香鱼质量更佳，肉质细嫩，有香气。秋天，香鱼在河流入海口产卵，孵化，幼鱼在海中成长，早春时节逆流而上，喜欢生活在湍急的溪流中，体长可达 20 至 30 厘米。

《日本书纪·卷第九·神功皇后》中记载：仲哀天皇九年（200年），神功皇后"夏四月壬寅朔甲辰，北到火前国松浦县，而进食于玉岛里小河之侧。于是，皇后勾针为钩，取粒为饵，抽取裳缕为缗，登河中石上，而投钩祈之曰'朕西欲求财国。若有成事者，河鱼饮钩'。因以举竿，乃获细鳞鱼。"[1]

为占卜西征朝鲜半岛新罗国的成败，神功皇后用饭粒和衣裳上的线做钓鱼器具来垂钓，成功钓得香鱼。从此，当地女性每年

1　坂本太郎等校注.日本古典文学大系 [M]// 日本书纪（上）.东京：岩波书店，1978：333.

四月都来此垂钓香鱼，祈求好运，蔚然成风。

小岛宪之教授认为，《松浦川·序》之语言风格，显而易见受到中国六朝时代的《文选》中的"情赋"《高唐赋》《神女赋》《洛神赋》，以及唐代传奇小说《游仙窟》的影响。

他接着又指出以下几个问题："开柳叶于眉中，发桃花于颊上"，是从《游仙窟》中的诗句"眉间月出疑争夜，颊上花开似斗春"一联，以及"开翠柳眉之色，乱红桃脸之新"的字句化出来的。《游仙窟》开头，有主人公"余"与女子之间的问答："余乃问曰，承闻此处有神仙之窟……，女子答曰，儿家堂舍贱陋……"，"余问曰，此乃谁家之舍？"

九州时代的大伴旅人已是花甲老人，心中却充满青春活力，憧憬着神秘美丽的梦境，追求浪漫。与旅人相比，部下山上忆良比他年长 5 岁，却是一位现实主义诗人。两人于圣武天皇（724—749 在位）的神龟、天平初年，同在九州任职，在这里，他们可以最先读到来自中国的诗文，因为九州地方官的任务之一就是引进中国文化。特意差人从中国带回来的新书与珍贵资料，首先会送到大伴旅人手上。在这一点上，两人都有得天独厚、先睹为快的条件。

大伴旅人、大伴坂上郎女常与七十老翁山上忆良谈诗论文。忆良认为，和歌是感情的自然流露，形式上却不如汉诗那么讲究。和歌没有平仄、押韵、对偶等规则，多少有些原始，野老村妇也能即兴吟出。从内容上来看，和歌偏重于情绪与写景，缺乏一种社会性的感怀。他希望能将中国诗文的主题引入和歌。因此，忆良的作品常给人以儒学之士的印象。这种崭新的文艺观使大伴兄妹大开眼界。

而忆良与旅人的家世完全不同。旅人生于世袭罔替的中央贵族之家，又是封疆大吏；忆良出身贫寒，晚年才当上了地方官，他意志坚强，完全靠自己的努力奋发、学问超群才争取到这样的地位。忆良对儒学、佛学的造诣都很高，他的思维方式同现实生活密不可分。旅人却是一位浪漫诗人，永远沉浸在自己的艺术之梦中。大伴旅人与山上忆良的和歌风格迥然不同，两位亲密的诗友留下的作品，体现出万叶和歌的不同风采，诠释出百花齐放、多姿多彩的万叶时代第 3 期的时代风貌。

三　大伴旅人：松浦川畔遇仙姬（下）

少女们再赋和歌三首

缥缈春情付流水，垂钓香鱼松浦川。

——大伴旅人　卷五—858

少女们将春梦寄托于滔滔不尽的流水之上，来到松浦川上垂钓，不但是游玩，而且还是为了等待天赐良缘，一心希望会有如意郎君出现在眼前。当时的九州人口稀少，山野河流人迹罕至。青春少女是否能等来天赐良缘，的确是毫无把握。她们只好将一腔痴情付与流水。

春到侬家河窄处，香鱼跳跃眼欲穿。

——大伴旅人　卷五—859

这里的河道有宽有窄，窄的地方很容易涉水而过。原文中，用"川门"一词来表示河流的窄处。少女们也是在告诉客人一行，这里就是进入我家的"入口"，而且从这里渡河，很容易就会找到我家。香鱼在此处跳跃欢腾，兴高采烈。歌中暗示，如果落花有意，流水亦有情的话，希望郎君晚上前来相会。这正是当时流行的"访妻婚"习俗。

情如春水流不尽，松浦川上七道滩。

——大伴旅人　卷五—860

你看，那松浦川上有七道浅滩，河床变宽，河水变浅，由于地形富于变化，流经这里的河水会放慢脚步。但我们心中的真情，却滚滚滔滔，绝无停滞不前之时，也不曾有变慢的时刻。我们痴情不变，一往情深，盼望与郎君相会。

少女们咏歌3首，忘记羞怯，落落大方，做了一番大胆表白。读到这组情歌，我们会惊奇地发现，以年过花甲的大伴旅人为首，一行上了年纪的人也会禁不住"老夫聊发少年狂"，何况是年轻人呢。他们就像是参加了山野之中的一场"情歌大会"，尽情地抒发心中的感情，与少女们相互表白爱慕之心。

小岛宪之教授认为，这一组情歌都是虚构的作品。大伴旅人与山野中的少女们情歌互答、互生爱慕的情节只是出于浪漫遐想。

大伴旅人又写了三首和歌，与书信一并寄给旧友：

松浦川上流水急，飞沫溅湿红裙边。

——大伴旅人　卷五—861

松浦玉岛多游客，不见仙姬心不甘。

——大伴旅人　卷五—862

有幸邂逅垂钓女，后人欣羡成美谈。

——大伴旅人　卷五—863

在《万叶集》卷五的这一组情歌后面，还收入了一封用汉文写成的书信。大伴旅人的旧友收到大伴旅人寄来的"梅花歌"与"松浦川"组歌，细细展读之后，写下了自己的读后感寄给大伴旅人：

> 宜启。伏奉四月六日赐书。跪开封函，拜读芳藻。……羁旅边城，怀古旧而伤志，年矢不停，忆平生而落泪。但达人安排，君子无闷。……梅苑芳席，群英摛藻。松浦玉潭，仙媛赠答。……

注释

宜启：回复尊贵者书信起笔用的尊敬语。

古旧：同"故旧"，老友。

志：在古日语中有"寄予对方的深情厚意""亲切之心""爱情"等含义。

年矢：光阴似箭。

达人：造诣高深之人。

摛藻："摛"，读作"chī"。铺张辞藻。

白话文翻译

> 敬启者：伏地承接四月六日赐书一封。跪地开启封函，拜读书中华美词章。……身在羁旅之中，来到边城，怀念旧友，满心伤悲，心中一片深情厚意无法表达。光阴似箭，回忆生平，不禁黯然落泪。但高雅之人能安居无常之世，君子心中并无郁结之情。……梅苑之中，文人雅集，群英铺张辞藻。松浦川上，碧潭之畔，与仙姬互赠和歌。……

回信之后附和歌两首

无缘亲赴赏花宴，愿化梅花伴君开。

——旧友吉田宜　卷五—864

　　我读到你们在梅花盛宴上的佳作，字字珠玑，朗朗上口，感情真挚，气氛热烈。只可恨我们身在京师，万里云山相隔，路途遥远，无法亲临梅花树下的宴会。那么，就让我变成一株梅树，年年春天都开出满枝芬芳馥郁的花朵，一直陪伴在你身边吧。

松浦河畔苦相盼，渔家哪得此仙媛。

——旧友吉田宜　卷五—865

　　接着又读到你们在松浦川上偶遇一群美丽而气度不凡的少女，双方唱和的"相闻歌"时，好生艳羡。你的判断十分正确，她们绝非山野海滨的村夫渔民之女，而是一群仙姬，才能有如此教养与出众的诗才。

　　"万叶时代，日本有青年男女相互表达爱慕之情的赛歌风俗，此种活动称为"歌垣"。这是春耕之前的祭祀仪式，慢慢变成了谈情说爱、成就夫妻姻缘的场合。"[1]
　　"据《常陆国风土记》载，筑波山赛歌大会于每年春秋二季举行，少男少女携带饮食和求婚的礼物，汇聚一起，互唱情歌。参加'歌垣'之人从此被承认具有成人资格，这也是一种祭神的奉献与作为地域社会成员的社会责任。"[2]

1　樱井满监修 . 万叶常识事典（『万葉を知る事典』）[M]. 东京：东京堂，2003：14.
2　同上书。第 200 页。

大伴旅人与垂钓少女互唱情歌时，都表现得大大方方、坦坦荡荡，毫无忸怩之态。而我国的中原地方自古重教化，这种对唱情歌的文化现象在古代中国文人与邂逅相遇的民家少女之间是完全不存在的。比如，唐代崔护脍炙人口的《题都城南庄》写的只是一次偶遇："去年今日此门中，人面桃花相映红。人面不知何处去，桃花依旧笑春风。"虽然崔护对农家少女一见钟情，那位少女也对他脉脉含情，然而始终是一言不发，尽管后人根据这首诗还演绎出了一段悲切凄婉的传奇故事来。中国古代女性尽管渴望爱情与幸福，却必须遵守"妇德"，不可逾越"礼"的规矩。

　　而中国西部的许多少数民族，自古以来却有着与日本万叶时代那种男女谈情说爱、寻觅配偶的"歌垣"相近似的风俗习惯。

四　山上忆良：前辈深情颂平安，送遣唐使长歌

好去好来长歌一首并反歌二首

自神代，治世传千年，

大和国，神秀好山川。

皇祖神，威德天下扬，

言有灵，佑我国土安。

到今朝，众人皆目睹，

一代代，有口皆称赞。

国富庶，人丁满城乡，

不虚传，人人亲眼见。

日高照，朝廷多辉煌，

圣心明，仁爱满人间。

重英才，良家选儿郎，

委大任，为国育英贤。

奉敕命，渡海赴大唐，

为求学，不畏千里远。

海面广，不惧风浪狂，

海神佑，一路保平安。

众神护，大船破浪行，

引航路，如同履平川。

天地间，众神佑我行，

大和国，赐我壮士胆。

天朗朗，任我上九霄，

渡海去，不怕冒艰险。

学有成，归期转眼近，

众神佑，为我指航线。

举臂膀，来我船舷上，

如墨线，航路不拐弯。

扬风帆，驶过值嘉崎，

望三津，即刻到海岸。

心似箭，平安进港湾。

儿郎归，别来应无恙，早日归故园。

——山上忆良 卷五—894

反歌二首

松原港口勤洒扫，期盼诸君早回还。

——山上忆良 卷五—895

闻说船儿已进港，衣带未结奔海边。

——山上忆良 卷五—896

山上忆良生平参看本书卷一·四"山上忆良：遣唐使的望乡歌"。山上忆良曾担任第 8 次遣唐使少录（文书）于大宝二年（702 年）到达唐帝国，704 年归国，在长安留学两年。天平五年（733 年），山上忆良与第 10 次遣唐大使多治比广成促膝交谈，殷殷话别时，已是 72 岁高龄，他于当年六月以后便去世了，未能等到这批遣唐使回国，体会重逢之喜悦。

长歌的开头唱道："自神代，治世传千年"。"神代"指神话传说中的远古时代。第四句开头的"言有灵",指日本古代信仰之一的"言灵",人们认为,语言中蕴藏着神灵,能左右人的吉凶祸福。史书《续日本纪》"嘉祥二年"(849年)一节中记载,兴福寺大法师等人的进献和歌中,也使用了"言灵"一词。万叶时代的日本人普遍相信,语言之中有神灵,能左右人的吉凶祸福。

山上忆良的这首长歌形式成熟而固定,感情真挚,言辞谦逊而得体。既充满了对祖国的热爱与赞美,又祝愿后辈们能从大唐学成归来。面对凶险的航海旅途,他诚心祈求众神庇佑,盼望遣唐使们平安归国,与家人团聚,为国效力。

多治比广成是天平四年(732年)八月被任命为为遣唐大使的,第二年三月二十一日入朝拜见天皇,同年闰三月二十六日被天皇授予"使节宝刀"。这次遣唐使们分乘4艘长约20米的大船,于天平五年(733年)四月三日从难波津出发前往中国,每一艘船的船头上,都供奉有保佑航海安全的住吉大神。他们平安到达中国,完成使命后,于天平六年(734年)十月启程回国。但一行人在海上遇到风暴,多治比广成本人漂流到今天属于九州鹿儿岛县的种子岛。第二年,天平七年(735年)三月十日才回到京城复命。这4艘遣唐使船有两艘漂流到了东南亚的昆仑国,其中只有4人得以生还,侥幸回到日本。昆仑国指隋唐时代的婆罗洲、爪哇、苏门答腊附近诸岛,乃至包括缅甸、马来半岛等地。

多治比广成的父亲多治比岛,曾在持统天皇和文武天皇时代担任过右大臣、左大臣。据说,多治比广成被任命为遣唐大使之后,望着辽阔宽广、翻腾不休的大海,面对凶险的旅途,不禁忧心忡忡、充满恐惧、顾虑重重。山上忆良不但当面鼓励他作为遣唐大使要以身作则、不怕苦难,还作了这一组和歌表示祝福。

最后的两首反歌中唱道:

等到你们归国的那一天,我会提前将难波港口的松原一带清扫干净，等待着你们，可要早日归来啊。

我听说船儿进港了，满怀兴奋之情，恨不得马上就能见到渡海归来的游子，等不到系好衣带，就匆匆忙忙赶到港口迎接你们。

"从舒明天皇二年（630年），从日本首次派出遣唐使起，到宇多天皇宽平六年（894年）停止派遣为止，前后历时共264年。任命遣唐使达19次之多，其中有3次未能成行，还有3次是为了迎送唐朝客人，实际到达中国的共13次。每次的成员从240余人，到650余人不等，一般为500人左右。"[1]

遣唐使来华，要经受一条充满艰辛、波涛汹涌的航程的生死考验。这种孜孜不倦、前仆后继、冒险渡海学习的事迹，在世界史上也是十分罕见的。

1　根据木宫泰彦《日中文化交流史》（胡锡年译，商务印书馆，1980年，第62—76页）资料编写。

卷六　杂歌

原著本卷收入和歌共 160 首，全部属于杂歌。以笠金村、山部赤人等宫廷和歌诗人的作品为主，包括行幸从驾歌、游乐宴会歌、新京奈良赞歌等。

一 车持千年：伴随天皇行幸吉野时的思家歌

车持朝臣千年作反歌三首

思君情浓忘敬畏，瀑布绝顶三船山。

——车持千年 卷六—914

车持朝臣千年，生卒年不详，"朝臣"是天皇所赐的"八姓"之一，他大约是万叶第 3 期与山部赤人同年代的歌人，其作品多是为天皇伴驾的行幸途中之作。

中西进注释："这组和歌创作年代不详，有版本说是'养老七年五月，行幸吉野离宫时所作'。""养老"是女皇元正天皇的年号，"养老七年"为公元 723 年。按照中西进的注释，这是车持千年伴随元正天皇行幸吉野山时的作品。

养老山地瀑布位于歧阜县西南部，瀑布高三十余米。当地有"孝子泉传说"，古代有位孝子名叫源丞内，家中老父嗜酒，因无钱购买，常常为此苦恼不堪。有一天，源丞内在山中闻到酒香，发现了这道美酒瀑布。从此，常来此处汲取美酒带回家中孝敬老父。元正天皇行幸此地时，听到这个传说后十分感动，将年号"灵龟"改为"养老"（717—724），以弘扬孝道。后来，元正天皇带着车持千年等一行随从，又来到名气更大，离皇都奈良更近的吉野游玩。

元正天皇（680—748），第 44 代天皇，715—724 年在位 9 年，

草壁皇子之第一皇女，其母是元明天皇。元正天皇在位时公布了《养老律令》，鼓励开垦良田，禁止农民四处流浪，取缔私自剃度为僧的行为。后来，她让位于圣武天皇。

吉野的三船山海拔487米，宫瀑从山顶飞泻而落，直泻深渊之中，山上有持统天皇和圣武天皇巡幸吉野时居住的离宫遗址，是令人心生畏惧的地方。今天，我伴驾来此，独自一人面对良辰美景，观赏这清凉山水，岂不可惜。不由得想起留在家中的妻子，多么希望她也能够来到这里，与我一同观赏美景啊。

奈良县吉野山有一道轰鸣而下的著名飞瀑"宫瀑"，被人称为"鸣神瀑布"。那瀑布声令人心生敬畏，但作者却不顾圣地的威严，不由自主地思念起家中独守空闺的妻子来。他登上吉野山，只见满山长满了茂密的树木，往山下俯瞰，河流浅滩上朝雾弥漫，到了黄昏，又传来阵阵蛙鸣。车持朝臣千年独自和衣而卧，每天夜里都像这样不解开衣裳上的纽带。这个举动是离家前与妻子的约定，在外出期间，绝不亲近别的女人。

车持千年在伴驾的作品中，大胆地写出了自己思家的情感。这一组和歌不是纯粹的伴驾之作，理应归入"相闻歌"之中。

吉野川上千鸟啼，流水声中更思君。

——车持千年　卷六—915

半夜里，我听见吉野川上的千鸟还在不停地啼鸣，它们为何不顾疲劳，还不安睡呢？是在苦苦寻找谁？阵阵鸟鸣再加上远处传来的吉野川如泣如诉的潺潺流水之声，不停地搅扰着我的梦魂，令人不得安眠，陷入彻夜的苦苦相思之中。

吉野川上腾雾气，离家数日苦相思。

——车持千年 卷六—916

天明起床，我望见山下吉野川上弥漫的朝雾，缓缓游荡。这团团雾气，是否是我的相思之情所化呢？妻子独自留在家里，她是如何度日的呢？我离家才短短几天，对心怀相思之情的人来说，真可谓度日如年。

到了"养老"年间，持统天皇（645—702）早已不在人世。但吉野山的美景吸引着历代天皇不断前来行幸。

持统天皇从即位后的第三年起，直到让位于文武天皇的 7 年之中，曾 31 次行幸吉野山。这里是壬申之乱前，她与丈夫大海人皇子（即后来的天武天皇）的栖身之地，他们从这里出发，夺得了天下。吉野山可说是天武天皇、持统天皇发迹的圣地，建立律令制度国家的出发点。天武天皇即位后，也曾来此游览过一次，当时，持统天皇作为皇后，曾与草壁、高市、大津等诸位皇子陪同天武天皇来此地游玩。

另外，吉野山雨量丰沛，山上的众多溪流汇成吉野川奔流而下，滋润着大和平原。此地还是祭拜水神、祈祷丰收的地方。中国的神仙思想传到日本后，这里的深山幽谷被认为是仙人出没之地。所谓"神仙思想"，起源于道教的长生不老、羽化登仙的信仰。

二 大伴坂上郎女：高圆山上望月华，咏月歌

大伴坂上郎女咏月歌三首

只缘高圆山伟岸，月华迟来照人间。

——大伴坂上郎女　卷六—981

坂上郎女生平参看卷四·二"坂上郎女：郎骑黑马夜夜来，相闻歌"。

高圆山位于奈良市东南方，与春日野上的春日山相连，海拔432米，比大和三山高出一倍多，山体为花岗岩，整座山都被森林覆盖，万叶时代这里曾是贵族的狩猎之地。大伴坂上郎女的别墅就在高圆山西北面的春日里一带。

这首咏月歌唱道：夜色降临，月华东升，由于高圆山的山体高大雄伟，这里的月出时间比别的地方要晚了许多。你看，月亮好不容易才从山后爬上山顶，将皎洁的光辉洒向大和平原，洒向人间。

白天，站在高圆山上，能将奈良市区尽收眼底。东大寺的大佛殿近在眼前，大和平原弥漫着濛濛水气，星罗棋布地分布着大大小小、郁郁葱葱的天皇陵，远远近近的古寺中，矗立着一座座庄严肃穆的五重塔。今天，我们登上高圆山，还能望见长眠着大津皇子的二上山，甚至远在京都的京都塔和京都车站大厦。这一

组咏月歌的另外两首是:

月色朦胧夜雾起,无端忧愁摧心肝。

——大伴坂上郎女　卷六—982

夜雾慢慢升起,月光之下的一切都变得朦朦胧胧。大伴坂上郎女的心情也随之低沉,她虽然生于显贵之家,却也有种种不如意之事,回想起如烟往事,这些早已逐渐远去的回忆,此刻就像夜雾一样,悄无声息地围了上来,化作一团无端恼人的忧伤之情,弥漫在她的四周,不断翻腾在胸中。

月出山端夜空阔,仰望清辉心皎然。

——大伴坂上郎女　卷六—983

夜深了,雾气渐渐散去,明月孤零零地浮上辽阔无垠的夜空。这月儿如同美少年一般,向人露出迷人的微笑,缓缓移动,遨游在广阔的夜空之中。望着月亮,觉得天上与人间,有两颗孤独的心正在慢慢接近。月亮似乎就要向她倾诉衷肠,大伴坂上郎女也有满腹的哀怨,她好像找到了一位知心朋友,心境也变得澄澈而皎洁。

日本《古事记》的神话中说,太阳之神"天照大神"是女神,她的兄弟月神则是位男神。在《万叶集》的和歌中,月亮往往被称为"月人壮子"。

伊邪那岐与伊邪那美这两位天神创造了日本国土,他们从天而降,结为夫妇。伊邪那美在日本列岛生下了"海、川、风、木、山"等神,最后在生"火神"时死于产床上。丈夫伊邪那岐十分悲痛,一直追到了"黄泉"之下。当时,佛教还未传入日本,人们还没有"地狱"的概念。伊邪那岐从黄泉回到九州后，为洗去污秽而举行洁身仪式。从他的左眼中生出了"天照大神"（太阳女神），让她主管"高天原"（天上之国），后来成了日本皇室的祖先，至今被祭祀在伊势神宫之内。接着，伊邪那岐的右眼中又生出了月亮男神，让他主管"夜晚世界"。

明月是和歌中屈指可数的代表性素材之一，《万叶集》中有不少咏月歌。

日本信州大学的渡边秀夫[1]教授写道：

> 人们将月、星、萤一道，作为发光的物体而与别的物体区别开来，格外受到重视。
>
> 现在，亚洲各国的国旗多以太阳、月亮、星星为图案。
>
> 万叶时代的人们领悟到，月圆月缺的现象让人领悟诸行无常的哲理。
>
> 访妻婚时代的恋歌中，常见女子在月明之夜盼望男子前来幽会，残月落下西天时，又不得不将男子送走的场面。男女偷偷幽会时，一夜之间月亮在空中缓缓地运行，正是男女谈情说爱的时间推移。
>
> 月夜是访妻幽会的好时机，温情的月亮本身就像是恋人的面影。万叶集中还有这样的作品："愁肠满腹见秋月，最是无情照不眠。"（无名氏　卷十一—2226），"月隐夜空忽暗淡，怎得恋慕妹面影。"（柿本人麻吕歌集　卷十一——2463）
>
> 这两首和歌写的是热恋中的男女无法与恋人相会

1　渡边秀夫（1948— ），日本文学研究者，信州大学名誉教授。曾在北京日本学研究中心担任客座教授。专攻平安朝文学、和汉比较文学。主要著书有：《平安朝文学和汉文世界》（1991年）、《和歌的诗学：平安朝文学和汉文世界》（2014年）等。——编者注

时，只好望月怀人。[1]

第 1 首（卷十一——2226）唱道：痴情的女子夜夜苦苦等待，男子却爽约一直不来，又是一个孤独漫长的难眠之夜。秋月皎洁，孤独的人却满腹愁肠。朗朗秋月虽然美丽，却是那么无情，一刻不停地照着我这难以入睡之人。它看似温柔多情，却竟然对我的痛苦无动于衷。

第 2 首（卷十一——2463）唱道：月亮隐藏于夜空中，或躲进云层，大地上的一切都失去了光彩，笼罩在沉沉黑暗当中。我一直是将月亮的脸庞当成伊人那张秀美的脸蛋，见不到她时，我就只好痴痴地仰望那一轮明月。可是今天夜里，我见不到阿妹，只好抬起头来四处张望，却看不见月亮身在何方，心中无限懊恼。

古往今来，在无数个单相思的夜里，看不见月亮时，多少人都会失去想念情人的依凭，倍感孤独啊。

1　渡边秀夫 . 诗歌之森（『詩歌の森』）[M]. 东京：大修馆书店，1995：8—20.

三 丰前国娘子等：望月怀人寄相思，咏月歌

丰前国娘子咏月歌一首

月隐云中何处觅，君亦同心望婵娟？

——丰前国娘子 卷六—984

丰前国娘子，别名大宅，姓氏不详。丰前国位于今九州福冈县东部和大分县北部一带。

樱井满与渡边秀夫等学者都认为，这是丰前国娘子收到男方托人送来的问候歌之后写的回答，可惜那首问候歌已经失传。在万叶和歌中，月亮隐藏于云中，往往寓意着男女二人的幽会遇到障碍，今宵难于见面了。那么，我们只好各自独处一方，望月怀人，聊寄相思了。"月隐云中何处觅？"我仰望夜空，却找不到月亮了，不知道它的行踪，这表现的是女主人公心中深深的忧虑。接着，她又向男方发问："你是否与我一样，满怀相思之情，此刻也仰望明月，怀念着我呢？"

我们再看紧接其后的 3 首咏月歌：

对月赠物寄心愿，今夜长如五百天。

——汤原王 卷六—985

汤原王是志贵皇子之子，万叶后期代表歌人之一。那一天，他虽然如愿以偿地与心爱之人幽会，却只恨良宵苦短。一夜的时光是那么短暂，转眼就是月落西山，黎明将近。月儿啊，我要向你赠送礼物，希望你能满足我的心愿。让今天幽会的夜晚变得如同 500 个月夜一样悠长。

中西进教授解释这首和歌说："为向住在天上的月中人——那位壮健的男子供奉币帛，愿今夜延长，变成 500 个恋人相会的夜晚紧紧相连。"[1]

　　幸得君家居近处，月光朗朗照路途。

　　　　　　　　　　　　　　　——汤原王　卷六—986

大多数学者认为，这是一首模仿女方口吻的作品。我多么思念你，好在你家就在不远的地方，可说是近在咫尺，我相信你很快就能来到我的身边。今夜皓月当空，将一条条林间小路照得明明亮亮，花影扶疏。我时刻盼望着你会托人捎来书信，满怀希望地等候着你来到我的深闺。

《万叶集》卷六中的这一组咏月歌，汤原王的两首歌的前后，即丰前国娘子与藤原八束的作品都是"访妻婚"时代的情歌。因此，学者们普遍认为，汤原王的两首歌也属于情歌。

但中西进教授认为，汤原王的这两首和歌咏唱的是男士之间的友情。

"心爱的朋友住在不远之处，盼望你光临，此时美妙的明月正照耀着大地。""这最后的一首和歌明确告诉我们，前面这样一组赠答是在相互称为'君'的文人雅士之间完成的。这就打破了《万叶集》中男女恋歌十之八九的常识，咏唱与期待是男性间

1　中西进：《智水仁山——中日诗歌自然意象对谈录》，王晓平译，中华书局，1995，第 61 页。

的文雅之举。从这一组和歌咏唱踏月访故人的内容来看，一定是依照王子猷的故事咏成的。"[1]

中西进教授还指出："总之，《万叶集》本来就可以称得上是一部恋爱抒情歌集的。由于从中国吸收了赏月的雅事，便拥有了一些男性文人间标举风雅的和歌。"[2]

1968年，川端康成在诺贝尔文学奖颁奖典礼上的讲演中，引用白居易的诗句"雪月花时最忆君"(《寄殷协律·多叙江南旧游》)时，特意将这一句诗改为了"雪月花时最怀友"。

"殷协律"，指白居易的一位姓殷的朋友，本名不详。"协律"，即"协律郎"，是唐代掌管宫中音律的官职。

白居易的原诗"琴诗酒伴皆抛我，雪月花时最忆君"，抒发的是对殷协律个人的怀念。川端将原诗改为歌颂日本古代文士的普遍情怀：看见皑皑白雪、朗朗月色、春花烂漫这些大自然的美景时，便不由自主地想要与自己的知心朋友分享心中的快乐。川端还将"雪月花时最怀友"归结为日本文人"热爱自然，敬重友情"的传统。

王晓平[3]教授认为："中国也好，日本也好，月亮还是更多地联系着男女的恋情，而中国诗歌中它与家庭的和美与团圆更分不开。'月有阴晴圆缺'，勾连着'人有悲欢离合'。"[4]

苦盼君来盼月出，可叹月隐三笠山。

——藤原八束　卷六—987

1　中西进：《智水仁山——中日诗歌自然意象对谈录》，王晓平译，中华书局，1995，第61页。

2　同上书。

3　王晓平（1947—　），四川省开江县人。曾任职于日本福冈大学以及在文部省直属机关日本国际日本文化中心担任客座副教授等。现任天津师范大学中文系教授、比较文学比较文化研究所所长。主要著作有《近代中日文学交流史稿》《20世纪国外中国文学研究》等。——编者注

4　同1，第59页。

藤原八束，权臣藤原不比等之孙。为人宽宏大量，不谋私利，曾任大宰帅。

你看，奈良东面连绵不断的群山之中，三笠山最为有名，她就像是重叠着的三顶斗笠，人们相信，斗笠下面藏着三位美丽的女郎。这里的"君"指妙龄少女，作者的心上人。我思念着你，你却久久不到，我想看看月亮，可是月儿却还躲在三笠山的背后。

三笠山，位于奈良市东面春日野上的春日大社后面，海拔342米。春日大社建于称德天皇（孝谦天皇重祚）的神护景云二年（768年），为的是镇守平城京，这里也是祭祀藤原氏的"氏神"之地。

当年，遣唐使出发前都要到春日大社来祭拜，祈求渡海平安，无灾无病，早日学成归来。养老元年（717年）三月，阿倍仲麻吕17岁（一说为19岁）时，曾随同第9次遣唐大使多比治县守等一行人来此参拜过。到了唐朝，阿倍仲麻吕刻苦学习，通过科举考试当上了官吏，历任左散骑常侍兼安南都护、安南节度使。他和与自己年龄相仿的李白、王维等诗人成了好友。公元753年，55岁的阿倍仲麻吕搭乘遣唐大使藤原清河的船，想回到日本去。出发前，唐朝朝廷和亲友在明州（今宁波）为他们举行了送别宴会。王维、包佶等诗人也出席了这次盛会，阿倍仲麻吕在席间吟出了著名的"望乡之歌"。阿倍仲麻吕望见海上升起一轮圆月，想起了17岁那年在春日野上看见过的明月。它从三笠山上飞跃大海，来明州上空迎接客居唐土的一行游子。可惜他和藤原清河一起乘坐的那艘船遇上了海难，未能回到日本。乘坐另一艘船的鉴真和尚虽然历经风险，九死一生，但最后终于侥幸地到达了日本。阿倍仲麻吕的这首题为"于唐土见月咏歌"的"望乡之歌"后来被收入了平安时代编撰的《古今和歌集》（卷九—羁旅 卷头歌406）。

我国的六朝文学对《万叶集》影响极大，梁太子萧统（501—531）选编的诗文集《文选》是万叶时代和后来的平安朝贵族必读的汉文教科书。

中西进教授认为，月亮曾经是令人畏惧的事物，人们从"畏月"逐渐发展出了"赏月"的风俗。"赏月是与对月的畏惧互为表里的。我曾经谈到过，日本人尽情赏（樱）花其实是从对（樱）花的畏惧转化而来的。月花同理，对月的畏惧变成了月下热热闹闹的欢聚。"[1]

1　中西进：《智水仁山——中日诗歌自然意象对谈录》，王晓平译，中华书局，1995，第59页。

四 葛井大成：出没于海浪中的海女

葛井大成遥望渔人钓船

为采珍珠船出海，渔家女儿浪里行。

——葛井大成　卷六—1003

葛井大成，生卒年不详，其祖先来自朝鲜半岛之百济国，曾担任筑后守，并出席大伴旅人在大宰府举办的梅花宴。

奈良平城宫遗址出土的木简之上有文字记载，早在天平十七年（745年），伊势志摩（今三重县南部鸟羽一带）的"海人"，包括"海士"和"海女"，就出没于风浪之中，潜入浅海底捕捞鲍鱼等珍贵的海产品，献给朝廷。除此之外，他们每年六月、十月、十二月的祭祀之日，还要向伊势神宫的天照大神敬献从海底捕捞的鲍鱼等海鲜。

歌中唱道：作者远远望见有渔船出海，只见几位海女从船上跃入波涛之中。原来，她们就是远近闻名的"采珠女"。大海日夜翻滚，令人敬畏，但海女们为了将海底珍珠捧出水面，让它们始见天日，与日月争辉，自小练就了一身好水性，能够像鱼儿一样遨游于碧波上下。

《万叶集》卷七中也有描写采珠女儿的和歌：

海女情深终不悔，伊势海底采珠回。

——无名氏　卷七—1322

歌中赞美海女对爱情的矢志不渝，她们年年出没于风浪之中，今天终于采得珍珠，高高兴兴地捧着珍珠，回到丈夫或情郎身边。当时的珍珠都是天然野生的，难以到手，十分珍贵，采得珍珠无异于得到一大笔财富。但海女手捧珍珠，绝不会独自远走高飞，她们依然回到自己的家，返回海边茅舍，回到丈夫或情人的怀抱，照旧是两人同甘共苦。

《万叶集》卷十二中也有一首和歌描写采珠女儿：

海女采得忘忧贝，姑娘芳容岂能忘。

——无名氏　卷十二—3084

采珠女儿潜入海底采来"忘忧贝"，原文是"忘贝"，指鲍鱼的贝壳。日本古代民间信仰，将此贝壳佩戴于身上，就能忘记失恋带来的忧伤和痛苦。

歌中唱道：海女姑娘是那么可爱纯洁，我怎么能舍得忘记她呢？她那张笑脸时刻都浮现在我眼前。也有学者认为，这首歌写的是夫妻恩爱之情，而不是恋爱的甜美。

从日本5000年前人类留下的生活遗址中，发现了大量生活在海底的鲍鱼等贝类的壳，可见那时候就有了潜水捕捞的海上生产活动。2000年前，陈寿[1]所著的《三国志·魏书》卷三十《乌丸鲜卑东夷传》中，有"今倭水人好沉没捕鱼蛤"的记载。意思是说，日本的渔民喜欢潜入海底，捕捞鱼类和贝壳类海产品。此处虽然没有明确记载女性参与潜水作业，但我们可以想象，靠海吃海的渔民们，当家中劳力不足时，妇女们也会出海捕鱼、潜水捞贝、采集珍珠。如此推测，"海女"的职业至少有两三千年的

1　陈寿（233—297），字承祚，巴西郡安汉县（今四川省南充市）人，蜀汉至西晋时期的历史学者。在蜀汉曾任观阁令史。屡被罢黜。蜀汉亡国后则仕于西晋。著有《蜀相诸葛亮集》《三国志》六十五篇、《古国志》五十篇等。——编者注

历史了。

三重县鸟羽市发行的《亲眼所见：鸟羽·志摩的海女们》一书中说，因为女子皮下脂肪厚，比较耐寒，因此，自古以来潜水作业多由女子担任。

代代相传的海女潜水作业的方法分为两种：

1. 夫妇船海女。夫妇驾船出海，女子腰间系上一条救命绳，潜至海底捕捞鱼贝或海草。男子在船上操作绞盘。为了加快下潜速度，节约时间，海女会带着石块或铜块下潜。每次潜水作业时间为 50 秒左右，丈夫会将妻子拉出海面。这种方法可到达 10 至 15 米深的海底作业。这样反复潜水，每次出海可长达两个小时。

2. 木桶海女。海女单独作业时，会带上一个大木桶作为漂浮物，水桶同时也是放置采集而得的鱼贝类的容器。海女将救命绳一头系于木桶上，一头系在腰间。海女以这种方法可潜入 5 至 8 米深的海底作业。

为了驱寒和休息，捕捞区的海边建有简易的"海女小屋"，可供海女们烤火取暖，进食。

2000 年，鸟羽市"海洋博物馆"的调查结果表明，目前三重县内有海女 2000 人，年龄最大的海女 80 多岁，最小的 31 岁，仍然下海作业的为 700 人左右，其中主力军则是四五十岁的女性，她们每年下海从 7 天到 100 多天不等。

海女振兴协议会举办的"海女峰会·2017·鸟羽"在三重县鸟羽市成功举行，有来自日本各地和韩国的海女共 122 人出席会议。海女文化虽然已成为日本国家级非物质文化遗产，但她们提出了更高的奋斗目标——将海女文化申报为世界非物质文化遗产。[1]

---

1 石原义刚等编注.鸟羽观光·志摩海女（『目で見る鳥羽·志摩の海女』）[G].鸟羽市海之博物馆发行，2009.

卷七　杂歌

原著本卷共收入和歌350首，被称为无名氏作品集。其中，有大量来自《柿本人麻吕歌集》的作者不明的和歌。其语言具有生动活泼、富于变化的特色。这些作品有的出自文人之手，有的来自民间，可说是雅俗共存。

一 无名氏：咏月歌

咏月歌十八首（其四）

怅然独坐珠帘内，夕暮哪敢望月光。

——无名氏　卷七—1073

　　此歌作者生于富贵人家，居室里挂着玉珠穿成的豪华珠帘。据专家考证，万叶时代制作珠帘的工艺，是用细细的竹条将许多有孔的玉珠串起来。这首和歌可能是盼望情人来访的女性的作品，尽管夕暮中初升的月华是如此美好，女主人公却独坐春闺，想念着已经很久不曾见面的恋人。望月相思，夙夜忧叹，一天又一天，她已经没有勇气去欣赏这如水的月光了。

　　朗朗月华夜空过，西山能否阻西沉。

——无名氏　卷七—1077

　　月儿在夜空中缓缓飘过，月色多么美好。情人幽会，夫妻相聚的夜晚却是那么短暂！月亮很快就会落到西山的背后，不久就是黎明，按照"访妻婚"的规矩，到了此刻，男子必须悄悄地离开。西山啊，你能否有办法将月亮挽留在你的头顶之上，让它的清辉永照大地，永远不要天亮，相爱的人儿便不会经受天明时分的离别之苦了。这虽然只是一种天真的痴情幻想，却是月下情人们的共同心愿。

皓月临空苦相候，衣袖不眠冷露沾。

——无名氏　卷七—1081

当时，情人或夫妻相会时，将两人宽大的衣裳当成被褥，一件衣裳铺在下面，一件衣裳盖在身上。大和民族主要生活在今天的关西与九州等温暖的地方，较为寒冷的日本东北部居住的则是少数民族虾夷人。因此，古代的日本人盖着宽大的衣物睡觉，而被褥出现得很晚。

我这宽大厚实的衣袖，本来是要为你铺成卧榻的，可是你却迟迟不来赴约。我只好久久地站在月下等候，不知不觉中露水已经沾湿了衣袖。这首歌不说"我不眠"，而是用了拟人法，说"衣袖不眠"。其实作者是在可怜自己，久久无法入睡，还要伫立在寒冷的露水不断从天而降的院子当中。从"皓月当空"，一直站到后半夜。

陈寿所著《三国志·魏书·倭人传》中提到公元 2 世纪至公元 3 世纪，即万叶时代之前一百多年的日本服装："男子皆露结，以木绵招头。其衣横幅，但结束相连，略无缝。妇人被发屈纷，作衣如单被，穿其中央，贯头衣之。"[1] 意思是说，男子都挽着明显的发髻，用木棉布罩头，再将一块布横缠在腰间当作衣服，用纽带系在身上，不加缝纫。女子束发，她们的衣物是一整块布料做成的单衣，在中央开一个洞，把头伸进洞中，将布料披在身上。当然，腰间还要系上纽带。

根据《古事记》等史料，以及出土文物来判断，日本的养蚕始于公元 1 世纪。

直到公元 7 世纪，公元 604 年圣德太子制定的《宪法十七条》

1　陈寿：《东夷》，陈寿著《三国志·魏书·倭人传》卷三十，中华书局，1964，第 855 页。

的第十六条中，才有了明确记载：

> 十六日，使民以时，古之良典。故冬月有闲，以可
> 使民。从春至秋，农桑之节。不可使民。其不农何食。
> 不桑何服。[1]

《宪法十七条》的第十六条规定，使役农民要不违农时。因为这是古代留下来的好法典，只有冬天的农闲季节，方可派农民服劳役。从春到秋，农事繁忙或养蚕季节，不得使役农民。不开展农业生产，天下人何以为食？不开展养蚕业，何以为衣？

而公元701年制定的《大宝律令》，以及公元757年公布实行的《养老律令》中都规定，农户皆须种植桑树，养蚕，按时向官府朝廷缴纳丝织品。

特别是《养老律令》中的"赋役令"第一条中规定："凡所调之绢、绝（shī, 粗绸）、丝、棉、布，一律随乡土所产之物"上缴。"绢，绝，应长为8尺5寸，宽2尺2寸……"[2]

万叶时代日本的丝绸，大都从中国进口。因为当时日本的丝绸纺织与染色等工艺，还无法达到与中国媲美的水平，因此皇家和贵族对中国丝绸依然一直是情有独钟。直到万叶后期的8世纪，奈良朝受到我国唐代服饰的影响，才出现了丝绸制作的高档朝服、官服、后妃的华丽衣裳等。但普通人穿的还是野生纤维制成的衣物，棉布尚未出现。

"棉花原产于印度，平安初期的延历十八年（799年）由天竺传到三河国（今爱知县东部），但尚未开始种植。后来与南洋

---

1 坂本太郎等校注.日本书纪（下）[M].东京：岩波书店，1978：185-187.
2 青木和夫.律令财政岩波讲座（『律令财政岩波講座』）[J].日本历史（第3卷），1964：124.

和朝鲜开展贸易，棉花再次传到日本。直到江户时代文禄年间（1592—1596）才在全国普遍种植。"[1]

　　因为日本多雨潮湿的岛国气候不利于棉花的生长吐絮，以致日本人长期没有盖棉被的习惯。平安时代的《源氏物语》中，出现了贵族们使用"褥子"的描写，它是用绫罗缝制而成的，3尺见方，其中填充着从中国、朝鲜进口的棉花或丝绵，睡觉时再在身上盖上厚厚的衣物。平安时代的和歌中，也常见失恋之人铺开衣服独自睡下的诗句。到了安土桃山时代（公元16世纪末），日本人开始缝制厚实的"睡衣"御寒，有钱人在其中填充棉花，普通人在其中填充野生纤维。

　　到了江户时代，日本人才开始盖棉被睡觉。但当时棉被的价格十分昂贵。当红艺妓的花魁娘子若能在自己的房间里放上几条被子，是最体面、最有身份的象征。直到明治时代，日本从海外大量进口棉花，棉被才真正开始普及到民间。

　　水底见月清朗色，池边徘徊夜已深。

　　　　　　　　　　　　　　——无名氏　卷七—1082

　　明月将影子映在水中，夜空与水面浑然一体，两个月亮一上一下，交相辉映，将天地之间照得玲珑剔透。山川草木，脉脉含情，光影荡漾，如梦如幻。我置身于这样的月光之下，不由得在水边流连忘返，时而仰望天上的明月，时而俯瞰水中的月亮。不知不觉，已经是深夜时分了。

　　万叶时代的咏月歌大都描写天上夏月的清凉如水、冬月的冰

1　下中邦彦监修．国民百科事典（第十四卷）（『国民百科事典』）[M]．东京：平凡社，1979．

清玉洁。而"对倒映在水中之月的爱好",是平安时代贵族王朝文学的特色。诞生于公元11世纪的《后拾遗和歌集》之中,常见'水上秋月''船中赏月''池上之月'等咏歌题目。这样的题材与表现手法,其实是汉诗的得意之处。……在汉诗中,诗人对流水一般从天而降的月光感到不可思议,将这种感觉写成了'揽之不盈手'(《文选》卷三十 陆机《拟古》)的诗句"[1]。

这首万叶和歌是咏唱"水中之月"的先驱之作。

夜空中有了月亮与星星,夜晚才变得不是那么寂寞可怕。经过一天的忙碌与奔波,晚上歇息下来后,心中依然不平静。抬头一望天上有月,地上有影,终于找到了知己,找到了倾诉情感的对象——月亮。咏月的诗歌便不断在夜空中飞扬,从心灵飞上天空,与天上星月交辉,人们的心中也有了一个熠熠生辉的夜晚的诗歌世界。

1 渡边秀夫.诗歌之森(『詩歌の森』)[M].东京:大修馆书店,1995:39—40.

二 柿本人麻吕歌集：旋头歌

为郎君，疲劳亦无怨，竭力织衣衫，
春已到，染成何色好，郎君身上穿。

        ——柿本人麻吕 卷七—1281

春正酣，体恤君劳累，种田挥热汗，
妾在家，哪得伴君旁，时刻劳牵念。

        ——柿本人麻吕 卷七—1285

河口边，谁摘芦苇颠，只为好望远，
站船头，郎君频挥手，妾摘芦苇颠。

        ——柿本人麻吕 卷七—1288

山冈上，小儿正割草，莫将草割完。
郎骑马，约定今夜来，啃草马撒欢。

        ——柿本人麻吕 卷七—1291

柿本人麻吕歌集

  《万叶集》收入了来自《柿本人麻吕歌集》中的歌谣377首。其中长歌2首，短歌340首，旋头歌35首。后世学者一致认为，以上作品很可能不是柿本人麻吕本人的作品，而是他收集而来的民歌与流传于世的无名氏的作品。这些作品散见于《万叶集》卷二、卷三、卷七、卷九、卷十等各卷之中。

旋头歌

《万叶集》中的和歌体裁的格式之一，节奏为 5—7—7—5—7—7。本书翻译时采用了 3—5—5—3—5—5 的减字定型的句式。

本节选译的这一组旋头歌，每一首都相对独立，其中的登场人物也互不相干。

卷七—1281 的旋头歌中唱道，春天来了，百花盛开，风和日丽，女主人公亲自动手织布、染色。她虽然感到劳累，但更多的是喜悦与满足。在染色之前，她反复思考，难以决断，还是希望征求一下对方的意见，再决定衣服的颜色，这样才能保证让对方心满意足。看来，这对男女都属于劳动人民，这块衣料会染成适于劳作的灰色或是黑色。

《万叶集常识事典》对当时的纺织与染色技术是这样介绍的：

> 当时纺织衣物的原料主要是麻、绢，还有藤蔓植物葛、楮等纤维。染色法有浸染法、刷洒印花法、夹板防染法等。浸染，将衣料浸泡于染液中进行染色；刷洒印花法，将雕花纸样放置于衣料之上，用蘸有染料的毛刷在上面涂刷，染出颜色与花样来；夹板防染法，将两枚雕刻有凹凸花纹的薄板夹在衣料上，让染料从雕刻出来的小洞中渗入衣料。
>
> 主要的染料来自植物紫草（紫色）、红花（红色）、蓝草（蓝色）、橡实（黑色与灰色）等，还使用黄色、朱红、黄红色等矿物颜料。……一般庶民的衣物为黑色

或灰色。[1]

专家们认为，卷七—1285 这首歌写的是妻子对在田间挥汗如雨、独自劳作的丈夫充满了怜爱与挂念。

小岛宪之注释的小学馆版《万叶集》作如下解释："这是一首对独身农夫表示同情的作品，也有人认为是一首调侃之歌。春光灿烂的某一天，是民间约定的游春假日，特别是年轻男女，会放下手中的农活，与近邻的青年男女，携手登上春花烂漫的山冈，游玩赏花，举行祭祀。这种风俗在当时的日本各地都有。这首歌可以这样解释，女子看见一位不去参加游山赏花与祭祀的青年依旧还在田间劳作，便唱歌邀他与大家一起上山，千万莫负好春光。"

也有学者认为，歌中出现的这位男子大概是丧偶鳏夫，或许是未婚青年。还有人认为，这是女方对单身男子的挖苦与调侃。总之，这首民谣风的和歌充满了古代日本乡间歌谣的野趣。

卷七—1288 中唱道，男子来到渡口，登船，眼看就要离开故乡。他的恋人站在远处的河口，望着那条即将出发的小船。为了看清男子即将消失的身影，女子将眼前遮住自己视线、缭乱参差的芦苇颠统统摘掉，这样才能望见远处的渡口，望见已经登船的恋人。只见这位男子向她频频挥手，反复招魂，希望二人灵魂永不分离。

这首歌感情朴实无华，歌中还自问自答：是谁摘掉了芦苇颠？是我亲手摘掉的……

卷七—1291 是一首田园牧歌。小儿在山冈上割草，准备背回家去喂牲口。一位年轻女子却前来劝他手下留情，少割一些青草。理由是今晚将有情人骑着马来与她幽会，她希望马儿一路上能随

1　樱井满监修. 万叶常识事典 [M]// 衣料与染色（『万葉を知る事典』[M]// 衣料と染色）. 东京：东京堂，2003：138—141.

时吃上几口青草。骑马前来幽会的男子一定是位有钱人家的公子，当时能骑马外出幽会的，都是富裕人家的子弟或官员。

那个割草小儿低头割草，女郎突然前来横加干涉。小儿一定是满脸疑惑。家里人一再嘱咐，让他多多割草，不要偷懒，而这位大姐却让他少割点。这是为什么？这位大姐的话我怎么听不明白呢？

三　柿本人麻吕歌集：天地歌

咏天

天如苍海云涛涌，月如小舟隐星林。

——柿本人麻吕　卷七—1068

　　大冈信[1]教授在他的《四季和歌》一书中说："古代日本人仰望月夜星空，天如海洋，云如波涛，那一弯月儿犹如小船在密林般的群星之中穿行，忽明忽暗、时隐时现。古人将满天繁星比喻成'星星之林'，十分有趣。"大冈信教授浪漫地猜想："古人之中，也有人梦想着星际中的神秘世界，歌中咏唱的古人看到的那一勾月牙儿，也许是来自外星的 UFO ？"[2]

　　广冈义隆教授指出："将夜空比喻成海洋，将月亮看成船儿。《万叶集》中有如此浪漫优美的诗歌，让我们读来倍感高兴。这个船儿一样的月亮，不会是圆月，而是月牙儿。"[3]

1　大冈信（1931—2017），日本"第二次战后派"的代表诗人、评论家。中学三年级时与国文教员和另一个学生发行石印版同人杂志《鬼词》，开始了诗和短歌的创作诗歌。多次获得菊池宽奖、读卖文学奖等。其著作涉猎极广，开创了日本现代诗的先河。2017年因呼吸不全逝去。主要著作有《大冈信著作集》（全15卷）、《日本的古典诗歌》《大冈信全诗集》等。——编者注
2　大冈信.应时之歌（『折々のうた』）[M].东京：岩波新书，1982：79.
3　广冈义隆.万叶小道（『万葉のこみち』）[M].东京：HANAWA 新书，2005：34.

咏云

山间河滩水声响，弓月岳上云飞扬。

——柿本人麻吕 卷七—1088

此歌咏唱的是奈良县樱井市穴师山与三轮山之间的溪流边，那山峰弓月岳上风起云涌的景象。这几座山都是大和平原上的浅山，海拔不过四五百米。看惯了泰山、华山、长江、黄河等高山大川的中国人去到日本，多少会觉得有些失望。日本最高的富士山海拔3776米，最长的河流信浓川只有367公里。但海洋环绕的日本列岛水气弥漫，云舒云卷，随风飞扬，宛如梦境，歌中吟唱的景色，有一种与中国山水的雄浑壮观之风貌不一样的秀美而精致的情调。

咏雨

阵雨快过天晴朗，贴身穿着阿妹衣。

——柿本人麻吕 卷七—1091

当时男女的衣服样式没有多大区别，人们相信，衣衫，特别是内衣上依附有穿着者的灵魂。相爱之人交换内衣是一种流行的风俗习惯，表示二人山盟海誓，我中有你，你中有我，永远相爱，永不分离之意。歌中的男主人公将女方的内衣贴身穿上，是为了避人眼目，因为这段恋情还不到公布于众的时机。

男子在荒野之上突遇阵雨，惊慌之中唱道："阵雨啊，快快停下，我被淋湿倒是无关紧要，莫把我穿在身上的阿妹的衣衫淋湿了。"

咏山

三诸山势多美妙，如枕伊人手臂眠。

——柿本人麻吕　卷七—1093

歌前有序："闻鸣神传说，今日始见卷向之桧树满山。"

三诸山，即大和平原上的三轮山，海拔 467 米，多山穴，还有森林覆盖，相传自古就是神仙隐居之地。三诸山是绵延而来的卷向山的余脉。这一段山势十分奇特，就像是一位男子头枕美女的手臂而眠。

欲为衣衫染美色，三轮山上羡红叶。

——柿本人麻吕　卷七—1094

秋天的群山明净如洗，你看，那三轮山上的树叶已经开始变红了。半绿半黄，半黄半红，这树叶的斑斓色彩，正在不停地变化。时光从山上的丛林中掠过，树叶的颜色就会摇身一变。秋风从树林中掠过，树叶都在向它招手。深夜里从天而降的秋霜，才是染色的能工巧匠，枫叶渐渐变红了。

我真想将自己的衣衫也染成如此美艳的色彩！大自然的色彩是天地造化的杰作，是最美的色彩。如何才能效法这种鬼斧神工的高超技艺呢？从古至今，人们都是多么希望能将大自然中的美丽色彩披在身上啊。

日本的红叶多为枫树，到了深秋，经过几场霜打之后，明净如洗的满山红叶会变得更加红艳，光鲜迷人。蓝天之下的群山色彩鲜艳，红叶如燃，斑斑驳驳，这番景致是那样动人心魄。观赏红叶的季节会一直持续到初冬。

咏河

夜色降临群山静，山风激荡水声喧。

——柿本人麻吕　卷七—1101

此歌也作于奈良县三轮山的溪流一带。茫茫夜色，朦胧之中，郁郁葱葱的群山显得格外静谧，它们仿佛已经进入梦乡。突然，一阵凛冽的山风刮来，霎时间，山涧中的流水被强风吹起了波浪，发出哗啦哗啦的水声，就像是群山与溪流在黑暗中的梦呓。

睡梦中的大自然，也在不断地变化着表情。你能猜出那夜色中的群山、溪流、密林，还有风，它们梦见了什么吗？

阿妹为我系衣带，不到相逢不解开。

——柿本人麻吕　卷七—1114

男女幽会之后，会含情脉脉地相互为对方系好衣带，并向对方发誓，直到下次相见，绝不会在别的异性面前解开衣带，以表对爱情忠贞不二。原歌中设定的恋爱故事发生在"结八川"。这条河在何处，目前已经无从考证。地名"结八川"中有一个"结"字，其含义为"系上衣带"，或是"梳好头发"。这与歌中"相互为对方系上衣带（紐を互いに結ぶ）"的动作相互呼应。也许，他们还会深情地伸出手来，轻轻地为对方梳理一下凌乱的头发。

咏叶

三轮山上思古人，折来红叶当发簪。

——柿本人麻吕　卷七—1118

看见三轮山上满山美丽的红叶，不由得让人动情，轻轻走到树前伸手折下一枝，插在头上当作发簪。身在万叶时代的我，遥想《古事记》神话传说中的时代，在大好秋光之中，人们也常来三轮山一带游玩，他们之中也有人会像我一样，将枝上的红叶插在头发上吗？

中西进教授认为："将草木等植物插在头发上，是希望能够感染、吸取大自然的生命之力。这个动作起源于古代咒术。"

采菱

为君池上采菱角，衣袖宽大浸水中。

——柿本人麻吕　卷七—1249

菱，一年生的水生植物，植根于水底淤泥之中，叶片浮于水面之上。夏天开四瓣白花，秋天结实，菱角蒸熟后剥壳，可食用，也可以熬粥。

这首歌写的是作者为心爱的人采摘菱角，泥水沾湿了宽大的衣袖。此歌可能受到了我国六朝时代鲍照的《采菱歌》的影响。鲍照的诗中弥漫着感伤与沉痛之情，"空抱琴心悲，徒望弦开泣"。但这首和歌却写得朴实单纯，轻松自然。

苔草实

为妹采来苔草实，山中迷路渐黄昏。

——柿本人麻吕　卷七—1250

原文中的"菅草"，中文叫"苔草"或"蓑衣草"，叶子可编织蓑衣与斗笠等，其果实富含淀粉，古代日本人将其作为救荒食物而采集储存。

万叶时代和歌中的"妹",往往指妻子或情人。灾荒之年,作者为了妻子果腹,在山林中四处寻觅能够充饥的野生植物的果实,不知不觉已是黄昏时分。他发现自己竟走进了深山密林,找不到回家的路了。

也有学者认为,原歌中的"菅实"指的是中草药"麦冬"。早在万叶时代的 5 世纪,我国的中医药就传入了日本。作者翻山越岭地四处采集"麦冬",是为了治疗妻子的病痛。

咏稻

早稻扬花待吐穗,拉起绳索护庄稼。

——柿本人麻吕 卷七—1353

早熟的水稻已经开始扬花,但尚未吐穗结实。此时正是守护庄稼的关键时刻,马上用绳索将稻田围起来吧。到了稻子即将成熟的时节,农夫们还会在田间地头搭起窝棚、草庵,日夜守护庄稼,免得有野猪和野鹿等动物闯进田里,肆意糟蹋毁坏。

水稻起源地又有了新发现。浙江浦江上山文化遗址,是世界水稻起源地,彩陶文化发源地。

卷八　杂歌与相闻歌

原著本卷共收入和歌 246 首，可看出编者具有明确的分类意识，并将这 200 多首作品分为春、夏、秋、冬四季的杂歌与相闻歌。

一　志贵皇子等：春之杂歌与相闻歌

志贵皇子之欢快御歌一首

飞瀑岩上蕨菜发，报知春色到人间。

——志贵皇子　卷八—1418

志贵皇子（？—约715），天智天皇第七皇子，光仁天皇、汤原王之父，《万叶集》收入其作品6首。志贵皇子创作的和歌比柿本人麻吕的作品更加新颖，流丽明快，他在和歌史上是一位举足轻重的人物。

瀑布从天而降，落在岩石上散为水花，四处飞溅，你看那高高的瀑布顶端的岩石上，嫩绿的蕨菜已经开始萌发。啊，春天已经降临到山野之间。这首和歌充满了大地回春的喜悦之情，在《万叶集》中十分有名。

志贵皇子是天智天皇与宫中女官所生，其母是来自北陆地方的豪族之女。壬申之乱中，兵败自杀的大友皇子（弘文天皇）是志贵皇子的哥哥。

公元710年迁都奈良后，志贵皇子的府邸位于高圆山的山麓一带，这首蕨菜报春的和歌可能是作于高圆山中的瀑布边。志贵皇子的作品风格细腻、感情充沛，这种歌风一直传到平安时代。

骏河国采女和歌一首

春雪飘飘融地面，疑是满天正飞花。

——志贵皇子　卷八—1420

作者是来自骏河国（今静冈县中部）的采女。采女，即宫廷女官，她们是从地方官家中挑选出来的容貌端庄、品行优良的未婚少女，进入后宫侍奉天皇与皇后。

早春时节，依然时有细雪飘然而下，但不会形成积雪，因为大地回春，已经开始微微地吐出丝丝暖气了。细雪飞舞，犹如漫天飞花。想那天上一定正是飞花时节，今天飘的白雪，就是天上的花儿所化。它们又像是哪一种花儿，什么样的花儿呢？

以上两首属于春天的杂歌。

笠金村送遣唐使歌两首

波上小岛云中隐，望君远去空嗟叹。

——笠金村　卷八—1454

我目送着遣唐使船离岸，渐渐远去。水天相连，波涛上的一座座小岛，都隐没到海面上低垂的云层之中了。那些遣唐使船也不见了踪影。我不由得为你们的安危担忧，求神佛保佑，一定要平安归来。我面对辽阔的大海，只好发出声声嗟叹。

波涛凶险空牵挂，吾愿化作桨与舵。

——笠金村　卷八—1455

我的满怀牵挂，一心祈祷，能否有效呢？海上波涛凶险，是那样狂暴无情，古往今来造成了多少海难！我独自伫立海边，望着水天相连的远方，感到天地间人的存在是那样渺小。遣唐使们不顾安危，毅然前往大唐。我愿为你们的旅途尽一份力，化成船上的桨与舵，帮助你们平安到达目的地。

　　笠金村的这两首和歌是长歌后面的短歌，属于男士之间相互挂念的相闻歌。

　　天平五年（733年）春，三月一日，第10次遣唐大使多治比广成出发之前，拜访了遣唐使中的老前辈山上忆良。忆良欣然提笔，作《好去好来歌》相赠。

　　同年农历四月，第10次遣唐使一行人从难波湾（今大阪湾）启航，前往中国。同行者当中，还有僧侣荣睿与普照。正是由于他们两人的力请，才促成鉴真和尚的东渡成功。

　　"当时遣唐使前往中国的航路有3条。

　　南路，从大阪湾出发，经由长崎附近海上的五岛列岛，然后转向中国的东海，最后到达长江口。

　　北路，从九州福冈县的大津出发，经由壹岐岛、对马海峡，沿着朝鲜半岛驶入黄海后，直指山东半岛。

　　南岛路，从九州西海岸萨摩（今鹿儿岛县南萨摩市）出发，南下屋久岛与奄美大岛，最后驶向长江口。

　　遣唐使船一般夏季出发，使节团第二年正月到达长安，秋天回国。

　　遣唐使任命之后，如果当年初夏没有理想的季风来临，就要等到明年再看风向和风力是否适于启航。若是航行途中遇到暴风，载重仅有300吨的遣唐使船往往会被折成两段，或立即倾覆，被波涛吞没。例如，侥幸生还日本的第15次遣唐使判官（负责监督官员过错、审查公文、安排官员在府衙中当班值夜的官员）大伴继人参加遣唐使团，不幸在海上遇险，九死一生之后才回到日本。他报告自己的经历说：他们的船遇难后，四十余人在海上漂流了 6 天 6 夜，才漂到九州的肥后国（今熊本县一带）。"[1]

本书卷五·四中，已经介绍了以多比治广成遣唐大使为首的第 10 次遣唐使们曲折多难而令人扼腕叹息的命运。那次由 4 艘船组成的船队由南路前往中国，只有两艘船平安到达。

作家井上靖的中篇小说《天平之甍》，根据《续日本纪》《唐大和尚东征传》等真实史料，描写了鉴真和尚不屈不挠的东渡壮举之外，还有客死于大唐端州龙兴寺的日本留学僧荣睿和尚。时隔 20 年终于平安回到日本的普照和尚，晚年在东大寺讲经。是他们二位不辞千辛万苦，恳请鉴真东渡，才有了名垂青史的这一段中日文化交流史上的佳话。1980 年，同名电影由日本东宝公司搬上银幕，曾在中国上映。

《天平之甍》中，还有一位叫业行的留学僧。他与鉴真等人同行，分乘 4 艘船离开唐土，在返回日本途中，遣唐大使藤原清河所乘坐的第一艘船在日本近海触礁，无法动弹。而业行所乘坐的那条船在狂暴的风浪中颠簸不止，业行为了减轻遣唐使船的负担，不得不忍痛将自己抄写了几十年的经文一箱又一箱抛进了大海。业行将装有经书的木箱全部都抛光了，最后绝望地大声喊叫着，跳进了汹涌的波涛，为自己多年来耗费心血、一片至诚、逐字逐句抄下来的经书殉死。

1　坂本太郎监修. 学习百科大事典（卷一）// 日本的历史（『学習百科大事典』卷一 // 日本の歷史）[M]. 东京：koki 出版，1976.

二 藤原夫人等：夏之杂歌与相闻歌

藤原夫人歌一首

杜鹃今日莫高唱，且待五月结香囊。

——藤原夫人　卷八—1465

藤原夫人，天武天皇身边的"夫人"（女官），她生下了新田部皇子，后来又嫁权臣、自己的异母兄藤原不比等。

据《广辞苑》解释："夫人，古代中国天子之妃或诸侯之妻。在万叶时代的日本则是大臣之女，进入后宫担任三品以上女官者。"

这首和歌属于杂歌。到了农历五月初夏，贵族们整夜等候，为的是到了黎明前听见杜鹃啼鸣。这是当时贵族文士中间流行的一种十分风雅的举动。

歌中唱道，此刻时日尚早，杜鹃啊，你今天先不要鸣叫，等到五月端午节，我们制作香囊时，再为我们大声欢快地啼鸣吧。

中国的端午节早在万叶时代就传入了日本，人们采集草药菖蒲、艾草等，挂在门上，饮用菖蒲酒，还用菖蒲、兰草等植物烧洗澡水洗浴，目的是为了驱除邪病。这首和歌中特别唱到了端午节佩戴的"香囊"，有钱人家的妇女们将中草药，如麝香、沉香，以及各种芳香的花草、种子等装进香囊之中，送给亲人们佩戴，以保百病不生，长命百岁。古代中国将香囊称为"长命缕"。希望人的生命不绝如缕。万叶时代的贵族们，端午期间会举行射猎和采集中草药的活动。本书卷一·三"额田王：从'蒲生野'到'壬申之乱'"中，就有额田王随天智天皇和嫔妃们，前往蒲生野采集草药的场面。

　　随着时代的演变，日本端午节的文化内涵越来越丰富。农历五月初是十分重要的农事插秧的季节。因为妇女是插秧的主力军，这一天举行宴会时，要让女人们坐上座，这一天被称为"女人天下日"。到了日本的中世，武士阶级执掌大权，端午节逐渐变成了"男儿节"，举行骑射表演与比赛。后来，有男孩的人家要升起鲤鱼旗，祝愿男孩长大后，能如鲤鱼一样跃上龙门，前途无限。

大伴四绳宴会上作歌一首

屡屡捎信君未到，为迎啼鹃门窗开。

——大伴四绳　卷八—1499

　　大伴四绳精通音乐，喜欢收集民谣，担任过皇宫中主管音乐的雅乐寮的助理长官。这首和歌是从民歌演变而来的。一位女子责备言而无信的男子，他曾多次捎来口信，说是晚上要前来幽会，但一次次都让自己空等一夜，大失所望。女子对这位男子已经不抱幻想，那可爱的杜鹃鸟却依然每天黎明来到我的园中啼鸣。苦苦等待了一整夜的我，打开门窗，迎接杜鹃鸟的到来。

　　这首和歌和后面的两首皆属于相闻歌。

小治田广耳作歌一首

水晶花开何忧郁，山外闻鹃君难来。

——小治田广耳　卷八—1501

小治田广耳，生卒年不详，他大概就是出现在史书《续日本纪》中的小治田广千，曾担任尾张国守（今爱知县西部地方官）、赞岐国守（今四国岛香川县地方官）。

"水晶花"的日文是"卯の花（うのはな）"，与"忧愁"的日文"憂し（うし）"，都是"う"音开头。看见洁白的水晶花，就会莫名其妙地让人满腹愁肠，心情落寞。

洁白玲珑的水晶花，总让人满怀忧郁。从杜鹃啼鸣的山冈上眺望，山外有山，上面开满了水晶花。我心中忧愁，是因为你好久不来与我相会，相思郁积而成啊。

大伴家持赠纪女郎歌一首

抚子花开又花落，张绳护花是我心。

——大伴家持　卷八—1510

世人皆言，美貌女子往往用情不专，但我觉得你美貌绝伦，却绝非那样的女人。我要用绳索围出一片禁地，将抚子花开之地保护起来，你将永远属于我，我来充当你的护花使者吧。

"抚子花"，与"桔梗""胡枝子"一样，为"秋之七草"之一，属于石竹科多年生草本植物，可长到50至60厘米高，在日本的分布地区很广。花期六月到九月，从晚夏便开始开花，但秋季开得最盛。叶片尖细，呈绿色，花朵为淡红色，十分优雅。在日本，"抚子花"，也叫"瞿麦花"，常常用来形容吃苦耐劳、贤淑善良的日本女性。

纪女郎的父亲叫纪鹿人，先后担任主管钱币铸造的典铸正，掌管皇宫御膳的大夫。纪女郎小名鹿儿，因此又叫纪小鹿，长大后嫁给了志贵皇子之孙安贵王。

纪鹿人与大伴坂上郎女之弟，即大伴家持的叔父大伴稻公交情甚笃。《万叶集》中纪鹿人的作品（卷八—1549），内容是写他有一次前往大伴稻公的庄园做客时，特意从沿途的山冈上采摘了许多盛开的抚子花，作为礼物送给主人。

大伴家持与纪小鹿当时还是孩童，因为两家的亲密关系，他们从小就是两小无猜的朋友。

后来，纪女郎的丈夫安贵王因与元正天皇身边已经嫁为人妇的"采女"相恋，触犯法律而被剥夺官位，软禁在家。纪女郎开始与大伴家持交往，得到家持相赠的这首和歌。

当年，纪鹿人前来做客，赠送大伴稻公抚子花时，孩提时代的大伴家持很可能也在场。如今，他将纪小鹿比喻成抚子花，是来源于脑海中的童年记忆吧。

三　山上忆良等：秋之杂歌与相闻歌

山上忆良七夕歌十二首（其二）

天河相隔桨声起，宽衣解带盼佳期。

——山上忆良　卷八—1518

风回云涌连两岸，绵绵情话怎得闻。

——山上忆良　卷八—1521

《牛郎织女》是中国四大民间传说之一（这四大民间故事是：《牛郎织女》《白蛇传》《梁山伯与祝英台》《孟姜女哭长城》）。《牛郎织女》的神话故事最早见于西汉时代的《淮南子》一书。这个来自中国的美丽神话传说，从万叶时代起就开始在日本流传，《牛郎织女》的故事情节根据岛国的文化与风土而发生了变化，与中国的有所不同。

岩波书店出版的日本古典文学大系《万叶集》卷八的注释是这样说的："织女，天帝之女也，居天河之东，年年辛勤劳作于机杼之上，织出云锦，供天人裁制衣衫。天帝怜其孤独，准许织女嫁与天河西岸之养牛郎。织女婚后，机杼之功日渐荒疏。天帝大怒，令其返回天河东岸，每年只许她与养牛郎相会一次。"

日本除了本州、九州、四国、北海道四个大岛之外，还有数千个小岛浮现于万顷波光之上。自古以来，舟楫便是岛屿之间的重要交通工具，流传在日本的《牛郎织女》的不同版本中，虽然也有"鹊翅搭桥"的情节，但大多数版本都说，每年七夕之夜牛郎都是划着小船，渡过浩渺的银河去见织女的。

山上忆良第1首歌中唱道，我们仰望星光灿烂的天河，也会有白天黑夜。白天，银河隐藏在高远的云层之中，晚上才向大地倾洒银辉。七夕之夜，宽阔的天河之上星光开始变得更加璀璨，夜幕刚刚降临之时，织女听见从河面上传来的一阵阵越来越近的桨声，知道丈夫就要到了。终于盼来了一年一度夫妻相会的日子，她不由得连忙宽衣解带。这种直截了当的大胆描写，反映了万叶时代男女幽会时淳朴热烈的风俗。

第2首歌中唱道，万叶时代的日本人仰望浩渺无声的银河，想象着高空之中一定会刮起浩荡长风，回荡在宽阔的银河两岸，还有翻滚的云海在两岸之间来回涌动。可是一年之中只能见面一次，而这漫长的一年中，夫妻二人只能隔河相望，根本看不见对方的身影。牛郎焦急地盼望着妻子的消息，但却一点也听不见妻子的绵绵情话与絮语。长风啊，白云啊，怎么不将妻子的话语传到我的耳朵里啊。

《万叶集》中共收入七夕歌132首，占整部《万叶集》和歌的将近3%。七夕歌分别编入卷八、卷九、卷十之中，其中有近百首是民间无名氏的作品。在《万叶集》之后的历代歌集之中，也不断收有七夕之歌。

在日本，七夕也被称为"星祭（ほしまつり）"。天平年间（729—749），七夕之宴成为宫中正式节日，天皇与贵族要举行祭祀活动。七夕夜，依照中国唐代习俗在院中设乞巧楼，摆开祭坛，供上五色丝线与瓜果酒菜。男人们乞求学业进步，书法精湛；女人们乞求心灵手巧，家庭美满。到了江户时代（1603—1867），七夕祭祀活动才逐渐普及到民间。奈良的正仓院博物馆至今仍保存着为数不少的乞巧针，大都如筷子一样长。

这一天，人们要在院中插上竹枝，上面系有"五色短册"（五色诗笺），用芋叶上的露水磨墨，将和歌或文字写在诗笺上，抒发感情，表达愿望。祭祀完毕之后，第二天晚上，还要将系有诗笺的竹枝扔进江海之中，任其漂流，这种风俗被称为"送七夕"，将七夕竹枝放入江河，流向大海。人们相信，大海与天上的银河是相通的，因为站在海岸上远望，只见水天相连。那么，这些竹枝一定会顺着江海的波涛漂到银河岸边，到达织女手中，自己的愿望就一定能实现。

以上两首属于秋之杂歌。

过去在城市里，七夕前一天就有商贩走街串巷，叫卖带有枝叶的竹竿。人们用芋叶上的露水磨墨，将自己的心愿写在长条形的诗笺与正方形的彩色诗笺一道系到竹枝上，从六日晚上开始装点庭院。据说，那天夜里哪怕是下了一点儿雨，牛郎与织女就不能相会了。

"送七夕"始于室町幕府将军家等的上层家族，到了江户初期，皇宫之中也举行过同样方式的活动。这一天，在德川将军家要将筱竹树立起来祭祀七夕。第二天清早，便将这些竹子抛进品川一带的海面。

在关东一带和东北地区盛行的风俗习惯是，用稻草和茭白制作马、牛，人们将四五头马再加上草人放置于屋顶之上。在冈山县，还要用黄瓜做成的马、茄子做成的牛、用野姜做成的小鸡来供奉七夕。第二天，会将这些马等放到河流中。孩子们点上松明火把，一路将它们送到河岸上。人们都相信，田野之神会骑上这样的马儿去巡视田地。

在四国岛的高知县等地，流行着七夕之夜通宵游玩的风习，男女青年们称之为"玩到天明"，这是他们难得谈情说爱的机会。

七夕那天，很多地方要掏井，驱除害虫，东北部地区的女性习惯将这一天定为洗头发的日子。在京都与大阪周边的近畿地区，还有将这一天定为人和家畜洗澡的日子的风俗。

西角井正庆[1]主编的《日本民俗节日词典》中说：七夕祭是农历七月七日举行的节庆活动。东京等地采用的是公历，也有地方推迟一个月而在八月七日举行活动。乞巧会是祈祷提高纺织等技艺水平的活动，在奈良时代就被采纳为皇宫中的歌舞酒宴聚会。到了近世，随着书法教育的普及，七夕节逐渐成为全国性节日。

《万叶集》卷八中，也收入了描写夫妻或恋人之间热切地盼望相逢的作品。

丹生女王赠大宰帅大伴卿歌一首

高圆山，原野秋色好，又见百花发。

抚子花，当年插君发，娇艳好年华。

——丹生女王　卷八—1610

这是一首旋头歌。丹生女王也是朝廷命官，正四品，《万叶集》中收入她赠大伴旅人的相闻歌共3首。

高圆山秋天的原野上，又呈现出百花争艳的美景。淡红色或洁白的抚子花开得如此美丽。当年你曾深情地将我送给你的抚子花插在头上。我们曾经都是那么年轻，风华绝代。可是，如今我们只能无限怅惘地回忆当年的岁月了。

丹生女王赠送旅人这首歌时，早就40岁出头，而大伴旅人还比她年长20岁，已步入迟暮之年。丹生女王回忆起当年与大伴旅人的交往岁月，往事虽历历在目，可青春不再，感慨之余，作歌相赠。

以上这首属于相闻歌。

1　西角井正庆（1900—1971），日本文学研究者，民俗学者。笔名见沼冬男。师从折口信夫，有著作《神乐研究》《古代祭祀与文学》等。——编者注

四 大伴旅人等：冬之杂歌与相闻歌

大伴旅人冬日见雪忆京华歌一首

雪花飘飘顷刻化，遥望天宇忆京华。

——大伴旅人 卷八—1639

这是大伴旅人在九州担任大宰帅期间所作的怀念平城京奈良的望乡之歌。

九州是日本列岛南方最大的岛屿，大宰府位于九州岛北部的福冈一带。这里的冬天比较暖和，很少下雪，即便是飘起鹅毛大雪，也不会在地上堆积起来。而京城奈良的冬天比这里寒冷得多，原野上与山林之间都经常会积起厚厚的白雪。

看到眼前九州别样的冬日风情，大伴旅人不由得回想起当年在奈良与亲友们一起赏雪、饮酒赋诗的情景来。

大伴旅人梅花歌一首

冈上梅花何耀眼，疑是残雪恋新春。

——大伴旅人 卷八—1640

早春时节，我家附近远远近近的山冈上，梅花已经盛开，但四周的山头和山坡上，特别是背阴处，还残留着冬天斑斑驳驳的积雪，尚未完全融化。远远望去，让人分不清哪些是梅花，哪些是残雪。大自然进入春草萌发、梅花吐芬、百花蓄势待放的季节，残雪也好奇地四处张望，留恋着这大好春光，久久不忍离去。

以上两首和歌属于冬天的杂歌。

水原秋樱子等人主编的《俳句岁时记》（1983年，讲谈社）中说："梅花，楚楚动人，气韵高雅，早春时节，率先于百花之前开放。自古以来就是诗歌咏唱纯粹的审美对象。梅花普通为白色五瓣花朵，另有红色、淡红等颜色，也有多层花瓣的。梅花古代就从中国传到日本，培育出万叶时代贵族的风雅之心。天平二年正月十三日，大宰帅大伴旅人曾在府中举行梅花之宴，宾客共吟梅花之歌。"[1]

日本大部分地区气候温和，梅花主要在春天开放。俳句的工具书《俳句岁时记》中，也将梅花一词明确列入春天季语中的植物条目。

而我国黄河流域与长江流域的梅花，大都在冬天绽放，历代的人们赞美它不怕严寒、凌寒盛开的坚强品格。

南朝宗懔（502—565）所著的《荆楚岁时记》中，记录了长江流域的天文地理、气候农事、民俗风物。其中提到："小寒：一候梅花、二候山茶、三候水仙。"古人以五天为一候，一个节气的十五天分为三候。小寒过后，首先开放的是梅花，接着是山茶与水仙。

清代富察氏著述的《燕京岁时记》记录了京师（北京）一带的民俗风物、植物花草。其中有记载说："十二月 唐花。……谨按，《日下旧闻考》：京师腊月即卖牡丹、梅花、绯桃、探春诸花，皆贮暖室，以火烘之。所谓唐花，又名堂花也。"

1 水原秋樱子，加藤楸邨，山本健吉监修.俳句岁时记[M].东京：讲谈社，1983：328.

在中国，梅花属于冬天的花朵。腊月开放的梅花就叫"腊梅"。

大伴坂上郎女作歌一首

梅瓣一片杯中落，宴罢悠然看飞花。

——大伴坂上郎女　卷八—1656

　　春光明媚之日，大伴坂上郎女与几位知心朋友在院中饮酒赏梅。欢声笑语，酒酣耳热之际，一瓣梅花从枝头飘然落下，恰巧落入她的酒杯之中，轻轻浮动。是那多情的梅花被他们的欢乐情绪所感染，也要来参加宴会，忍不住也要饮上一口美酒吗？已经是梅花凋落的时节了，那么，梅花哟，千万要为我们的宴会助兴到底，到赏梅之宴结束后，你再飘落吧。让我好悠然面对漫天飞花，向春天告别吧。歌中的"悠然"，也可以说是一种"释然"的人生态度。面对梅花飘落，春天过去，天地变化，人世无常，有了这种"悠然""释然"的态度，才能摆脱万千愁绪，无穷烦恼。

　　梅花传到日本后，赏梅的风雅之风很快就在万叶时代的贵族文人中间盛行开来。《万叶集》的"花"一词，指的就是梅花，而到了平安时代的《古今和歌集》中，"花"则是指樱花了。

纪小鹿女郎作歌一首

月光皎洁清如水，梅开我亦敞心扉。

——纪小鹿女郎　卷八—1661

　　月色溶溶如水，弥漫四方，梅花香气馥郁，美好的不眠之夜，梅花如同绽放在我的梦境中，催人情思。让我像绽开的梅花一样，向你敞开心扉吧。

本首和歌的作者"纪小鹿女郎",即本书卷八·二中的"纪女郎",或称"纪小鹿"。万叶时代的和歌中,"敞开心扉"的表达方法,来自对汉诗文的训读。当时的贵族们喜欢诵读汉诗文,《昭明文选》以其无穷的魅力使得他们顶礼膜拜、刻意模仿,大量引进汉语词汇与表达手法,丰富了日语的表达能力,使日语迅速走向成熟。例如日语中"花开"一词中的"开"字,就是来源于对汉诗文的训读。

江户时代后期的 1844 年,汉学与国学大师鹿持雅澄的《万叶集》注释书《万叶集古义》中批注说:"古言中无此词语"。另外,井上通泰编著的《万叶集》的全注释本《万叶集新考》中也说:"我邦原本不曾有'花开'一词。大概是从纪小鹿女郎吟出这首和歌的前后,人们便开始将汉字的'开'直译训读为'ヒラク'了。"

而古汉语中的"开花"一词,则来自对佛经的翻译。例如"犹如满月出现虚空,令可化者心华开敷。"(《华严经》六十六)

以上两首和歌属于冬天的相闻歌。

卷九　杂歌、相闻歌、挽歌

原著卷九之中，一共收入和歌 148 首，杂歌、相闻歌、挽歌所占比例几乎相同。大多数和歌选自《柿本人麻吕歌集》《古歌集》《高桥虫麻吕歌集》《田边福麻吕歌集》等。其中少部分和歌虽然标明了作者姓名，却不太可靠。因此大多数学者主张，应将本卷看成无名氏的作品集。

一 持统天皇等：杂歌四首

大宝元年辛丑冬十月，持统天皇行幸纪伊国作歌十三首（其三）

喝令白波滚岸上，为妻送得珍珠来。

——持统天皇　卷九—1667

大宝元年（701年），"大宝"是持统天皇之孙文武天皇时代的年号。持统天皇的丈夫天武天皇驾崩后，她登基执政，但没有启用自己的新年号。

4年前，持统天皇因儿子草壁皇子的早逝，不得不将皇位让给了虚岁只有15岁的孙子文武天皇。这一年即大宝元年，持统天皇57岁。初冬时节，她来到纪伊国（今日本中部纪伊半岛和歌山县与三重县的一部分）海滨和温泉，旅行疗养了20余天。持统天皇回到京城奈良之后，第二年就驾崩了。

这是持统天皇从远处遥望海滨时咏唱出来的和歌。她望见，有一位渔夫为了一家生计而正在海边辛苦劳作，不一定是在采珍珠。但女皇相信，滚滚的白浪，定会将珍珠送上岸来。当然，持统天皇关心的只是能作首饰的珍珠，而不是可果腹的鱼虾等。她浪漫地认为，那位渔夫定是为了给妻子搜求珍珠而来的。她在歌中使用了"喝令"一词，表现出女皇君临天下，号令一切的气势。

近观鹿岛垂钓者，愿得海滩莫涨潮。

——持统天皇　卷九—1669

此歌作于和歌山县日高郡南部町的"三名部"海滨。海上的鹿岛离海岸大约只有750米的距离，持统天皇站在岸边的断崖之上，脚下有礁石向海中不断延伸，似乎可以步行前往鹿岛。礁石前端飞溅的浪花，翻飞的海鸟，是那么诱人，她望见鹿岛上有人正在垂钓，忍不住真想走到近处去看一看。如果走到礁石的尖端，一旦涨潮，海中礁石就会被淹没，通往鹿岛的路就会中断。当然，这只是女皇一时兴起、一闪而过的心愿而已。踏过嶙峋的礁石走到鹿岛，是一件十分危险的事，女皇决不会去冒此风险。她的心愿是要让天地间的一切都按照自己的意志来运行，包括海上的潮汐起落。

黑牛滩上红一点，谁家娘子曳裙裾。

——无名氏　卷九—1672

大宝元年（701年）辛丑冬十月，太上天皇（持统天皇）、大行天皇（已故之文武天皇），行幸纪伊国时，无名氏咏歌。作者可能是跟随持统天皇行幸出游的歌人之一。

黑牛滩位于和歌山市毛见崎一带，如今，这里经过近代的填海造地运动，早已不见了当年的自然风光。

"从日本铁道纪势干线海南车站发车不久，当列车行驶在藤白和冷水港之间时，从车窗向北望去，就是黑江湾。……过去，曾有一大块形状像是一头黑牛一样的巨大岩石屹立在水中，随着潮汐的涨落，时隐时现，人称黑牛滩。这里的水深只有两三米，是一片浅海滩。填海造地之后，这一带工厂林立。"[1]

1　犬养孝.万叶之旅（中）（『万葉の旅』中）[M].东京：现代教养文库，1974：58.

"黑牛滩"这一地名，首先给人的印象是在黑苍苍的海天背景下，一块巨大的礁石有如一头黑牛卧在海边。当年，持统天皇一行人来到此远望海天之间，苍茫碧蓝之中只有一点红色，十分耀眼，具有鲜明的画面感。女皇等一行人望见，远处有一位身着红裙的女子正在海滩上行走。原歌中用"红色玉裳"来描写这件价值不菲的衣裙。普通渔民，不论男女劳作时穿的都是黑色或灰色的衣服。可以推测，这位在海边游玩的女子是当地豪族之家的女眷。

献忍壁皇子和歌一首

身着鹤裘执团扇，千岁夏去冬又来。

——无名氏　卷九—1682

这首和歌可能是柿本人麻吕的作品或者是他收集的无名氏所作。

你看，千年不老的仙人，身着用仙鹤羽毛织成的鹤裘、鹤氅，手中拿着一柄团扇，这是中国古代隐居深山之中的仙人之典型形象。道教是中国古代的民间信仰，追求成仙得道、长生不死。从这首和歌中可以看到中国的神仙思想早在万叶时代就已经传到了日本。

国学院大学樱井满教授指出："道教几乎与佛教同时传入了日本，《日本书纪》载，推古天皇十年（602年）十月，（朝鲜半岛的）百济僧人观勒来朝，献上历书、天文地理书、遁甲方术书。天武天皇在壬申之乱中亲自占卜，得到结果是，当今天下虽然一分为二，自己终将取得天下。天武四年（675年），建立占星台，特别重视阴阳五行之说，于'中务省'之下设立'阴阳寮'，影响到当时的政治与社会。"[1]

1　樱井满监修.万叶常识事典[M]//道教与神仙谭（『万葉を知る事典』[M]//道教と神仙譚）.东京：东京堂，2003：130—131.

忍壁皇子是天武天皇第二皇子，草壁皇子之弟，文武天皇之叔父。天武十年（681年），忍壁皇子与川岛皇子一道写成了《帝纪》，记录了历代天皇系谱，以及上古时代发生的大事。

　　文武天皇四年（700年），忍壁皇子与权臣藤原不比等一道制定《大宝律令》，翌年大宝元年（701年）完成。

　　《大宝律令》是第一部比较完整的律令制国家的法典，巩固了中央集权的国家体制。

二 无名氏：杂歌

献舍人皇子歌二首（其一）

吾来梅下牵妹手，花枝堪折好插头。

——无名氏 卷九—1683

歌中咏唱的"花"，是万叶时代最有风雅韵味的梅花。早春季节，梅花盛开，烂漫枝头。我牵着阿妹的纤纤玉手来到花枝下，折下几枝，插在阿妹的秀发上。这梅花开得如此芳香绚烂，正好做阿妹头上的发簪。

这两首和歌是舍人皇子身边的女官或文人献给他的作品。梅花盛开，佳人如玉，将梅花枝做成的簪子亲自插在美人的头上，实在是一种风流的举动。

舍人皇子，也叫舍人亲王，天武天皇第九皇子，官居一品，辅佐皇太子（后来的圣武天皇）。藤原不比等去世后，舍人皇子出任太政官，并担任撰写史书《日本书纪》的总编。舍人皇子是草壁皇子之弟，文武天皇的叔父。

作于纪伊国和歌一首

相思情浓难相会，玉浦独眠铺衣衫。

——无名氏 卷九—1692

本首和歌的作者在纪伊国的旅途中邂逅了一位美女，不禁怦然心动。可是，他却无缘与这位女子幽会，陷入了痛苦的单相思。

玉浦，地名，大约位于和歌山县东牟娄郡，距离那智瀑布不远处，这里有一条细长的陆上小路深入大海之中，作者当晚就投宿在这里。

当时的日本人没有盖被子睡觉的习惯，而是将自己宽大的外袍铺在草席上，一半铺在身下，一半盖在身上。古代的和歌中，描写这样陷入单相思，却只好独眠的场面的作品很多。但在《万叶集》中，这样的和歌只有5例，当时还属于一种新颖的表现手法。到了平安时代的《古今和歌集》，镰仓时代的《小仓百人一首》等诗集中，"独眠铺衣衫"的场面便屡见不鲜了。

名木川上作歌三首（其一）

名木川畔逢春雨，浑身湿透更思家。

——无名氏　卷九—1696

作者奔波于旅途之中，来到名木川畔。这条河位于京都府宇治市，最后汇入宇治川。作者突然遭遇一场春雨，被淋得浑身湿透。日本列岛周围都是海洋，一年四季都会下起倾盆大雨。歌中的"春雨"并非我们想象中如烟似雾的"江南烟雨"，而是瓢泼大雨。因此，出门在外的旅客，要独自经受许多辛劳，忍受诸多不便。他们被淋成落汤鸡时，饥饿寒冷，痛苦不堪。

这一组和歌一共3首，后面的两首唱道：

其二　虽然我尽量避雨，却难免淋得浑身湿透，苦不堪言。这场春雨，是家里人派来的使者，催我早日归家吗？

其三　要是在家里，母亲或妻子会让我立刻换上干净的衣服，将我淋湿的衣衫烘干。她们望眼欲穿，这场春雨一定是她们派来的信使，催我早日踏上归途。

宇治川上作歌一首

巨椋池上雁群过，伏见田上翅声传。

——无名氏　卷九—1699

巨椋池位于今天京都市伏见区到宇治市一带，自古以来这里就是一片湖沼。秋天，雁群南飞，路过巨椋池一带的水田之上时，会在这里栖息一阵，养精蓄锐，然后继续南旋。这位男子目睹巨大的雁群从头顶飞过，听见它们扇动翅膀，发出了巨大的声响，在湖面和水田上空回荡。目睹雁群南归，让人感到秋意更浓了。

"宇治川"全长35公里，是发源于琵琶湖的一条大河，上游叫"濑田川"，流经京都市东南部的宇治市时，叫作"宇治川"，随后又流经京都府伏见区，与"木津川""桂川"合流，更名为"淀川"，流向今天的大阪一带，最后注入大海。

《万叶集》中描绘的秋天具有代表性的景物有：

植物　红叶、胡枝子花、柔黄花、芒草、浅茅草……
动物　求偶之鹿、南飞大雁……
天象　河汉、牵牛星与织女星、月亮……
气象　露水、寒霜、冷雨、雾气、秋风……

秋天来了，农历七月七日，皇宫里要举行盛大的"相扑大会"，天皇宴请群臣，然后君臣一同观看比赛。相扑不单是一项体育活动，更重要的是，希望以相扑赛事来祈祷即将来临的秋收能有好收成。相扑力士赛前在土俵上分别将左右腿抬得高高的，然后用力往地面跺脚，也是一种祭祀仪式。人们相信，这样能得到地神的庇佑，增强地力，获得丰收。这个动作一直流传到今天的相扑比赛之中。

农历九月，举行"初穗祭"。稻穗长成，即将开始收割，人们将早稻的稻穗供奉于神前，感谢众神保佑，又迎来一个丰收之年。

三 振田向等：相闻歌

振田向离开筑紫国时咏歌一首

佩戴左臂远去也，愿得阿妹化宝钏。

——振田向　卷九—1766

　　作者振田向，姓振，名田向，传记不详。他离开筑紫国（今九州岛福冈县东部）时，不得不与心爱的姑娘分别。他多么希望自己的心上人能够变成"宝钏"，佩戴于自己的左臂之上，这样就可以与心上人形影不离，一同远行了。"宝钏"一般由两个圆形的手镯构成。

　　万叶时代的"钏"，是用金属、玉、石、海贝壳等材料制成的装饰品，佩戴于手腕或手臂上，以展现女性丰满润洁的手臂。

　　古代日本以左为贵，"左大臣"的地位高于"右大臣"。这种观念来源于中国的老子哲学。老子说："吉事尚左，凶事尚右"（《老子》第31章），男女两情相悦，推心置腹，是一件美好之事，而在战争中则尚右，大将军居于军帐中的右方。

依依送别实难舍，君披彩霞过青山。

——无名氏　卷九—1771

　　以上这首和歌出自《古歌集》，作者不详。

　　我目送着你渐渐远去，心中依依不舍，悲痛万分。你走了，渐渐远了，身披彩霞，踏过一座座青山。你的身影时而隐没在浓荫之中，时而闪现在林木之间，终于消失在一片色彩斑斓的光影之中。此情此景，将留在我心中，永不磨灭。什么时候你又会身披彩云，突然归来，出现在我的面前呢？我将每天来此，朝着你离去的方向痴心张望。

此歌意境优美，感情真挚，不愧是万叶时代著名的送别歌。

献舍人皇子歌一首

高堂当年训诫语，便是一生座右铭。

——无名氏　卷九—1774

在万叶时代访妻婚制度的背景下，对于青年男女的婚事，女方的母亲有绝对的发言权，她赞成或是反对，都会决定这一对男女的命运。

歌中唱道，当年结婚之前，岳母的一番训诫之语，我至今不敢忘怀。

"高堂"，是对对方父母的尊称，但万叶集的研究家们认为，要将这首和歌放在万叶时代的背景下来考虑才妥当，因此，将"高堂"理解为"岳母"更为准确。

男子结婚，便要进入女方家庭生活，也就是说万叶时代流行"倒插门"的婚姻方式。进入女方家庭的男子，不得不处处小心谨慎。在这样的婚姻状态下，大概很少会出现殴打妻子等家庭暴力吧。当时流行一夫多妻制，男子可以有几位妻子，夫妻关系不甚稳定。如果女方家人，特别是岳母处处刁难，影响到夫妻关系，那么男子就会与妻子渐渐疏远，久不登门。丈夫不再来访，这场婚姻也就不存在了，女子的生活自然有娘家的照顾，但独守空闺，精神上的痛苦也是可想而知的。

这首歌中说，我愿将当年高堂的一番训诫牢记一生，看来女婿在这个家庭里生活得还算称心如意。

天上鹤群一首

游子露宿寒霜降，鹤群展翅护儿郎。

——无名氏　卷九—1791

本诗作者不详。圣武天皇天平五年（733年），农历四月三日，第10次遣唐使的船队从"难波"出发，全体成员共594人。出发那一天，港口上人山人海，亲人们都前来给遣唐使们送行。人群之中有一位母亲，她大概是从京城奈良赶到"难波"港口，送别儿子时心潮起伏，赋长歌并短歌一首，这里收录的是长歌后面的短歌。

遣唐使们历尽海上风波，踏上大唐的国土后，从这将近600人中，要选出大约二三十人作为代表，在遣唐大使和副使的带领下，一路车马劳顿，有时还要艰苦步行，前往长安朝拜大唐天子。一般是第二年正月，遣唐使代表团才能到达远在西北的长安。其余的遣唐使便向接待他们的官员报上自己的学习志愿，被沿海一带的政府部门分配到不同的学习地点。

公元734年，即唐朝开元二十二年，在长安等候遣唐使代表的天子，正是大名鼎鼎的唐玄宗。他为客人们举行了隆重的仪式，并赠送礼品钱财，欢迎敢冒风险、热心求学、远道而来的客人。

遣唐使一行人在长江口登陆，前往长安的途中，要经过烈日当空、秋风渐凉、寒霜盖地、大雪纷扬等气候变化，一路上免不了风餐露宿。儿行万里母担忧，这位母亲无法与儿子同行，一路上亲自照料远行的游子，她想象着中国黄河流域严寒的冬天，但愿有天上飞舞的鹤群从天而降，就像护卫自己的幼鸟一样，张开

177

翅膀为遣唐使们遮蔽风霜吧。

这首短歌前面的长歌中,母亲用"小鹿"一词来比喻儿子。因为母鹿每胎只产一子,这次前往唐朝的是这位母亲的独生子,她虔诚地为儿子,为全体遣唐使们祈祷,希望他们能一路平安,早日归来。

王勇[1]教授在《书籍之路与文化交流》(『書籍の中日交流史』)一书中写道:

> 遣唐使会把从中国皇帝那里得到的陶瓷器、丝绸、金银器皿等赏赐物品全部卖掉,换成现金来购买书籍。这真是令人震惊,在世界上也是鲜有其例的啊。我想,这也并非遣唐使随心所欲的行为,那会是天皇的命令吧。动用国家预算,派遣他们到中国去,归国时要购买书籍带回来。在这种情况下,就不能认为他们只是因为自己心血来潮想读书,或者是因为个人兴趣而购买书籍带回国去。[2]

王勇教授还提到,当时在长安的阿拉伯商人看见,遣唐使们卖掉中国皇帝赐予的贵重礼品,将所得钱财全部用于购买书籍,曾嘲笑他们是傻瓜。对日本而言最重要的是书籍,从书本上就能学到中国文化。因为他们相信,与中国人读一样的书,就能创造出不亚于中国的文化来。日本最早是通过朝鲜半岛接受了书籍的恩惠。由此可见,到了遣唐使时代,在中国和日本之间就开辟了一条直接相通的"书籍之路"。

---

1 王勇(1956—),专事中日关系史、中日书籍交流研究,兼及日本历史文化、隋唐外交史研究。现为浙江工商大学日本语言文化学院名誉院长、日本文化研究所所长等。曾参与《剑桥日本史》的编纂。主要著作有《中日"书籍之路"研究》《书籍之路与文化交流》《东亚坐标中的遣隋唐使研究》等。——编者注

2 王勇.书物的中日交流史 [M].北京:国际文化交流工房出版社,2005:235.

四　田边福麻吕歌集：挽歌

过芦屋处女墓时作歌一首

菟原处女墓在此，曾有男儿苦求婚。

　　　　　　　　　——田边福麻吕　卷九—1802

原歌中的"奥之城"，指处女冢。

古代，在摄津国菟原郡苇屋（今兵库县神户市到芦屋市一带）流传着一个令人无限感伤、唏嘘不已的爱情故事。一位姑娘被两位青年，血沼壮士与菟原壮士苦苦追求，他们同时向姑娘求婚。姑娘不知如何是好，无法摆脱困境，苦恼之余，投水自尽，留下一座处女冢，让后人流连叹息。

菟原处女冢位于今天神户市东滩区御影町，处女冢的东西两方，分别各有一座求女冢，那就是血沼壮士与菟原壮士的坟墓。

《万叶集》收入了有关这个凄美传说的和歌共 8 首。第九卷分别收入了出自《高桥虫麻吕歌集》和《田边福麻吕歌集》的长歌与短歌 6 首，第十九卷中大伴家持所作的《处女墓歌长歌一首并短歌》。

《高桥虫麻吕歌集》中唱道："菟原处女自尽后，血沼壮士梦见了她投水的场景，悔恨不已，也步了姑娘的后尘，菟原壮士知道这一消息后，也不甘示弱，仰天长叹，拼命跺脚，咬牙切齿，自杀身亡。"

大伴家持的歌中唱道："古代的血沼壮士与菟原壮士为了争夺爱人，捍卫名誉，不惜拔刀相向，舍命决斗。听到这个故事多么令人悲痛。菟原处女，容貌美丽如春花，光彩照人如红叶，正值青春年华，两位壮士发自肺腑，充满爱意的话语，都让她感动不已。她不知如何是好，告别父母，悄悄离家出走，来到海滨，久久徘徊，望潮起潮落，波涛汹涌，痛感生命如同波浪上的水藻一般短暂。人们世世代代传颂这个故事。如今她的墓上，黄杨木长得多么茂盛。"

《万叶集》中还有一个与此歌类似的"真间的手儿乃姑娘"投水自杀的故事。她住在葛饰的真间（今千叶县市川市），因为很多男子同时向她求婚，姑娘深感进退两难，走投无路而寻了短见。

日本古代民间故事中，有不少"一位美女引来多个男子向她求婚"的"多人求婚故事"，这成了一个"模式"，如平安时代著名的《竹取物语》中，就有 5 位贵公子，甚至天皇本人都来向从月宫下凡的美女赫夜姬求婚的情节。

这样的传说对后世的日本文学影响深远。平安时代的女作家紫式部在创作长篇小说《源氏物语》时，心中不断浮现出菟原处女的故事。她在此书最后的《宇治十帖》中的《浮舟》一帖中，塑造了一个感人至深的女性形象"浮舟"。她是《源氏物语》中最后登场的女主角，虽然也是八亲王的女儿，但不是正房夫人所生。母亲生下浮舟后，不满自己尴尬的地位和一心念佛的八亲王的冷淡，带着女儿远嫁他乡。后来，母亲带着浮舟回到宇治看望中君，这一年，浮舟已经芳龄二十。

光源氏之子薰公子，在心仪的女人大君去世后，不断追忆前尘往事，当他看到浮舟时大吃一惊。浮舟虽是大君的异母妹，却不但相貌酷似大君，而且更加年轻漂亮，他不禁怦然心动。不巧的是，当光源氏之孙，薰公子的异母妹明石中宫与天皇所生之子"匂宫"见到浮舟后，也打起了她的主意。浮舟只好藏在宇治山庄闭门不出，一心希望能得到薰公子的保护。

"匂"，读作"xiōng"，日语中为芳香扑鼻，光彩照人之意。来源于动词"匂う"。

匂宫见过浮舟后，难以忘怀，一心要追求她。当他知道浮舟藏身之处后，便偷偷前往宇治，乘着夜色前去敲浮舟的门。因薰与匂宫的嗓音有些相似，浮舟误以为是薰来了，开门让匂宫进去，一失足成了千古恨。浮舟爱着薰，却失身于匂宫，想投河自尽一死了了。她在前往河边的途中被横川僧都救起，最后出家为尼。从此，浮舟只好斩断尘缘与花月情根，与佛门青灯相伴一生。

中西进教授在《源氏物语·浮舟》的讲座中讲道："浮舟就像水上的一叶扁舟，漂浮不定，没有安身立命之地。从'浮舟'这个名字来看，她是水的女儿，企图跳水自杀是一种回归故乡的愿望。"（刘德润根据录音翻译整理）

近代文豪夏目漱石（1867—1916）的中篇小说《草枕》，1906年问世，"草枕"一词出自《万叶集》，意思是头枕荒草而眠的羁旅之苦。这部书中写道，主人公在山中听到传说，古时候，村中有一位美丽的少女，乃是富裕人家的千金，有两位男子同时对她害起了相思，少女左右为难，最后跳入深山的深渊中，自尽而亡。老妪向作者讲述这个故事，还背诵了一首《万叶集》中的古老和歌，悲叹这位香消玉殒的姑娘：

秋来柔荑花上露，犹如苦命顷刻消。

——日置长枝娘子　卷八—1564

"柔荑"，原指草木嫩芽。在中国的《诗经·卫风·硕人》中，用来比喻女性的手，在日置长枝娘子的原歌中称其为"尾花（おば

181

な）"。本歌是日置长枝娘子与大伴家持的相和歌。大伴家持的歌是：

我家庭前萩花放，凋零未得佳人赏。

——大伴家持　卷八—1565

"萩花"，亦叫"胡枝子花"，"秋天七草"之一，豆科萩属灌木，高约1.5米，从夏到秋开紫红色或白色小花。

卷十　四季杂歌与相闻歌

原著本卷收入和歌共 539 首，编辑方针与第八卷类似，以春夏秋冬来分类。其中作者不明的歌有春、夏、秋、冬之杂歌（共 384 首）、相闻歌（155 首）。相闻歌的前面还配有《人麻吕歌集》的作品，下面还进一步分为"咏鸟""咏霞"这样的"咏物歌"，还有"寄鸟""寄花"这样的"寄物歌"的小标题，这一点又与卷七的编辑方针相近。

一 无名氏：春之杂歌与相闻歌

咏鸟（两首）

春霞流空舞天际，黄莺衔柳鸣枝头。

——无名氏　卷十一—1821

春天，和煦的阳光在升腾的水汽中折射，天空中出现了一道道朦胧绚烂的彩霞，飞舞飘浮，流光溢彩。成群的黄莺，有的站在枝头嘴里衔着翠绿的柳条，有的上下翻飞不断鸣叫。

日语中的"云霞"一词，含义与汉语不尽相同。日本的"云霞"是指含有水汽、迷迷蒙蒙的彩霞，像一条斑斓的河流在天上流淌，地上的青山绿水，也都仿佛在随风飘荡。这便是日本文学中大受推崇的"朦胧美"。岛国雨量充沛，气候温和，特别是春天，空气中弥漫着水汽与流霞，无论是月夜赏樱还是拂晓远眺，人们都仿佛置身于缥缈流动的朦胧色彩之中。历代文学作品中，对"朦胧美"的追求成了日本民族独特的审美意识。不但和歌如此，就连小说等形式的文学作品中的景物描写、人物对话、心理意识都写得十分含蓄朦胧，耐人寻味。

莫待夜深空守候，呼子鸟啼唤郎归。

——无名氏　卷十一—1822

我的郎君人在旅途，已经好长岁月。呼子鸟啊，你赶快催他回家，莫让我夜夜独守空闺，直到深夜。

和歌原文中的"呼子鸟"，这是什么鸟？至今众说纷纭。有学者认为，"呼子鸟"即杜鹃，也叫"郭公鸟""子规""布谷鸟"，是一种初夏时节飞来的候鸟。但学术界至今对万叶和歌中的"呼子鸟"还没有确切的解释。

现代女作家平岩弓枝[1]很喜欢这首和歌，她写道："呼子鸟啊，请你将我心爱的人呼唤回来，趁现在还不到深夜时分，赶紧呼唤他吧。我十分理解这位女性的心，深夜未归的丈夫，也许会永远离开自己。她悲切地恳求呼子鸟快将丈夫叫回来。呼子鸟到底是一种什么鸟，其实我们都不得而知。"[2]

在《万叶集》中，只有编号为第 1941 的一首和歌将"呼子鸟"作为夏天的鸟儿来咏唱，其余的作品中都将它看成春天的鸟儿。

在中国，人们历来将"杜鹃"的叫声听成"不如归去"，会让人感到惆怅、思乡、忧伤。但同时杜鹃又是催春降福的吉祥鸟。相传，杜鹃是古蜀国望帝杜宇死后所变，日夜啼鸣，催人春耕插秧，莫误农时。

以上两首作品划归为春之杂歌，但第 2 首具有明显的相闻歌性质。可见《万叶集》中的"杂歌"与"相闻歌"的划分不甚严密、准确。

春日野上炊烟起，少女结伴采马兰。

——无名氏　卷十一—1879

1　平岩弓枝（1932—　），日本小说家、脚本家。长谷伸川门下。其作品题材多集中于关注女性生活方式的家庭小说或推理小说。是日本直木奖得主。——编者注

2　平岩弓枝.我的万叶集（『わたしの万葉集』）[M].东京：大和书房，1986：107.

少女们结伴来到奈良东面的"春日野"，采撷马兰草。"马兰草"，原歌中写为"菟芽子"，现代日语叫作"嫁菜"，属于一种野菊花，茎可高达 1 米，春天的嫩叶可食用，用开水一焯，过一遍冷水，便可调成凉菜，或加盐做成米饭团。当时平城京的居民中，流行着春天来此郊游的风俗。看来，这群姑娘是来野炊的，她们带来大米和作料等，再从春日野上采来"马兰草"，在大好春光与袅袅炊烟之中，尝一尝上天赐予的美味。

近代著名的和歌研究家、和歌诗人斋藤茂吉说："这首和歌吸引读者之处，在于少女们前来郊游，生火煮食马兰草。现代的人们已经不太看重马兰草之类的野菜了，但对当时的人们来说，这种野菜是一道颇为高档的美味。"[1]

> 藤翻紫浪葛难觅，我心苦恋岁月长。
>
> ——无名氏　卷十一—1901

串串紫藤花开得那么绚丽，在晚春的和风中摇曳不停，就像是阳光下一大片翻腾的紫色波浪。有谁去关注隐藏在紫藤花的光彩之下那些匍匐在地面上的低矮葛草呢！我貌不惊人，还一无所长，心仪的姑娘怎么会对我正眼相看呢？但单相思就像无人知晓的葛草一样，在幽暗的地面悄悄地蔓延。我心中的恋情越来越浓烈，对你的单相思已经折磨我有好长的岁月了。

> 春雨淅沥君爽约，连下七日都不来？
>
> ——无名氏　卷十一—1917

这是一首女子责怪男子借故不来幽会的作品。淅淅沥沥的春

1　斋藤茂吉. 万叶秀歌（下）（『万葉秀歌』下）[M]. 东京：岩波书店，2006：36.

雨，飘飘洒洒，还不至于沾湿你的衣衫，你却借口不来见我了。要是这样的苦雨一连下上 7 天 7 夜，那你就 7 天也不来露面？

斋藤茂吉评论说："女方用咄咄逼人的语气责问男子，让人感觉到语气有些严厉，却又表现出这位女子的才气过人。这首和歌十分有趣，读来仿佛如闻其声。到了平安时代的和歌之中，这种坦率的语气便销声匿迹了。我们说和泉式部的恋歌如何大胆奔放，小野小町的恋歌如何深情感人，但她们的作品已经变得委婉而间接，充满机智的技巧了。"[1]

从万叶时代无名氏的作品中才能读到这样朴实自然、一片真情、不加修饰的口语般的情诗。这样的风格不是平安时代贵族妇女能够模仿出来的。

春雨摧得梅花落，君在天涯宿谁家？

——无名氏　卷十一—1918

春雨潇潇，真是一场摧花苦雨，盛开的梅花纷纷落地，化作尘泥。你在天涯旅途中，漂泊了那么久，今天，你的身边也下起了春雨吗？有地方避雨吗？眼看暮色降临，附近可有人家？可有旅店？你能找到投宿之地吗？

妻子对远行的丈夫牵肠挂肚，一日三秋。眼见花落，不由得勾起她心中的断肠之思，想起远在天涯的游子，遭逢春雨，却又是无计可施，万般无奈。这么多日日夜夜，你在旅途中已经忍受了多少风霜严寒，骄阳炎夏的煎熬！但愿郎君早日返乡。

以上 4 首和歌属于春之相闻歌。

1　斋藤茂吉.万叶秀歌（下）（『万葉秀歌』下）[M].东京：岩波书店，2006：37.

二 无名氏：夏之杂歌与相闻歌

咏鸟（四首）

愿见橘花满地落，子规何故不来啼。

——无名氏 卷十一—1954

歌中的"橘花"是原产于日本的观赏植物，农历五月开白色小花，香气馥郁，为绵绵苦雨的梅雨季节不得不蛰居家中、陷入苦苦相思之中的恋人们增添了几分惆怅。

古代和歌中咏唱"橘花"，多让人回忆起早已消逝的恋情。橘花属于古代野生柑橘，但果实味酸，无法食用。直到明治时代，日本才从中国引进温州蜜橘，成为日本广受欢迎的水果之一。

此歌的作者是一位女性，她面对庭院里潇潇苦雨中盛开的橘花，心情无比落寞。子规鸟啊，你为什么不来我家院子里啼鸣呢？你去那橘花枝头使劲跳跃吧，一定会将橘花纷纷摇落，让那触动愁肠的香气赶快消散了吧。梅雨季节，深闺中的女性面对绵绵苦雨，阵阵橘花的香气飘进窗来，会勾起多少甜蜜而感伤的回忆呢。

大和亡魂追飞鸟，子规啼鸣思故人。

——无名氏 卷十一—1956

人在旅途的我，听见子规悲鸣，不禁心中一阵愀然。我刚刚接到来自故乡的讣报，大和国的亲人去世后，他的灵魂追随着子

189

规鸟，已经飞到了我的身边么？每一声子规鸟的啼鸣，都会让我心中往事萦回，泪水潸然地思念起过世的亲人来。

自古以来，日本人将黄莺的鸣叫比喻为"转动玉珠"，优美婉转，而将子规的啼鸣比喻为"裂帛"，撕心裂肺，带给人惊心动魄的哀思。万叶时代的人们相信，子规鸟是往来穿梭于人间与冥界的使者，能够运送死者的灵魂。《万叶集》中，有不少闻子规思故人的感伤之歌。而子规则是和歌中常常出现的鸟类，它在雨夜中的叫声，令人忧伤、怀旧。还有学者指出，在古代信仰中，子规往来翻飞于人世与冥界之间，它会伴随着亡魂翻越通往阴曹地府途中险峻的高山"死出之山"。

雨过云飞逐红日，子规随风舞春晖。

——无名氏　卷十一—1959

奈良盆地雨过天晴，平城京上空风和日丽，蓝天之上缕缕白云从西向东缓缓流动，朝着春天的红日一路飞去。子规鸟也伴着彩云从我的头顶掠过，它们驾着春风翩翩起舞，追逐着春天空中的霞光与雾气混成的轻纱般的幕布，轻快地越飞越高，一边鸣叫，一边朝着春晖万道的方向飞去。子规鸟的身影终于看不见了，它们带走了我们的万道思绪，使人进入生与死、现实与回忆的浮想翩翩的世界之中。

子规啼鸣头顶过，满腹愁肠人不眠。

——无名氏　卷十一—1960

这首和歌是男性的作品，他因相思之情而彻夜不眠。初夏的深夜，四周是那么安静，一切声音传入耳中，都会添加心中的苦闷与痛苦。子规是杜鹃科中体型最小的鸟类，背上和翅膀上的羽毛有青绿色的光泽，黑色的尾巴上有白色斑点。初夏时节的五六月份，子规常常在浅山或高山密林中迅速飞翔，昼夜不停地鸣叫。自古以来，日本人听见它那"裂帛"般的啼鸣，不禁会悲从心来。日本古代，不同地方的人将它的叫声听成"爬到山顶了吗？"或"拜过本尊佛了吗？"

这首歌中的子规鸟似乎知道，这里有一位正在害相思、辗转反侧不能安睡的人。它们都知趣地迅速地悄悄飞走，离开这里。四周变得十分安静，但作者却依然无法进入梦乡，心中的痛苦回忆挥之不去，让人愁肠百结，欲哭无泪。

以上两首被列入夏之杂歌，但都是写恋情与相思的作品，与相闻歌的区别很难界定。

咏蝉

伤情恸哭无昼夜，不若蝉泣有定时。

——无名氏　卷十一—1982

原歌中的"蝉"，写成"蜩（tiáo）"，这是日本一种从晚夏到秋天啼鸣的蝉。它们从破晓时分就开始鸣叫，到了黄昏日暮时分，叫声最为响亮。"蜩"不但常常出现在历代的和歌之中，也常见于近现代小说之中。

在中国，早在《诗经》中就有"五月鸣蜩"（《豳风·七月》）的诗句。中国的"蜩"从盛夏鸣叫到秋天，农历五月正是盛夏季节，"蜩"在中国古代开始鸣叫的时间似乎比万叶时代日本的"蜩"要来得早一些。

这首和歌中唱道，蝉儿何时鸣叫，何时歇息，每天都按照大自然定下的规律来进行，总会有停歇的时间。但撺人心肝的相思之苦，却一刻不停地折磨人，让我日日夜夜不停地悲痛流泪。这样的痛苦岁月何时才是尽头！

咏燕子花

斯人憔悴恋情苦，女郎面如燕子花。

——无名氏　卷十一—1986

"燕子花"，也叫"杜若花"，属于菖蒲科多年生植物，生长于水边和湿地，六月左右绽开浓紫色的花，也有粉红、深蓝、白色等不同颜色的花朵。其花状如飞燕凌空，展翅飞翔，故名"燕子花"。

这首和歌中咏唱的燕子花是红色的，宛若少女美丽绯红的面颊，用来比喻自己苦苦思念的恋人光彩照人的面容。这位男子再看看自己，忍不住要顾影自怜一番。因长期相思之苦的折磨，早就变得面容枯槁。这位男子哀叹自己与心上的姑娘形成了鲜明对比，愈发失去自信，自惭形秽，更加痛苦不堪。

也许，他苦苦相思的人根本不知道他的存在，每天都过得无忧无虑。

姑娘啊，你可知道我为谁而痛苦？为谁而憔悴？这是一局无法继续下去的"死棋"，根本无法出现奇迹。但当事者却迟迟不肯死心，还在那里继续他的白日梦。

以上两首和歌也是写相思之苦的，被列入夏之相闻歌中。

三　无名氏：秋之杂歌与相闻歌

七夕

天河安渡驾船出，盼来立秋告妹知。

——无名氏　卷十一—2000

《万叶集》中的"七夕歌"一共有 132 首，散见于第八卷、第九卷、第十卷等，直到第二十卷。其中以卷十的"七夕歌"最为集中，多达 98 首。

这首和歌中的"安渡"是《古事记》《日本书纪》神话中的地名，指"高天原"（天国）天河上的一处渡口，"安渡"这一名称也有安全渡河的吉祥寓意。它出现在"七夕歌"之中，表明早在万叶时代，中国的神话传说《牛郎织女》传到日本之后，渐渐地与日本的神话已经融为一体。

今天，牛郎终于盼到立秋之日，马上迎来夫妻相会的佳期。他准备摇船渡过海洋一般宽阔无边的银河，迫不及待地从保佑有情人平安吉祥、万事如意的"安渡"出发。他已经解开了缆绳，站在船头，拜托守卫"安渡"的神灵，快将自己即将出发的消息，通过银河对岸的守卫之神转告织女。

可怜娇妻美如玉，头枕岩石天河边。

——无名氏　卷十一—2003

在平常的日子里，牛郎每日每夜隔着浩渺的天河向对岸方向张望，可惜什么都看不见。他只能想象，如花似玉的妻子也会天天都在思念自己。到了晚上，织女也会筋疲力尽，只好头枕岩石，倒卧于天河的河滩之上。天河岸边没有树木，也没有茅草，他无法给妻子搭建一所小屋，给她一个栖身之处，实在令人难过不已。每次相会之后，离开妻子时，心中都会充满这样的遗憾。

相闻歌三首

天地初分苦离别，伉俪相逢待金秋。

——无名氏　卷十一—2005

歌中的"天地初分"，指的是中国远古神话盘古开天地的壮举。

"天与地感于阴阳，生出了一个叫作盘古的巨人。他忍耐了18000年的孤独与黑暗，终于大吼一声，挥动巨斧，将天与地分开，清而轻的东西升了上去，变成了天空，浊而重的东西沉了下来，变成了大地。"[1]

牛郎织女伉俪自从盘古开天地时代就被无情地分开，经过了漫长岁月的苦苦相望。牛郎织女隔着银河含泪相望，终年默默不得语，如此推算的话，至少已经快4万年了。

如今，人间又迎来了喜庆丰收的金秋，到了七夕之夜，这对夫妇终于可以见上一面了。农历七月七日的七夕节，一般在公历8月，属于初秋的收获季节，人间到处充满着喜悦与繁忙的气氛。

以上3首和歌被列入秋之杂歌。

1　松村武雄編.伊藤清司解説.中国神話伝説集[M].東京：現代教養文庫　社会思想社，1987：11.

刘德润，刘淙淙，尚学艳：《用日语讲的中国民间故事》，中国宇航出版社，2012，第155页。

阿妹身影入梦寐，秋夜雾起四野茫。

——无名氏　卷十一—2241

　　苦苦盼望情人前来相会的心愿，却难以实现。好不容易入睡了，秋雾在原野上升腾弥漫开来，梦中的情景一片迷茫，让人无法分辨这是现实，还是梦境？心爱的姑娘款款迈步，走到我的身边，走进我的梦境来了？

　　《万叶集》中描写梦境的和歌一共有99首。人进入睡眠状态后，意识蒙眬。当时的人们相信，在梦中自己的灵魂会飘逸而去，依附于希望见到的人身上，进入对方的梦境，双方的灵魂会产生交感。在日本古代，梦被赋予了神圣与浪漫的色彩。

　　《万叶集》中的梦境之歌，都与男女相恋有关。恋人们在临睡前祈求神灵，保佑自己能在梦中与心上人相会，他们会特意将自己衣袖宽大的衣衫反过来铺在身下，或反穿在身上。希望这样入睡之后，就能做一个美梦，这是当时流行的民间淳朴天真的信仰。古人还相信，梦见心上人，是因为她的灵魂出窍，进入自己的梦中了。

寄水田

不等稻熟难见面，住吉海岸开水田。

——无名氏　卷十一—2244

　　日本为多山之国，自古就苦于耕地稀少，历代都在不停开垦荒地，围海造田。从万叶时代起，地方豪强就开始驱使自己庄园中的农民四处开垦"私田"，也有逃亡在外的农民在人迹罕至的地方开荒度日。住吉海岸位于今天的大阪市住吉区，铁道南海本线从这里驶过。当年这里曾是一片荒凉的海滨，岸上崎岖多石，是著名的"海蚀岩"地区，很难开垦为水田。当时的人们不辞辛劳、大费周折，将土壤运到"海蚀岩"上面，再夯实建成"台地"，开垦出一块块水田来。

这位歌人奉命来到这里开垦水田，插秧种稻，要等到收割完毕方可回家，与心爱的姑娘见面。这无异于是一次徒刑般的苦役。

其后，人们在这里大规模填海造地，建起了有名的神社"住吉大社"。今天，住吉区南面又多出来一个住之江区，大阪湾的波涛渐渐远去。

四 无名氏：冬之杂歌与相闻歌

咏雪

雪落双袖又飞舞，但愿飘上妹衣裳。

———无名氏　卷十一—2320

　　雪花飘飘之时，我和心爱的姑娘站在一起，两人近在咫尺，却又是那样遥远。我不敢向她表露我的心声，一腔热情深深地埋藏在心中。雪花无声地飘落而下，落在我宽大的衣袖上，立即又随风起舞，雪花飞起来了，飞起来了，快落下，快落下，落到姑娘的衣裳上吧！这位少年满腹痴情，难于开口，只好希望雪花充当媒介，落到姑娘身上，代替自己轻轻抚摸一下心上人的衣衫吧。

　　这首和歌描写出初恋男子的内心活动，热烈、羞怯、痴情、细腻、立意新奇，塑造出一位可爱少年的形象。

　　"雪花"，气温偏高的时候，雪片较大，在日本称为"牡丹雪"；气温偏低的时候，雪花较小，称为"粉雪"。本首和歌中的雪，应该是随风飞舞的大片雪花"牡丹雪"。雪花无声地飞舞，就像这位内心热浪滚滚，却又默不出声的少年。

此刻此刻郎君到，唯见庭中雪斑斑。

———无名氏　卷十一—2323

　　女子盼望郎君到来，不断打开房门探望，"此刻"一词重复

197

使用，表现出女子的焦灼心情。眼看就要天黑了，只见庭院之中落满的斑斑驳驳的雪花，很容易就会消融殆尽，这就是佛经上所说的"诸行无常"，会让人心中感到一种无名的忧伤。

"斑斑驳驳"与"薄薄的"不同，这个词还可以形容即将融化的斑斑驳驳的寒霜，有即将消失的语感。这个词不但用来形容霜雪将化，还可以表示对某人的记忆、追慕、怀念之情日渐淡薄。这样的手法也来源于即将消失这一含义，这让我们自然而然地联想到这位女子心中的依稀往事。

咏歌的女主人公明明知道男子对自己的感情已经日渐淡薄，两人的关系即将结束，却依然心存一缕希望，盼望对方立即出现在她眼前。要是今天他还不来赴约，那就会让女子绝望，毅然斩断对他的情思了。

咏露

花下冷露湿衣袖，为妹折来枝头梅。

——无名氏　卷十一—2330

我为你折下树梢上方开得最美的一枝梅花，下面的花枝上沾满着浓浓的露水。那冷冰冰的露水沾湿了我的衣袖。

"露"，主要指秋天的露水。《万叶集》之后1000年才问世的《俳句岁时记》中，明确地将"露"划入秋季的范畴。但万叶时代还没有出现"季语"这样的俳句专门术语。这首和歌写的是梅花盛开的季节，又被列入"冬之杂歌"。因此，这里的梅花是早开的"冬梅"，梅树上沾满的露水是冬天的"冷露"。当时的日本民族主要生活在以奈良为中心的大和地方，再向南一直到九州地区，这一广大地区的气候比较温暖，因此，梅花会开得较早，冬季少雪，仍然会降下露水。

以上3首和歌属于"冬之杂歌"。

一见钟情恨离别，冻云满天雪纷纷。

——无名氏　卷十一—2340

　　刚刚邂逅一位让自己一见钟情的姑娘，却又不得不马上分别。心仪的姑娘离开后，男子仰望天宇，只见满天的冻云铺天盖地，厚厚的暗云之下，弥漫着迷迷蒙蒙的冷雾，马上又飘起了雪花。辽阔的天地之间，雪花掩盖了一切。我四处张望，空无一物，让人觉得根本就不曾发生过刚才那一场美好的邂逅。男子怅然若失，恍如人在梦境，春梦却很快就飘然消散。

　　在古代日本，雪花除了"雪兆丰年"的吉祥寓意之外，还有它瞬间就会融化的性质给人带来的"无常之感"。现代作家川端康成（1899—1972）的小说《雪国》，刻画的就是一个让人无限神往的纯洁而玲珑剔透的冰雪世界，那里有美丽的大自然和美丽多情的女郎，但在一场大火之后，一切都不存在了。"恋情与无常"是日本文学传统的三大主题之一。其余两大主题是"自然之美"与"羁旅之情"。

　　这首和歌倾吐的正是"恋情与无常"的悲叹之情。人在天地之间，常会经历天涯羁旅的辛苦。旅途中无数的偶然相遇，几乎都像今天的这一次邂逅与离别一样，成为永久的遗恨。

临别话语心中暖，飞雪莫掩君行痕。

——无名氏　卷十一—2343

　　寒冷的大雪天，一对夫妻依依不舍地话别，丈夫的一番呢喃情话，给人满心温暖。山盟海誓，终究阻挡不了夫妻离别的命运。丈夫走出门外，替妻子将房门轻轻掩上，生怕寒风吹进来让热切的话别场面立刻变得冰冷。妻子低下头来，久久回味着刚才临别时丈夫的每一句话，她不忍心站在屋檐下注视丈夫渐渐远去的背影，原想就这样默默地躲在屋里，忘掉丈夫远行的事实，免得那令人伤怀的一幕会成为永远的心痛。

但片刻之后，她最终还是忍不住打开房门，眺望远方，想在冻云飘雪的天空之下，搜寻丈夫出发时在雪地上留下的踪迹。

天地辽阔，雪盖四野，她只看见门前还残留着丈夫的衣服下摆扫过雪地时留下的依稀可见的痕迹，越往远处张望，那痕迹就逐渐变得越发模糊。

她悲从心来，飞扬的大雪啊，莫要将丈夫的足迹与衣裳留下的痕迹掩盖起来啊。

以上两首作品被列入冬之相闻歌。

卷十一　古今往来相闻歌（上）

原著本卷的作品皆是无名氏的相闻歌，而且没有季节的分类，共收入和歌497首。作品不少属于"正述心绪"和"寄物陈思"之类的作品，其主题大都属于相闻歌。

一　无名氏：旋头歌与短歌

旋头歌（四首）

筑新屋，阿妹快过来，一同割壁草。

妹倾心，嫁得挥镰人，婀娜随风摇。

——无名氏　卷十一——2351

从原始时代末期的弥生时代到公元 5 世纪左右的古坟时代，日本平民建造房屋时，先在地上挖一个底部平整的浅坑，再将草捆竖起来，用绳索固定到几根横木上，当作墙壁，房屋中间有支撑屋顶的几根柱子，上面是厚厚的草屋顶。房屋四周还要挖好排水沟，不让雨水流进屋里。这样简陋的房屋叫地穴式建筑。地位高的人则要投入更多的人力，用更多的木材来盖房。

这一对相亲相爱的青年男女，情投意合，决定组建家庭。他们自己动手建造房屋，一同挥起镰刀割草，用来捆扎墙壁。房屋建好后自然要庆祝一番。

男子唱道："姑娘一片真情，就像美丽的青草一样柔顺，你看她挥起镰刀来，动作是那样麻利儿敏捷，她翩翩起舞时，体态优美，就像随风摇曳的青草。"

进新屋，起舞镇地灵，腕上玉佩响。

快进来，阿妹美如玉，满脸泛红光。

——无名氏　卷十一——2352

新房盖好了，还要将屋前屋后和屋内地面上的浮土踏平。夫妻两人翩翩起舞，举行这样一种称为"镇地灵"的咒术仪式。他们新婚的卧榻，就是地面铺上的干草。

当时的女性也十分爱美，她们捡来"玉石"穿成一串，戴在手腕和脚脖上。歌中唱的虽说是"玉石"，只不过是容易打磨穿孔的漂亮一点的小石头罢了。

斋藤茂吉教授认为，"镇地灵"的咒术仪式性舞蹈，不光由夫妻两人来跳，新娘还会邀来自己的几名女伴，大家一起热闹一番，欢快地翩翩起舞。这也算是送闺蜜出嫁的场面吧。

歌声和脚步声，玉佩发出的叮当声，姑娘们将地面踩得结结实实，驱走一切邪恶，保佑一对新人和和美美，家庭平安。

"镇地灵"仪式结束后，她们会簇拥着新娘新郎进入新房。女伴们带来的贺礼，也许只有鲜花和野生的水果。一对新人的婚姻生活开始了。他们要辛勤劳作，经历无数风霜雨雪，挥洒热汗，才能勉强求得温饱，生儿育女，繁衍后代。

当时流行"咒术"性质的"镇地灵"仪式，只是一种原始信仰，还算不上是宗教。除了"镇地灵"仪式之外，在《万叶集》的作品中还能读到以下几种"咒术"：

丈夫外出，妻子不得梳头、扫地，这样丈夫才会平安归来。

将萱草系在衣袖或内衣的纽带上，就能忘记痛苦的经历。

海边的渔人，出海和潜水之前，都要向海神反复诵读咒语，另外，还要敲击船帮。[1]

---

1 櫻井满监修.万叶常识事典[M]//诅咒·咒文（『万葉を知る事典』[M]//呪い·咒文）.东京：东京堂，2003：134.

将阿妹，藏进榉树间，茜草美红颜。

月明夜，纵然枝叶茂，只恐有人见。

——无名氏　卷十一——2353

一对青年男女在奈良矶城郡长谷一带的密林中幽会，男孩将姑娘藏在一片高大茂密的榉树林之中。姑娘羞涩地涨红了脸，就像茜草花一样，格外美丽。到了晚上，明月升空，林中四处皎洁，纵然有繁茂的枝叶遮挡，但他们还是生怕被人看见。这首朴素的旋头歌描写了偷偷幽会之中男女青年忐忑不安的心情。

旋头歌的节奏是5—7—7—5—7—7，一共38个假名（音节字母），比31个假名的短歌多了7个音节，诵咏起来节奏更加舒缓，能够容纳更多内容。

本节所选的4首旋头歌和后面的1首短歌，都出自《柿本人麻吕歌集》，这些作品是柿本人麻吕收集整理而来的民谣。

朝出户，怜君湿足结，浓浓原上露。

送郎君，早起相伴行，妾亦湿衣裙。

——无名氏　卷十一——2357

这也是在"访妻婚"的背景下，凄神寒骨、露水瀼瀼的深秋时节，男女在黎明前不得不分别时唱出的离别歌。"足结"是男子为了方便劳作或行走，在裙绔外面的膝盖之下系上的带子，能将宽大的绔腿绑紧，可以说这是一种万叶时代流行的简易"绑腿"。

天明之前，男子依依不舍地离去，他要踏过沾满露水的荒草，穿过密林，有时还要趟过小溪。女子送他出门时依依不舍，跟着他踏上沾满露水的草丛。二人刚一出门，没走几步，男子的"足结"就沾满了露水，而送别的女子则沾湿了衣裙的下摆。

他们多么希望还能在一起多待一会儿，至少等到露水散尽，男子再离开也好啊。

> 阿母看守难出屋，不见郎来我心悲。

——无名氏 卷十一——2360

万叶时代，父母对女儿交往的男友不满意时，也会公开出面干涉，并要想尽一切办法不让他们继续来往。最常见的方法是女方的家长将女儿监视起来，严加看管。母亲会一直待在女儿房中，不许她出门，也不许有男子进入，直到女儿俯首听命，放弃这段感情为止。

此歌唱出了年轻人的恋爱被横加干涉的痛苦，这样的作品在后面的卷十四的"东歌"中也十分常见。

二　无名氏：古歌集作品

冈崎岭，弯道何其险，往来无人烟。

君敢来，绕道路虽远，只因无人见。

——无名氏　卷十一——2363

本节所选的4首旋头歌都选自《柿本人麻吕歌集》。歌中的"冈崎"不是具体的地名，而是指险峻的山岭。

冈崎的山路是那么险峻蜿蜒，所以这里人迹罕至。你却不怕山高路险，特意绕道而行，从冈崎走过，要攀上一座座险峻的山峰，跨过条条湍急的山涧。你是想避开好事者的耳目，不让旁人看见自己的行踪，知道你是到哪位姑娘家中幽会去了。

访妻婚时代虽然流行自由恋爱，但男女交往依然会遇到人言可畏的障碍。

愿君来，不从门庭过，穿过珠帘缝。

阿母问，何人进屋来，答曰唯有风。

——无名氏　卷十一——2364

男女幽会，除了人言可畏之外，女方的家长，特别是母亲，会对女儿的婚事格外操心，生怕她交往的男友朝三暮四，不可托付终身。因此，母亲将门庭看守起来，不让人有可乘之机。看来，这位姑娘的家境优越，门上挂着"珠帘"。但她被囚禁在家中，失去自由，无法与心爱的男子相会。寂寞之中，姑娘突然生出一个奇思妙想，希望男子能像风一样，透过珠帘的缝隙钻进她的深闺来。如果阿母听见女儿房中有动静时问道："有谁进来了？"就回答道："只有一阵清风吹进屋来。"

> 相见难，阿妹久不见，纷纷心绪乱。
> 魂逝兮，日日思恋苦，夜夜摧心肝。
>
> ——无名氏　卷十一——2366

对于忍受着相思之苦，久久难得见上一面的恋人，这真是一种莫大的折磨。但作者还抱着一缕希望，在纷乱的心绪之中挣扎，心思一刻也不曾离开过心上人。可是，尽管自己日日夜夜都深切地感到，那魂一夕而九逝般的折磨，却依然是心甘情愿，决不想放下这份情缘。

> 驾轻舟，海上风浪险，阿妹难见面。
> 抬头看，稳居波涛中，阿妹坐大船。
>
> ——无名氏　卷十一——2367

看来，男子痴心所爱的阿妹，属于地位较高人家的千金。他将自己比喻成在风浪凶险的海上摇摇晃晃的一叶扁舟，随时会有颠覆沉没的危险，而阿妹就像稳坐大船之上，驶过风浪，稳如泰山。他从自己的小船上仰望阿妹家的大船，心潮起伏。这段恋情让自己踏上了一条凶险的人生道路，注定要经受痛苦、彷徨，而且前途难料。但男子却痴心不改，依然矢志不渝。

歌中的"大船"，比喻高不可攀的家庭，阿妹生活在阿母、阿爹、女仆、兄弟等家庭成员的层层保护之中。

这首和歌出自当时流传的《古歌集》，这部书虽然早已失传，但其中的作品不少选入了《万叶集》。据说，《古歌集》的作品也是由文人收集整理的民谣，诞生年代大约与《柿本人麻吕歌集》几乎相同，成为《万叶集》的编者参考选歌的重要资料。

三　无名氏：正述心绪歌

卷十一、卷十二的总题目为"古今往来相闻歌"，另外，编者将"相闻歌"分为两大类：一、直抒胸臆的"正述心绪歌"；二、借助咏唱外界事物来倾吐恋情的"寄物陈思歌"。这种编辑方针与其他收入相闻歌的各卷完全不同，由此推测，这两卷的编者为同一人。

　　为何苟活到今日，愿死初见妹之前。

——无名氏　卷十一—2377

这一首和歌所描写的是苦不堪言、痛不欲生的单相思。

我为何要如此这般地绝望而执着、苟延残喘地活到今天呢？阿妹啊，我要是在第一次见到你之前就死去，便不会对你一见钟情，想入非非了。怎么还会像这样长期忍受如此巨大痛苦的折磨呢！自从见到你之后，就身不由己地陷入了苦苦的单相思之中，这就是我人生悲剧的开端。如此下去，我的一生将注定是一场漫长而难以忍耐的精神徒刑。

后来镰仓时代编成的《小仓百人一首》中的第44首，就是模仿这首歌创作的"恋歌"。

　　当初无邂逅，何至动芳心。

　　怨妾空余恨，哀哀亦怨君。

——藤原朝忠（约910—966）

我只是见了你一面，单相思之情便搅得我梦魂不安。我恨自己自作多情，又恨你的傲慢与冷淡。还不如当初干脆就没有邂逅相遇、一见钟情的那次见面呢。

藤原朝忠的这首和歌是为了参加宫中举办的"赛歌大会"而准备的作品，歌中的背景故事是虚构的，他还将咏唱者设定为一位多情的女子。"假如我们不曾相逢，哪会有今天的哀痛？我恨自己，也恨你。缥缈春梦一场空。"

皇宫大道人如织，心仪唯有妹一人。

——无名氏 卷十——2382

奈良的城市规划是由奈良时代的大贵族藤原不比等所制定，他是按照中国唐朝都城洛阳与长安的市政规划来设计奈良的城市蓝图的。藤原不比等还主导制定了《大宝律令》和《养老律令》，确立了日本中央集权的律令制。"律令制"原是中国古代历朝的法律制度，完善成熟于隋唐时代，"律"，指刑律、刑法，"令"，指行政法规。

奈良的规划管理按照中国古代城市的"里坊制"来执行。"里坊制"将城市划分为"里坊"，实行宵禁，入夜后居民不得在街坊外游荡，指定"东市"与"西市"作为交易市场，其余地方不得进行买卖。"条坊制"严重限制人们的自由，妨碍经济发展，起源于我国的先秦，完善于隋唐，于宋代崩溃，汴京出现了《清明上河图》所描绘的繁荣气象。

奈良皇宫以南共有东西走向的九条大道，居民居住区划为各个坊间，城中也设有"东市"与"西市"，但日本从未实行过宵禁。皇宫大道从皇宫南门朱雀门起，往南一直通到奈良城南大门罗城门。皇宫大道宽约70米，为天皇出行而铺设。当时的奈良城市人口约10万。

这首歌中说，皇宫大道，即朱雀大道上行人如织，来来往往，好不热闹。在这条大道上行走的熙熙攘攘的人群之中，有那么多美若天仙的女子，都不能引起我的注目，我心仪的姑娘，只有阿妹一个。

洁身净体为阿妹，河滩祓褉濯清波。

——无名氏　卷十一——2403

"祓褉"，读作"fú xì"，古代中国民俗，每年春季三月初三的上巳节，要在水边举行祭礼，洗濯去垢，消除不祥。早在我国春秋时代就有此风俗流行，《论语·先进篇第十一》中，记载有孔子与弟子们的对话："暮春者，春服既成，冠者五六人，童子六七人，浴乎沂，风乎舞雩，咏而归。"（暮春三月，把春装穿得整整齐齐，我陪同五六位青年人、六七个少年人，在沂水沐浴，在舞雩台周围纳凉，一路唱歌，一路走回来。）

晋代的王羲之等文人在水边举行雅集，兰亭的曲水流觞诗文会、唐代杜甫的诗歌《丽人行》中的"三月三日天气新，长安水边多丽人"等，描写的都是上巳节"祓褉"的盛况。

这首和歌写的是男子前往女子身边幽会之前，特意到河边洗净身体。但这绝非只是单纯的洗澡，还是一种祈祷仪式。这位男子幽会之前洁身净体，为的是洗去罪恶，消灾免祸，让相爱的人永远幸福安康。中国的"祓褉"风俗传入日本，很快融入其社会生活。之后，用水洁净身体逐渐成了日本民族宗教"神道"的一种仪式。很多神社前面都有一条清澈的小河，供风尘仆仆、远道而来参拜的信徒们洗净身体。今天，神社入口处还设有"水屋"，将山泉引到这里，让人们洗手漱口，然后踏入心中的神圣之地。

愿入梦乡见阿妹，心急偏偏梦不成。

——无名氏　卷十一——2412

　　万叶时代的人们相信，做梦是人的灵魂从肉体中游离出来，前往心中向往之地。在古代日语中，灵魂离开活人的肉体，被称为"生灵"。意思是活着的人，其灵魂也会短暂离开自己，不久就会重新回来。而死去之后灵魂离开肉体，永远无法回来，则叫"死灵"。

　　日本古人心中的"相爱"，意味着灵魂的结合。我们在本书卷一·三中就看到，大海人皇子想重新得到额田王的爱情时，要用挥手这样的动作来"招魂"，希望额田王的灵魂飞过来，与自己的灵魂结合在一起，今后便能永远不分离了。还有卷二·二中的柿本人麻吕，被人从家中带走，即将被处死时亦如此。他踏上林木茂密，弯弯曲曲的山路之后，依依不舍地对着妻子挥衣袖，就是不愿抛下她，而独自一人去送死。人麻吕希望妻子的灵魂陪伴自己走完人生的最后一程。在那首挥衣袖的短歌（卷二—132）前面，还有一首长歌（卷二—131），其中唱道：我翻山越岭，山路有八十道弯，我们早就相互看不见了。但我还在频频向你，朝着家的方向挥动衣袖。夏天茂密的草丛啊，弯下腰来吧，高高的山岭啊，低下头来吧！让妻子能一直看见我在对她挥动着衣袖。

　　卷十一中这首无名氏的和歌唱道，苦苦单相思的人，无计可施之时，只能希望自己早早入睡，灵魂飘然而去，飞到姑娘身边，能在梦乡之中见到心爱的姑娘。可是，自己却因为相思情浓，久久难以入梦，连做梦都那样难。真可谓："雁尽书难寄，愁多梦不成。"（唐 沈如筠《闺怨二首》）这首无名氏和歌也与我国的《关雎》有异曲同工之妙："求之不得，寤寐思服。悠哉悠哉，辗转反侧。"（《诗经·关雎》）

四　无名氏：寄物陈思歌

波上记数叹命短，神灵保佑见阿妹。

——无名氏　卷十一——2433

古代日本人记数时，使用一种叫"算木"的小木条来帮助记忆，以免数错和记错。在我国古代，记数的工具叫"筹"，是用木材或竹子制成的小棍或小片。

推古天皇十八年（610年），中国发明的造纸术经朝鲜半岛传入日本。但当时生产的纸张十分昂贵，与普通人无缘，人们依旧会将记数的结果划在树皮或石头等载体上面。

此歌的作者是在记录数字，即忍受相思之苦，度日如年的每一天，而不是写字，当时日本使用的文字是繁难的汉字，只有显贵人家的子女才有接受汉字与汉文教育的条件。

作者感叹人生短暂，岁月匆匆，自己却无缘与心爱的姑娘结合，只好向神灵祈祷，但愿神灵保佑，让他见到心上的女郎：我神魂颠倒地在水面上记下痛苦相思的一天又一天，这些符号不但写不下来，而且瞬间就流逝得无影无踪。在水面上书写，比喻诸行无常，这种构思出自佛经《大般涅槃经》："亦如画水，随画随合。"

无独有偶，英国浪漫主义诗人济慈（1795—1821）的墓志铭上刻着这样一句话："此地长眠着一位将名字写在水波上的人"，人们将济慈所写的一句诗刻在他的墓碑上，感叹他的不幸。

暗恋之苦无计遣，阿妹之名莫告人。

——无名氏　卷十一——2441

我们在卷一·一中谈过，万叶时代日本人的原始信仰之一是"言灵"，认为语言之中蕴含着神灵，不可冒犯。人的名字中附有本人的灵魂。因此，不可随意将自己、配偶、恋人的名字说出口。即便是在没有人的荒野深山中，也不能说出他们的名字来。

对深陷单相思之苦的人来说，恋人在他的心中无比神圣，他决定无论如何不可将她的芳名告诉别人，否则就会有鬼魅前来作祟，给心爱的人带来不幸。

在远古时代，语言被视为神圣，是用来祭祀神灵与祈祷的。《圣经·约翰福音》中也说："太初有道，道与神同在，道就是神。"

我国最早的文字，即商代甲骨文，也是诞生于向神灵与祖先祈祷问卜的仪式中的。神灵与祖先在上，人们必须毕恭毕敬地对他们顶礼膜拜。因此，古代的汉文必须竖写，人们一面念，一面点头，以表示对高居天上的神灵与祖先的无比崇敬之情。

月行云间阿妹脸，何时才能到眼前。

——无名氏　卷十一——2450

云层中缓缓移动的月儿，忽明忽暗，若隐若现，在苦苦相思之人的眼中，那温柔的月亮慢慢地就幻化成了一张恋人的脸庞。仰望明月，怀念佳人，在我的心中勾起无穷的幻觉。虽然这张脸是那么可亲可近，却高高在上，无法企及。月亮有多高？我不知道，我登上最高的山顶，仰起头来，张开双臂，月亮依然遥不可及。每天夜里，我都面对着这一轮可望而不可及的月亮，苦苦思恋，真是让人备受煎熬。阿妹啊，你什么时候才会出现在我的眼前呢？

可是阿妹遣使者，不眠之夜鸳鸯飞。

——无名氏　卷十一——2491

　　鸳鸯，是一个合成词，"鸳"指雄鸟，"鸯"指雌鸟。在日本自古以来也是男女爱情深厚、夫妇恩爱的象征。特别是雄性的"鸳"，羽毛华美艳丽。春夏季节，鸳鸯生活在山间。秋天，它们会顺着溪流来到平原地带的湖沼。雌雄鸳鸯，日夜相伴，白天并肩游动，夜晚交颈而眠。日本古代流行各地的《风俗歌》中，就有咏唱鸳鸯的作品，后来平安时代的贵族将这些民谣收集整理，作为宴会上的娱乐节目。

　　我们在本书卷二·四中读到过，访妻婚时代男子前往妻子家中之前，特别是身份高贵的人，往往要派遣一位使者前去通知，而女方也会提前备好酒食，等候男子到来。这是一种礼貌。

　　这首歌中的男子害着单相思，在难以入睡的漫漫长夜中，听见鸳鸯鸟成双飞过自己的屋顶。他多么希望这对鸳鸯就是阿妹派来的使者，就是两人展翅双飞的预兆。他幻想着姑娘今夜会前来幽会，突然出现在自己眼前。

敲响阿妹木板门，躲进草丛来藏身。

——无名氏　卷十一——2616

　　夜晚，我急匆匆地来到阿妹门前，兴奋地敲响了她的木门板。但夜深人静时分，我敲门用力过猛，木板门发出的声音是那么响亮，不仅吓了自己一跳，看来还惊动了女子的家人。我不敢在她的门前久留，只好拔腿就跑，藏在沾满秋霜的草丛里。唉，如此活受罪真是自讨苦吃啊。

芦垣露出阿妹脸，莞尔一笑人不知。

——无名氏　卷十一——2762

阿妹站在自家院里的芦苇墙垣中，偷偷对我露出一张笑脸，笑得那么美好，那么甜美！我不愿让我身旁的人看见我们相互之间的眼波流盼，只好装作若无其事地离开了，因为目前这段恋情还只是我们两人之间的秘密。

后来，大伴坂上郎女模仿这首民谣创作了一首和歌：

莞尔一笑如白云，飘过青山人不知。

——大伴坂上郎女　卷四—688

这两首和歌写的都是含情脉脉的莞尔一笑，但与朴实的民谣相比，大伴坂上郎女读过民谣之后创作的这首和歌，构思与遣词用语却更富于文人特色，具有象征意义。

二者的不同之处是，前一首写的是我从阿妹家旁边经过，阿妹突然隔着芦苇墙对我露出笑脸，让我又惊又喜，又担心被同行的伙伴们看见。而后一首大伴坂上郎女创作的情歌写的是自己主动对情郎莞尔一笑，她用了民歌中没有的优美比喻，"白云""青山"，都是象征性的描写。自己的深情一笑：我将秋波流向对方的眼中，就像白云飘过一座郁郁葱葱的青山。

卷十二　古今往来相闻歌（下）

原著本卷的编辑形式和内容与卷十一相似，全卷收入和歌383首。本卷除"正述心绪歌""寄物陈思歌"之外，还选译了"问答歌""悲别歌"。

一　无名氏：正述心绪歌

身影朦胧破晓去，终日牵念到黄昏。

——无名氏　卷十二—2841

这里所选的前4首为相闻歌，都属于正述心绪歌。

访妻婚习俗，幽会之后男子必须在天色未明时悄悄离开女方之家。他离去之时，屋内屋外还是一片漆黑，女子想向他挥手送别，无奈只见情郎朦胧的身影闪出门外，立刻就消失在夜色中了。挥手招魂属于当时原始宗教的一种咒术动作，频频挥手，即是呼唤对方的灵魂：切莫远离，晚上务必再来与我相见。无奈她看不清男子出门后的去路，该向哪个方向挥手呢？她今后的每一天，从早到晚整整一天都心神不定，寝食难安，就这样一直处在苦苦牵念之中，度日如年。

思君不见苦难言，但愿夜夜来梦中。

——无名氏　卷十二—2842

爱情遇到了波折：对方好久都无法前来幽会，害得女方夙夜长叹，苦守空闺；盼来盼去，我似乎已经绝望，但绝望之中尚存一缕希望，那就是能与你的梦魂相会。心中的苦衷该向谁倾诉？我只好独自饮泣吞泪，希望你从今夜起，能夜夜出现在我梦中，一天也不能少。

当时的人们相信，陷入相思的恋人，灵魂会离开肉体，飞到对方梦里。如果你没有将我忘怀，你的灵魂怎么会不出现在我的梦境中呢？

　　　夜不成眠和衣卧，待到相逢才宽衣。

　　　　　　　　　　　——无名氏　卷十二—2846

　　我思念着你，近来却一直不见你的身影。回想起幽会那天，拂晓之前临别之时，你依依不舍地为我系上衣带，从此我不忍心将它解开，每天夜里都是这样和衣而眠，辗转反侧。这样穿着衣服睡觉，难以放松，加上心情悲伤，更加让人幽梦频繁。但我甘愿这样忍受下去，直到有一天你回到我的身边，为我宽衣解带，我情愿就这样守候下去。但愿你能够明白我的一片痴情与苦心，早早回到我的身边。

　　　郎来梦中常相见，可怜双袖不曾干。

　　　　　　　　　　　——无名氏　卷十二—2849

　　在梦里你与我相会，我们度过了一个又一个美好的夜晚。只有在梦境之中，我才能舒展开紧锁的眉头，一切痛苦都会不翼而飞。

　　可是，梦境毕竟不是现实。我依然生活在饱受相思之苦的折磨之中，每天以泪洗面，你看，我的双袖被泪水沾湿，何曾干过！

　　从《万叶集》开始，"泪湿双袖"成了和歌中因相思之苦而红泪潸然的女子典型的意象。

　　"泪湿双袖"的表现手法在后来的《古今和歌集》《新古今和歌集》《小仓百人一首》等和歌集中，都常常见到。如《小仓百人一首》中的第 90 首，殷富门院大辅（1131？—1200？，殷富门院亮子公主身边的女官）的作品：

浪里色不褪，雄岛渔夫衫。

朝朝红泪洒，两袖送君瞻。

歌用夸张的手法，唱出了失恋女性内心的悲痛与怨恨：你看东北地方雄岛海边的渔夫。衣袖每天被浪潮打湿，但衣袖的颜色却没有变化，我真想让你看看我的双袖，我相思的悲痛血泪，早就让衣袖变了颜色。海水是咸的，泪水也是咸的，但泪水有远远胜过海水的腐蚀作用，我的衣袖早就在泪水浸泡中改变了颜色，何况是一颗多情柔弱的女儿之心呢，早就因泪水的侵蚀变得憔悴不堪，伤痕累累。

后来的和歌中还出现了"红泪""血泪"等汉语词汇：

悲情难忍伤远别，红泪潸然落满襟。

——成寻法师之母《千载和歌集》离别

成寻（善慧大师 1011—1081），平安时代后期日本天台宗僧侣，曾在京都大云寺的文庆法师身边修行，日本平安时代的后三条天皇延久四年（1072 年）来到中国留学，曾云游浙江省天台山、山西省五台山等地，先后将五百多卷佛经托人运回日本。成寻最后客死于宋朝都城开封的开宝寺（今铁塔公园内）。这是老母送他登船时咏出的离别歌。

二 无名氏：正述心绪歌

夜深思妹长叹息，枕头为我起共鸣。

——无名氏 卷十二—2885

此歌也属于相闻歌中的正述心绪歌。

相思之夜，声声叹息，心念阿妹，彻夜不眠。我的痛苦令枕头也深感同情，为我发出叹息的共鸣声。寂寞的夜晚，变得如此热闹，简直是在梦境之中。单相思的折磨，令这位男子神情恍惚，似睡非睡之中不由得产生了错觉，他将自己的叹息听成了一首"相思二重唱"，感到枕头对自己的相思歌竟然产生共鸣，与他一起低吟浅唱，这种手法不仅仅是拟人法，更是一种夸张的表达手段，一种幻觉，一种自嘲，这种新颖的表达手法更能充分抒发他心中的悲苦。

你看，终于有人同情我了，我不敢将秘密告诉别人，只有枕头知道我每天所做的梦，我苦苦思念的人是谁。连枕头都为我的真情而感动了，阿妹啊，难道你还不理解我的一番真情与苦心吗？

眉浅挠得毛脱尽，可怜依旧相见难。

——无名氏 卷十二—2903

万叶时代的人们相信，眉毛发痒是自己思念情人的结果，抓挠眉毛，是为实现与情人见面的咒术。当时的人还说，抓挠眉毛会让人打喷嚏。《万叶集》卷十一中有一组问答歌，原是《柿本人麻吕歌集》中的民谣：

> 想你想得眉毛痒，
> 想你想得打喷嚏，
> 盼君早相逢，解带又宽衣。
>
> ——柿本人麻吕　卷十一——2808

> 今日想你眉毛痒，
> 奴家想你打喷嚏，
> 想你受煎熬，一切都怨你。
>
> ——柿本人麻吕　卷十一——2809

当时的女性之中，流行从唐朝学来的最时髦的化妆法，要将眉毛画成弓形，还有柳叶、月牙儿的形状。

本歌的作者可能是一位女性，她本来就对自己稀疏的眉毛感到自卑，便按照习俗将原有的眉毛剃掉，然后画出最时髦性感的眉毛来。思念情人，眉毛发痒，便不由自主地不断抓挠。这样一来，刚刚长出来的一点眉毛也被抓得所剩无几了。可是，与情人幽会的日子却遥遥无期，只好吟出一首和歌。

> 明日阿妹门前过，看我憔悴已不堪。
>
> ——无名氏　卷十二——2948

漫长的岁月里，我一直思念着你。可是你却为何一直不动声色、矜持无比，从不给我只言片语的回答。

明天，我要找个借口特意从你家门前经过，虽然我与你的父母素不相识，找不到理由跨入你的家门。但我会装作若无其事的样子走过你家门前，不好意思停下脚步。虽然只有短短的一瞬间，但期盼着你能出来看我一眼。你会发现，我因为爱恋你的缘故，天天忍受折磨，三餐不思，夜不成眠，已经憔悴到这般模样。狠心的阿妹啊，冤家，冤家！

苦候君来庭前站，可怜垂发落秋霜。

——无名氏　卷十二—3044

深秋时节，一位女子伫立在庭院中，等候着恋人前来。她在庭院中呆呆地朝着远方，望穿秋水。可是恋人的身影久久不出现，只有冰冷的白霜落在黑色的垂发之上。

歌中描写自己的黑发是"披散下垂，我的黑发"。

小岛宪之注释说，这是一种叫作"垂发"的女子发型，流行于公元682年之前。

"垂发"，是女子一种披散下垂的发型，曾流行于宫中女官和小女孩之中。与此相近的发型叫"振り分けの髪"（左右两分垂发），即将头发左右分开，然后披在肩上，男孩女孩都时兴这种发型。

在贵族社会，"垂发"还有将下垂的头发集成网状披在肩上的样式。这种"垂发"还包括下垂的辫子。有人还在头顶加上花朵、树皮、草叶的"三股编"。"垂发"在平安时代和江户时代也很流行。

天武天皇十一年（682年）发布诏令，成年妇女必须像男子一样"束发"，即不得将头发垂在双肩上，而必须将头发从额头处分为左右两边，然后在头顶挽成发髻。

但在执行天武天皇的妇女"束发"令的过程中，曾一度出现松懈，天武天皇朱鸟元年（686年），女子的发型中又出现了"垂发"的复古倾向，后来，到了天武天皇之孙，文武天皇庆云二年（705年），政府又重新颁布了"束发"令。

"束发"便于行动与劳作。到了近代的明治与大正时代，"束发"与西洋发型结合，大行其道。

万叶时代贵族妇女的发型主要有"单髻"和"双髻"。

"单髻"是在头顶绾成一个圆形的发髻，在发髻底部用彩色丝线捆好，然后将长长的头发批向两边，盖在耳朵之上。

"双髻"则是在头顶绾出两个尖尖的发髻，也要用彩色丝线捆缚，然后在发髻前面佩戴金银首饰。

贵族儿童不分男女，则流行"角发"，即我国古代儿童的"总角"发型。儿童的发髻称为"角"，将头发分成两半，在头上绾成发髻，左右各一个。

"总角"一词，出自《诗经·卫风·氓》："总角之宴，言笑晏晏"（回忆起当年两小无猜时代的欢乐，你满嘴甜言蜜语，山盟海誓）。"总角"，是八九岁至十二三岁儿童的发型。

"束发"，这就是我们熟知的"结发"。汉语中的成语"结发夫妻"由此而来，男女一旦成年，都要将披散下垂的头发绾成发髻。"结发夫妻"，指男女刚刚成年便结为夫妇。当然，这对于男女双方来言都是初婚。

三　无名氏：歌垣问答歌

紫色衣衫染灰色，海石榴市问芳名。

——无名氏　卷十二—3101

　　本书卷五·三中曾介绍过青年男女对唱情歌的"歌垣"，这里选译了 3 组"歌垣"上的"问答歌"。这是古代日本青年男女发自内心、淳朴自然的情歌。这种古代歌谣只有上下两句，其形式和内容都类似于我国陕北的信天游，其热烈奔放的程度也不亚于我国西北和西南地区汉族和少数民族男女青年的山歌对唱。

　　海石榴市是当时大和国的一处有名的交易市场，位于今天奈良县樱井市金屋一带，这里道路四通八达，自然成了一个热闹非凡的集市。春秋两季，此处还会聚集起大群前来谈情说爱、寻找配偶的青年男女，定期举行"歌垣"活动。大家争先恐后地一展歌喉，相互表达爱慕之情。"歌垣"也是一种祈祷和庆祝丰收的仪式。

　　我清清楚楚地记得你啊，那一天，你穿着藤花染成的紫色衣衫，今天再见面时，我发现你又用茶花烧成的灰浆，把原来的那件紫色衣衫染成了灰色。在我眼中，你今天显得更加俏丽动人。上一次我没敢开口，今天我们又在海石榴市上见面了，忍不住脱口而出："请问芳名？"

　　当时的风俗是，如果男子向女子询问名字，就是向她求爱。

路上行人怎知晓，欲答阿母唤吾名。

——无名氏　卷十二—3102

这是姑娘听到对方的求婚歌后回应的歌谣：迄今为止，你我素不相识，形同路人，你怎么能知道我的名字呢。既然你开口问我，那我就告诉你，阿母是怎么称呼我的吧。

看来，这位姑娘立即接受了对方的求爱，大大方方地将自己的名字告诉了他。下一步，他们会交换礼物，然后偷偷地双双离开歌垣，到一个僻静之处去谈情说爱。

需要注意一点，万叶时代的民众没有姓氏，只有名字。因此提到万叶时代的庶民时，不能用"姓名"一词，只有贵族才有资格由天皇赐姓。公元684年，天武天皇第一次赐姓，只有"真人""朝臣""宿祢""连"等8种。农民在贵族们的不同庄园从事生产劳动，也有少数是自耕农。天皇将皇太子之外的男儿降为臣籍，赐予姓氏，日本的姓氏逐渐增加。如《源氏物语》中的"光源氏"就是一位皇子，他被赐予"源"的姓氏，前面的"光"是修饰语，形容他美貌无比，光彩照人。

到了明治维新后，政府宣布废除身份制，提倡"士农工商，四民平等"，要求所有人在户口登记之前，都要决定自己的姓氏。于是那些世世代代都没有姓氏的普通农民，只好在匆忙之中根据自己居住的环境而随意选出"姓"来，今天日本的姓多达12万种以上。

我害相思要了命，你在梦中可曾知？

——无名氏　卷十二—3111

女子害了相思病，不思茶饭，渐渐变得骨瘦如柴、悲哀失望，觉得自己也许会不久于人世。她将自己的近况唱给对方听，希望博得男子的同情与爱怜。她还追问地唱道："你不是说天天夜里都会梦见我吗？在梦中，你可曾看见我玉颜憔悴，命悬一线？"

当然女子所唱的内容只是一种夸张的表白，并非自己真的患病，即将死去。

梦见阿妹皮包骨，正穿衣裳使者来。

——无名氏　卷十二—3112

男子赶紧唱道："我当然梦见了。你的一切我都看在眼里，痛在心上。你的花容玉貌一天天黯然失色，我立刻开始穿衣打扮，然后一路飞奔，希望能马上到你身边看望病情，千万莫着急啊。我选好一件最漂亮的衣服，正在穿衣时，你派来的使者便敲响了大门，我随即就跟着使者来了。"

面对撒娇的女子，男方一定是将计就计，顺水推舟。对她的夸张言辞一定要信以为真，否则就是不懂风情了。

关门闭户何处进？翩然入我梦中来。

——无名氏　卷十二—3117

这一组"问答歌"显然带有很大玩笑成分，谐谑有趣，生动活泼。

我临睡觉前，特意将门窗关得紧紧的，你是从哪里进入我的家里，悄然出现在我的梦中的？这一对青年男女曾在歌垣上多次见面，倾吐情愫，双方都给对方留下了好感，但女方却一直羞于开口，只好常常在梦中与小伙相会了。今天两人又在"歌垣"上见面了，千万不能再错过机会。事到如今，女子终于大胆地向对方表明，我常常梦见你啊。

盗贼墙上开大洞，我从洞中钻进来。

——无名氏　卷十二—3118

男子的回答也十分机智幽默："你家的土墙上有一个盗贼留下的大洞，好久都不曾修补。我的灵魂就是从那个洞钻进你家院落的，然后从窗缝进入了你的深闺与罗帐，进入你的梦乡。"

从这一组对歌的内容和情理上来推断，他们只是在梦境中交往，还不曾建立情人关系。这一次的"歌垣"大会后，也许两人会开始正式交往，进入"访妻婚"阶段，然后可能步入婚姻殿堂。

卷十二中共收入"问答歌"36首，这些都是文人收集整理成的"歌垣对歌"，凭借着《万叶集》保留至今，十分难能可贵。

四　无名氏：羁旅歌与悲别歌

天涯路上人聚散，樱花盛开又凋零。

——无名氏　卷十二—3129

樱花原产于喜马拉雅山麓，远古时代樱花的种子随着候鸟的粪便传到云南、福建等地，还有一些种子随着鸟群飞越大海到达日本。樱花对温暖多雨的日本风土十分适应，演变出许多品种。日本文学对樱花的讴歌，可追溯到《古事记》神话，比如天孙"琼琼杵尊"之妻"木花开耶姬"就是樱花女神。天照大神的孙子琼琼杵尊从天上来到人间，降落在九州宫崎县的高千穗山上，娶了樱花女神为妻，他们的后代中诞生了第 1 代天皇，即日本古代的开国君主神武天皇。

但是，《万叶集》中咏唱樱花的和歌只有 40 余首，而咏梅的和歌则多达 120 首。这是因为当时的文人深受中国文化的影响，赏梅、咏梅被看成最为风雅之事。本书前面的卷五·一中，大伴旅人在九州大宰府举行"梅花之宴"的盛会，就是很典型的例子。

此歌作者在春天里看见驿站路边上开得烂漫绚丽的樱花，知道很快就会凋零，日本谚语说"樱花宿命仅七天"。男子看见每天路上的行人来来往往，聚散无常，生老病死，而前来驿站投宿的客人，也是每天都会有陌生面孔，人人都是匆匆的过客，便发出了这样的感叹：人生苦短，青春难留。

妻在家中苦思念，枕草露宿衣带开。

——无名氏　卷十二—3143

万叶时代起，人们便用头枕荒草而眠来比喻旅途的艰辛。作者出门在外，来到没有旅店的荒郊，天色已晚，便只好露宿野外，和衣而眠。当时流行一种原始信仰，如果露宿荒野的旅客的衣带自动松开，就预兆着今天夜里妻子或情人会主动前来与之相会。这位男子大概是在草地上的树荫下躺下之后无意中发现，自己的衣带不知道什么时候已经松开了，不由得想起在家中苦苦思念、等候他早日平安归来的妻子。这种相思之情只会让他更加难以入睡。

这两首歌被列入本卷的"羁旅歌"中。

夫君离家魂相随，鸡鸣今日过东坂。

——无名氏　卷十二—3194

妻子深爱着自己的夫君，他却有事要离家远行。妻子感到难舍难分，灵魂随着丈夫的脚步，飘然而去，一路紧紧跟随。

"东坂"，东面的坡道，不知从哪里传来了几声鸡鸣，天就要亮了，丈夫的脚步一夜没有停息。此刻，夜色尚未退尽，他正在翻越名叫"东坂"的坡道，今天你就该走完这条漫长的山路了吧。

小岛宪之认为，"东坂"指的是东海道上，今天神奈川县的足柄山口坡道，或者是长野县与群马县交界处的碓冰山口的一道长长的山坡小路。[1]

这首和歌诞生于当时的东国。

1　小岛宪之等注释：《万叶集》（卷三），小学馆，1994，第375页。

鸳梦重温待何日，船离沙渚闻关雎。

　　"关雎"，即不断"关关（嘎嘎）"啼鸣的雎鸠。雎鸠是一种体型较大的猛禽，捕鱼为食。这首和歌显然受到我国《诗经·国风·周南》的开篇一首《关雎》"关关雎鸠，在河之洲"的影响。

　　丈夫乘船，已经离开了河中的沙洲，渐渐远去，消失在水天相连的尽头，妻子还在岸边举目远望。你何时才能够返回家乡，我们几时才能同床共枕？船儿远去了，我只听见从河中的沙洲之上，几只水鸟关雎在不断啼鸣，催人情思。

　　这首歌的女主人公对夫妻恩爱的渴求，是那样直截了当，坦率热诚。

　　以上这两首和歌属于第十二卷中的"悲别歌"。

卷十三　杂歌与相闻歌等

原著本卷作品以无名氏的长歌为主，此外还有相闻歌、挽歌、问答歌、譬喻歌，共 127 首。长歌的风格与《记纪歌谣》一脉相承，古朴虔诚，其余的作品则带有民谣之风。卷十三中也有迁都平城京（奈良）之后的新作品，可谓是新旧杂陈。专家们认为，本卷可能是平城京时代官吏收集整理而成的宫廷歌谣集。

一　无名氏：杂歌

冬去春晨白露降，待到黄昏霞光里，树梢之下黄莺啼。

——无名氏　卷十三—3221

寒冷的冬天，人们长期蛰伏家中，好不容易盼到春回大地，终于可以自由地到大自然中结伴踏青、四处徜徉了。你看，清晨的花草和树叶之上，滚动着洁白晶莹的露珠，在朝阳下闪闪烁烁。山野一派生机盎然，春阳高照，春风和煦，鸟语花香。到了黄昏时分，夕阳的余晖穿过空气中朦胧的水汽，变成了流动而缥缈的七彩霞光，好一道美丽的风景。这正是岛国春天的代表景色。

这是一首字数不定的长歌，其中尚有无法训读的 4 个汉字，语义不明。

红叶如燃心欲醉，折来与君共赏玩。

——无名氏　卷十三—3224

小岛宪之的注释说："本歌的作者为了拜访朋友，经过大和国飞鸟地区的神奈备山时，看到深秋美丽红艳的红叶，就像火焰一般在燃烧，熠熠闪光，忍不住折下一枝，带到朋友家去，大家一起欣赏。"

神奈备山原是出云国的神山。《古事记》神话说，出云国的国君"大国主神"将土地献给大和王朝，实现了民族与国家的统一。此后，出云国的很多居民，特别是上层人士都迁来大和国京城附近居住。他们用故乡的山名神奈备山来命名这里的一座山，以聊慰乡愁。"大国主神"下令，将神奈备山祭祀的出云国系统的三位神灵分封到大和国的三轮、葛城、云梯三座山，让他们与群山拱卫京城奈良。

这首歌的作者与他的朋友很可能都是来自出云国的移民。

执利斧，伐树上桧山。
来丹生，不怕挥热汗。
扎木筏，掌舵百岛间。
嶙峋石，屹立在岸边。
观美景，吉野看不厌。
望黑瀑，轰然翻白浪，千尺泻深潭。

——无名氏 卷十三—3232

这是一首长歌。歌中的"丹生"是地名，指奈良县吉野川汇入丹生川的吉野郡黑滝村一带。丹生山上长满了桧树，正好可以砍下来扎成木筏，到吉野川上去漂游。

歌中的"百岛"与"礁石"，都是一种夸张表达的手法，说的是吉野川上不时会有露出水面的河洲，也被称为"岛"；河边上还可以看见一些石头，这就是"礁"。

木筏在吉野川上顺流而下，让作者想到了过去的航海经历。原文中的"黑滝"，意思是黑色瀑布，因为山体的岩石发黑，瀑布便显出黑色，但瀑布流入深潭时，激起的浪花却依然是白色的。

今天，这里至今是大和路上吉野郡一处著名景观与休闲度假地，群山起伏，森林环抱，幽静的山林间点缀着几座房舍。飞流而下的黑瀑在这里变成河流，从"黑滝村"（黑瀑村）旁流过，游客来到这里，可以品尝到从这条河中垂钓到的鲜美鱼类。

吉野瀑，轰鸣从天落，岩下白浪翻。

此美景，何当挈妇来，同看黑滝潭。

——无名氏　卷十三—3233

这是附于前面的长歌之后的"反歌"。

一般而言，长歌后面的"反歌"都是短歌形式，但这一首却是旋头歌。作者观赏到吉野山中的美景，特别是面对轰然直泻的黑滝飞瀑，心灵受到震撼，不由得想起留在家中的妻子，什么时候才能带上妻子一同前来，让久居深闺的人也能一饱眼福，感受一下大自然的鬼斧神工呢？

愿有高高上天梯，不怕山路云中垂。

月读壮士多慈祥，赐我返老还童水。

携来人间献君饮，青春永驻千万岁。

——无名氏　卷十三—3245

这是一首短小的长歌，属于希求长生不老的祝贺歌。可以看出，中国哲学家老子"长生久视"的思想在日本万叶时代就已经广泛流传。在日本古代神话中，将月亮看成男性，称为"月读壮士"。人们传说，他手中有神奇无比的"返老还童水"。但是要得到"返老还童水"却并非易事。首先要攀登那条从云中垂下来的崎岖蜿蜒的山路，登上山顶，然后再将长长的登天之梯架在最高的山顶之巅，才有可能沿着登天之梯到达月宫，见到"月读壮士"，求来"返老还童水"。

歌中的"君"，与作者的关系不明。小岛宪之说："这里的'君'，可以认为是'君主、父母、丈夫，或是年迈的朋友'。"

二　无名氏：相闻歌

柿本朝臣人麻吕歌集之歌曰

> 神佑我，苇原瑞穗国，
> 言有灵，开口须慎言。
> 求神灵，为君保平安。
> 看波涛，百重千重翻。
> 与君逢，祈祷百千遍。
> 波涛涌，起落百千遍。
> 求神灵，一遍又一遍，一遍又一遍。
>
> ——无名氏　卷十三—3253

这是一首民谣风格的祈祷长歌，为远在波涛那一边的朋友祈祷，希望神灵保佑他能够平安踏浪归来，旧友喜相逢。歌中反复使用了"百千遍""一遍又一遍"等词语。

苇原，《古事记》神话中称日本列岛为"苇原"，意思是遍地芦苇、温暖潮湿的肥沃土地，适于稻谷生长的国土。"苇原国"是与天上的"高天原"、地下的"黄泉国"相对而言的人世间。瑞穗，水灵灵而充满生气的稻穗，"瑞穗"一词出自日本脱离原始社会，刚开始建立国家后的祭祀文"祝词""寿词"之中，"瑞穗之国"是日本的美称。

远古时代，日本民族将死后的世界称为"黄泉国"，这是借用了中国古代的概念。"黄泉"中的"黄"，指的是"土地"，中国"五行思想"中的黄色与土地对应，与五色"白青黑红黄"分别对应的五种基本物质是"金木水火土"。人死之后归于黄土，而地底下有泉水，故称"黄泉"，即死者灵魂的归宿之处。

公元6世纪佛教传入日本后，日语中才开始有了"地狱"一词。

言灵，古人相信语言之中蕴含着神奇的灵力。我们在本书卷一·一中读到，人的名字中依附有本人的灵魂。女子将名字告诉对方，就是对求婚的允诺。"言灵"的观念诞生于原始时代，当时的日本人尚未将言语与实物或事实区别开来，认为"言"就是"事"或"物"。吉祥美好的言辞就等同吉祥美好的事物，可怕凶恶的言辞本身就是灾难。《万叶集》中出现了称日本为"布满言灵之国""言灵相助之国"的词组。因此，开口说话须时时谨慎，这就是本歌中出现的"慎言之国"。古代祈祷国运隆昌，万民安居乐业的"祝词""寿词"，就是基于这样的信仰思想而诞生的。

大和之国言有灵，天助神佑保平安。

——无名氏　卷十三—3254

这是附于前面长歌之后的"反歌"，是对长歌中的祈祷、心愿的总结。

在古人心中语言是神圣的，具有无穷的神奇力量。公元712年诞生了日本最早的一部著作《古事记》，其中有一系列围绕大和国诞生的完美而系统的神话故事。在远古时代，语言最大的功用是向神灵祈祷，与祖先沟通。因此，人们将语言看得无比神圣，其中蕴含着神灵。

这两首和歌属于咏唱男士之间友情的"相闻歌"。

灌木绿墙枝叶繁，为伊消得衣带宽。

——无名氏　卷十三—3262

　　古代日本人在自家院落周围种上灌木来当围墙，原文中用美称将它形容成"瑞垣"，即有生命的墙垣，具有生命活力的灌木墙。"瑞垣"会随着季节的推移，呈现出枝繁叶茂、花香四溢的景色。

　　此歌作者长期忍受着相思之苦，只落得日渐憔悴、衣带渐宽。灌木墙上花繁叶茂、生机勃勃，自己却形神枯槁，形成鲜明对比。这一场相思该如何了结！
　　这首和歌创作的年代相当于我国的唐朝，因此不是从宋词中柳永的《蝶恋花》的"衣带渐宽终不悔，为伊消得人憔悴"化出来的，而是受到了用四六骈文写成的中国小说《游仙窟》的影响。这本书中有"日日衣宽，朝朝带缓"的字句。《游仙窟》早在万叶时代的晚期奈良朝就传到了日本。

墙上留痕流言起，莫攀我家芦苇垣。

——无名氏　卷十三—3279

　　姑娘家的院墙是一道芦苇，完全可以钻过去。我要是穿过这道芦苇墙来到你院中，一定会留下痕迹。那么，那些多嘴多舌、搬弄是非之人一定会将此事闹得满城风雨，叫你我如何做人？
　　万叶时代流行植物构成的"瑞垣"，后来长期流行土墙和木板墙，为了防止雨水对土墙的冲刷，还要在墙头盖上瓦片。而日本砖墙出现得很晚，到了近代的明治年间，才开始大量建造砖墙。
　　这首和歌让人想起我国《诗经·郑风》中《将仲子》的第三段："将仲子兮，无逾我园，无折我树檀。岂敢爱之？畏人之多言。仲可怀也，人之多言，亦可畏也。"（二哥哥啊，你听我说，别踩我家菜园，别折断了我家的檀树丛。我害怕人多嘴杂。二哥哥实在让我牵挂，但众人的流言蜚语也让我害怕。）这首诗前面还有两段写的是姑娘惧怕父母与兄长的斥责。

三 无名氏：问答歌

心舒畅，行行大路上。

对青山，极目放眼望。

美娇娘，杜鹃花正放。

樱花灿，满面泛容光。

众人言，你我天作合。

众人道，你我配成双。

遇求婚，荒山也难挡。

休动摇，莫将我遗忘，婷婷美娇娘。

——无名氏 卷十三——3305

　　本卷的"问答歌"也是产生于春季"歌垣"大会上的情歌，这几篇都是男子求爱的歌谣。一位男子兴致勃勃，满怀希望地走过山林与溪流，仰望青山，来到举办"歌垣"的地方。他一眼就看上了一个美丽的姑娘，她的笑脸宛若盛开的杜鹃花，容光焕发，又像是灿烂的樱花。大家都说，我们是天生一对、地造一双。天真的姑娘啊，一旦遇到有人求婚，就会不知所措，难于抵挡，就连萧索的荒山也会动情。你可不要动摇啊，不要忘了我，只做我的新娘吧！

反歌

我心哪得静如水，祈祷反得添惆怅。

——无名氏　卷十三—3306

　　为了你，我陷入相思之中，心潮起伏，久久难于平静，怎样才能让我的心不要如此激烈地跳动呢？我向神灵祈祷，希望能保佑我们喜结良缘，白头到老。可是我听不见神灵的回答，看不见神灵的表情。祈祷之后，反而让人感到前途未卜，不禁满怀惆怅。

望群山，泊濑在其间。
为求婚，我来此山川。
浓云密，飘飘下雪天。
满天阴，冷雨打双肩。
野雉啼，声声含哀怨。
雄鸡鸣，夜尽曙光现。
快开门，容我进庭院。
人困顿，让我稍睡眠，快开门两扇。

——无名氏　卷十三—3310

反歌

踏过碎石崎岖路，泊濑娇娘牵魂来。

——无名氏　卷十三—3311

　　泊濑，大和国地名，位于今天的樱井市初濑一带，此地群山环抱、山清水秀，自古以来就是美女之乡。作者在"歌垣"上结识了一位美貌如仙的姑娘，一路穷追不舍，来到泊濑求婚。可是，

245

秋尽冬来，天公不作美，飘起了白雪，一会儿白雪又变成了冷雨。这雪花与冬雨怎么能浇灭我心中炽热的恋情呢！

　　野雉哀啼，雄鸡司晨。在《古事记》歌谣中，这两种现象对于前去幽会和求婚的人而言，都是不吉之兆。野雉哀鸣是因为在漫长的秋夜中没有寻觅到配偶，雄鸡司晨是告诉人们清晨将近，前来"访妻"的人，要尽快沿着原路返回，这是起码的礼貌。可是，作者依然不肯离去，继续唱着情歌："姑娘，快开门吧。我已经筋疲力尽，让我进去小睡片刻也好啊。快开门吧！"

四　无名氏：挽歌

白云涌，飘飘在空中，

青云起，低垂罩田垄。

苍穹下，唯我丧夫婿，

天地间，夫妻情话浓。

念夫婿，胸中万般苦，

思不尽，我心何悲痛。

待何日，创伤得平复，

念夫婿，日日添苦衷。

九月里，举家办丧事，

悼亡魂，泪水如泉涌。

千秋恨，悼词万千语，

万代愁，思恋永无穷。

九月过，不减一分愁，

留遗言，儿孙记心中。

坟穴口，立石作墓门，

又一月，何去又何从？

守墓屋，朝朝闻哀叹，

到黄昏，进屋难成梦，

枕黑发，独守一床空。

心恍惚，摇摇如乘船，

念夫婿，夜夜苦思恋，愁绪永无终。

——无名氏　卷十三——3329

247

这首长歌后面未附"反歌",独立成篇,是一位丧夫的女人声声哀泣、字字血泪的悼亡歌。

九月里,丈夫去世,霎时间愁云惨淡,天地为之变色。女子悲叹唯独自己遇上了如此不幸。你看,有多少对恩爱夫妻正在相互倾诉着绵绵情话。可是,我却偏偏遭遇丧偶之痛,不知要到何时,才能忘却心中的悲痛?我的心无法恢复平静,永远沉浸在思念之中。

当时的墓穴流行的是横穴式,也就是将遗体放入山洞之中,然后再将洞口封住,在洞前立上两块石头当作墓门。我国古代也有竖穴式与横穴式坟墓的区别。例如,秦始皇陵是竖穴式墓,在平地上挖墓穴,放入棺木,然后填上封土,最后在上面垒起一座小山。而河北满城汉墓中山靖王夫妇合葬墓、唐太宗的昭陵都是横穴式墓,是在岩石山体上横向开出墓道与墓室,然后放入棺木,封好洞口。

妻子住进简单的守墓小屋,夙夜忧叹。晚上痛苦得无法入睡,泪湿枕头。歌中有"枕黑发,独守一床空"一句,可见她还是满头乌云秀发,可能正值二三十岁的盛年。因此,她无论如何也不能接受突然丧偶的现实,感到格外悲痛,精神恍惚,步履蹒跚,就像行驶在风浪中颠簸不已的大船上。

小岛宪之注释:"九月丈夫去世,下葬,守墓,然后开始'年忌'。这是佛教丧礼仪式,一段时间的守灵之后,离开坟墓,以后每年的'忌日'这一天都要前来祭祀。死后第一年叫'一周忌',第二年叫'三回忌',第六年叫'七回忌',这三次'年忌'最为重要。"

痛不欲生悲难遣,妻亡旅途送孤魂。

——无名氏　卷十三—3347

这是卷十三最后一首悼亡歌的反歌。前面编号为3346的长歌中描述道：天尽头，是美丽的十羽松原（所在地不详），人们都争相眺望，赞美不绝。但天有不测风云，妻子突然死于旅途，我满心悲痛，从此踽踽独行。妻子患病，如果死在家中床箦之上，也许会少受一些痛苦，可偏偏死在荒郊野外，临死前是那么痛苦不堪。出门时是夫妻同行，而如今我孤身一人，独自踏上回家的路。

卷十四　东歌

东国指万叶时代的"远江国"（静冈县西部）以东的地区，一直到今天东北部的福岛县、宫城县、岩手县、青森县。东国是大和朝廷的直辖领地，成为天皇统治的经济与军事等方面的重要支撑。这里的臣民不但要进贡纳税，还要负担兵役与劳役等。原著本卷收录东国地区的民谣"东歌"二百多首，前半部分标明了民谣诞生的国名（90首），按内容又可分为杂歌、相闻歌、譬喻歌，后半部分则是诞生地不详的歌谣（140首）。

除"东歌"之外，这一卷中还收入了"防人歌"5首（3567—3571）。斋藤茂吉指出，"东歌"中除民谣之外，还有来自京城奈良的官吏、旅行者模仿"东歌"而咏出的作品。

一 无名氏：东歌（一）

筑波岭上新蚕茧，阿妹衣裳我想穿。

——无名氏 卷十四—3350

这首是常陆国（今茨城县一带）的民谣，属于相闻歌。

筑波山位于茨城县西南部，是关东平原上最负盛名的山峰，海拔 876 米，站在方圆几百里的旷野上，从任何角度都能望见筑波山秀美的身姿。筑波山与富士山齐名，谚语说："西有富士山，东有筑波岭"。《万叶集》的东歌中，咏唱筑波山的歌有 11 首，防人歌中也有 3 首。

相传，这里是日本养蚕业的发祥地之一，筑波山麓建有一座"蚕影神社"。

有民间传说，公元 6 世纪，飞鸟时代第 29 代天皇钦明天皇在位时，印度北天竺王之女金色姬，因母后病故，继母对她百般虐待，企图让她丧命狮子等猛兽或猛禽之口。金色姬逃出王宫，乘坐用桑树枝叶搭建的小船出海漂流，最后来到日本常陆国，被一对好心的渔家夫妻收养，悉心照料。不久，金色姬病故，化作蚕儿，结出一个巨大的金色蚕茧。有仙人飘然而至，传授蚕丝纺织技艺，从此日本开始养蚕。从万叶时代到近代的明治时代、大正时代，日本的养蚕业一直十分兴旺发达，蚕丝曾是当时日本最主要的出口商品，但如今丝绸主要依靠进口。今天，在筑波山一带依然可以找到养蚕农户，还有山坡上的大片桑林。

其实，印度的养蚕也是从中国经过丝绸之路传过去的，同样，日本的养蚕也是从中国传去的。

"公元3世纪中叶，养蚕技术从中国经由朝鲜半岛传到日本。"（摘自日本《国民百科事典》"养蚕"词条）因为养蚕技术首先传到大和平原一带，然后逐渐扩展到千里之外的关东平原，关于蚕的来源，自然会诞生出不同的传说来。

前面我们讲过，万叶时代的人们相信衣服上会依附穿着者的灵魂，相爱的男女会交换内衣，表示时时刻刻永不分离。"阿妹衣裳我想穿"，表达的就是作者想与姑娘成为恩爱夫妻的心愿。

宛如筑波降白雪，可爱姑娘晒白布。

——无名氏　卷十四—3351

这首歌后面注明了其诞生地"常陆国"。这里的筑波山不但盛产丝绸，也是麻布等衣料的主要产地之一，产品质量与数量，在关东地区都是首屈一指。歌中咏唱的是纺纱织布的最后一道工序，将洁白的布匹漂洗干净进行晾晒。你看，筑波岭上满山一片白茫茫，好像是覆盖着深深的积雪。不对，那不是天降大雪啊，是姑娘们正在晾晒白布。

风和日丽，满山青翠，微风吹拂，白布飘飘。一群美丽的农家少女穿行在飞舞飘动的白布之间，时时传来她们的阵阵欢声笑语，清脆歌声。

这首民谣节奏轻快流畅，风格朴素自然，咏唱起来，让辛勤劳作中的农夫们感到喜悦与快乐。这是大自然与生产劳动共同酝酿出来的一曲天籁之歌。

如今，在筑波山麓的"筑波科技公园"（也叫"大穗公园"）内，有20座刻有《万叶集》中咏唱筑波山的万叶和歌的石碑。

以上两首和歌都作为最有代表性的作品而刻石留碑。

会少离多心呼喊，富士岭上鸣泽声。

——无名氏　卷十四—3358

姑娘啊，我与你相逢的甜蜜时刻是那么短暂，对你思念的岁月却是那么痛苦而漫长。我们的幽会避开外人的眼目，我悄悄地前去，又悄悄地离开，不敢让人知道。但忍受相思之苦的时候，我的心却在呼喊，就像富士山上"鸣泽瀑布"发出的巨大轰鸣。

富士山下的北麓有5座美丽的湖泊，"本栖湖、精进湖、西湖、河口湖、山中湖"人称"富士五湖"，其中的西湖之上，有"鸣泽瀑布"从天而泻，声震远近，彩虹时现，滔滔不绝地注入湖水之中。

富士天高柴山暗，夜深难见阿妹面。

——无名氏　卷十四—3355

这首歌是骏河国（今静冈县一带）的民谣：富士山耸立在高远无垠的蓝天之下，我进入富士山中的"柴山"砍柴。这里却因山高林密，十分幽暗，外面的阳光无法照到我的身边，不知不觉就到了夜色降临的时分。我在黑暗中想起了阿妹，深邃的夜色让我心情低落，总感到心中悲愁难遣。看来，今天不会有好运了，我哪怕立即赶到你家门前，恐怕也难以与你见面。

整天辛苦劳作，眼前的无边黑暗，让这位唱歌人失去了自信，满心悲观，不敢去幻想美好的爱情。

单调而繁重的劳动，时间在慢慢地流逝。表示时间流逝的诗句"時移りなば"中的"移り（うつり）"的发音，会让人立刻联想到"忧郁（憂鬱，ゆううつ）"一词。心中的"忧郁"也会越来越浓厚，就像这幽暗的深山密林一样。

伊豆海上白浪涌，芳心如潮乱纷纷。

——无名氏　卷十四—3360

伊豆海岸，位于今天静冈县东部伊豆半岛的海岸边。

站在伊豆海岸上，望着白浪翻滚的波涛。这起伏不定、汹涌回旋的海浪正如我心中的恋情。那样激烈，那样奔放。姑娘啊，你的心却如同潮水一样纷乱，还在犹豫不决。

对于本首和歌的解释，专家们各执一词。

小岛宪之："伊豆海上白浪滚滚，我们就像这激烈的波涛一样继续相爱吧。难道你会让我左右为难吗？"

樱井满："伊豆海上白浪滚滚，我们就像这激烈的波涛一样继续幽会吧。可是你为何要让我心烦意乱呢？"

佐竹昭广[1]："伊豆海上白浪滚滚，我们的爱情汹涌澎湃，就像这伊豆海上的波涛一样永不停息。可是你为何要让我心烦意乱呢？"

中西进："就像这伊豆海上的滚滚白浪，我们的爱天长地久。可是，你为何让自己心烦意乱呢？"

本书的译诗采用的是中西进版本。

以上两首东歌属于相闻歌。

1　佐竹昭广（1927—2008），日本文学研究者（万叶学者）、京都大学名誉教授。主要以《万叶集》为中心进行研究，于 1993 至 1997 年担任日本国文学研究资料馆馆长。主要著作有《万叶集节录》《万叶集再读》《闲居与乱世：中世文学点描》等。——编者注

二 无名氏：东歌（二）

葛饰早稻新尝祭，敢让阿哥进屋来。

——无名氏　卷十四—3386

这首"东歌"是"下总国"（今千叶县北部与茨城县西南部）的民谣。

葛饰，地名，今天一部分属于东京都 23 区之一的葛饰区，另一部分则属于相邻的千叶县。

新尝祭，稻米丰收后，将最早收割的稻穗献给天神地祇品尝，以表示感谢的仪式。古代是农历十一月的下卯日（公历的 12 月下旬接近冬至前后），明治时代将新尝祭固定于公历的 11 月 23 日，如今改为感谢所有劳动者的全国性节日"勤劳感谢日"。

新尝祭是家家户户都要参加的非常庄严的祭日，人人都要洁身自好，这段期间内禁止男女幽会。根据当时习俗，每家每户只留一位未婚少女在家恭迎神祇的到来，其余家庭成员则要到户外较远的地方参加祭祀、玩乐，直到天明。

歌中的东国少男少女的爱情奔放不羁。就在这样的祭日里，也有姑娘敢将情郎放进家门，照样大胆幽会。

安得宝马蹄无声，葛饰真间过板桥。

——无名氏　卷十四—3387

"真间，地名，今千叶县市川市真间一带。从日本铁道公司的市川站往北行走 1 公里处，就能看见有一条自东向西注入江户川的河流真间川。今天，已经看不见万叶时代的板桥了，有一座叫'手儿奈桥'的小桥，桥头立着一块石碑，上书'继桥'。相传这里就是当年东歌中咏唱的'板桥'所在地。"[1]

这位男子身份比较高贵，骑马前往女方处幽会。可是，他依然要顾及旁人的耳目，所以希望能有一匹蹄下生风的宝马，不声不响就能到达女方的香闺。因为马奔跑在土路上会发出声音，特别是踏过板桥时，马蹄声更是清脆响亮。板桥是万叶时代一种较为简易的桥梁，在河上竖起几排木桩，将一块块木板铺在上面，便建成了通往对岸的木板桥。

本歌中"板桥"的日语原文是"继桥"，将木板一块接一块地铺在木桩上，这就是日语中"继"字包含的"连接，一块接一块"的含义。

以上两首东歌是"下总国"的民谣，属于相闻歌。

筑波岭上老雕叫，不见阿哥我号啕。

——无名氏　卷十四—3390

原文中啼叫的猛禽是"鹫"，原指多种大鸟，我国民间称为"老雕"。

大久保广行认为，这是一位妇女送别远行的丈夫时咏出的和歌。

此起彼伏的老雕叫声覆盖了整座筑波岭，丈夫在夜色中渐渐远去。妻子听见满山老雕的凄厉叫声，更加感到恐怖。从此孤苦伶仃，她该如何打发日子？不知夫妻何时能够重逢？想到这里，她忍不住失声痛哭，以至号啕起来。

1　犬养孝.万叶之旅（中）（『万葉の旅』中）[M].东京：现代教养文库，1975：222.

唯有魂魄与君会，阿母筑波守山人。

——无名氏　卷十四—3393

原歌中的"守山人"，用的是日文"守部"一词，指守卫山林、陵墓、道路上等重要关隘的人，也指看守即将成熟的庄稼免遭野兽糟蹋的农夫。

万叶时代虽然流行自由恋爱，但母亲作为监护人，出于保护女儿的目的，会严格审查与女儿交往的男友。如果感到不满意，就会禁止他们再次见面。

歌中唱道，阿母就像是筑波山上的守山人一样，监视着每一条道路和每一个过往行人。这位女子无法与阿母不喜欢的男孩儿见面了。看来，她已经被软禁在家，无法自由出入，只好期盼自己的灵魂游离出去，飘到心上人身边。

以上两首东歌属于常陆国的民谣。

三　无名氏：东歌（三）

快马驿站铃声响，阿妹手心饮清泉。

——无名氏　卷十四—3439

　　文武天皇大宝元年（701年），日本制定《大宝律令》，开辟了以山阳道、东海道、东山道为首的从中央大和国到地方的交通干线"驿路"，包括大、中、小各种道路。朝廷命令，沿途大约每15公里设置驿站一座，大、中、小驿站分别准备快马20匹、10匹、5匹，供官人使用，"驿马"也叫"传马"。同时，沿通航河流还设置了"水驿"。

　　因公出差的官吏手拿朝廷颁发的凭证，一个陶制的"驿铃"来到"驿站"，摇动"驿铃"就可以得到接待，征用"驿马"。当时日本资源匮乏，特别是金属冶炼还不发达，到第43代天皇——元明天皇时代（707—715）才发现铜矿，开始铸造铜币，在此之前主要是以物易物，或使用来自中国的铜钱进行买卖。因此，万叶时代的出差官吏用陶制的"驿铃"。

　　"驿"，日语为"駅"，读作"はゆま"即"快马（早馬，はやうま）"之意。

　　"快马驿站铃声响"，描写的就是驿站前"驿铃"叮当作响的热闹场景。歌中提到的驿站门前，有一处用石头围起来的泉水，高出地面，不断喷涌出来。这种井称为"泉井"，流出来的泉水就像是今天的"自来水"，除满足驿站的生活用水之外，还用来饮马，客人们也用葫芦瓢从"泉井"中舀水喝。可是，这位客人却提出非分要求，要"阿妹"（驿站的女服务员）用纤纤玉手捧起水来直接喂到他嘴里。也许，这位客官是这里的常客，与女服务员们已经熟识，才敢厚着脸皮开这样的玩笑。

这首东歌属于"杂歌"，充满生活气息，作者的音容笑貌跃然纸上，读来令人忍俊不禁。

竹根树桩信浓道，阿哥穿鞋莫受伤。

——无名氏　卷十四—3399

本首"东歌"是信浓国（今长野县一带）的民谣。

元明天皇和铜六年（713年）七月，历时12年工期开辟的信浓道终于完工了。这条道路将信浓国和美浓国（今岐阜县）连接起来，途中要翻越海拔1595米的神坂山口，以当时的施工技术而言，工程可说是十分浩大而艰巨。

丈夫出门，即将踏上新开辟出来的信浓道。路面虽然已经夯实，但土中还残留着不少竹根、树桩等。时值炎夏或初秋，你不要光着脚走路，这样会刺伤你的脚，千万要穿上鞋啊。这位妻子在丈夫临行前反复交代，反复叮嘱。歌中所说的"鞋"，是农民常穿的稻草编成的"草鞋"。当时骑马经过新开辟的信浓道的官吏们，也要给马匹都穿上草鞋。

郎踏碎石成美玉，筑摩川上捡回来。

——无名氏　卷十四—3400

少女的心上人走过河滩，从满地碎石之上踩踏而过。在纯情少女的眼中，这些小石子立即变得十分神圣，变成了美玉般的无价之宝。她要将心上人踩踏过的石子当成宝贝，偷偷地永远珍藏起来。当时的人们相信，心上人踩过的石头，就会有他的灵魂依附于其上。

筑摩川，即千曲川。日本最长的河流是信浓川，它发源于横跨长野县、山梨县、群马县等地的秩父山地，全长367公里。信浓川流经长野县境内的一段就是"千曲川"，也就是这首歌中提到的"筑摩川"，长达214公里，占了整条信浓川的将近三分之二。最后，信浓川流经新潟县，注入日本海。

以上两首东歌属于信浓国的相闻歌。

八坂河堰彩虹舞，幽会相拥到天明。

——无名氏　卷十四—3414

群马县伊香保温泉的东南方有一方水塘，一条河流从这里流过，河上建起了灌溉用的水堰。某天夜里，一对青年男女来到这里幽会。一夜甜蜜之后，天色开始明亮，水塘与河道上空出现了一道彩虹，在清晨的雾气中飘飘荡荡。本来，他们这时就应该分手，悄悄各自回家。但浓情蜜意使两人不忍分开，面对头顶上的美丽彩虹，两人依然相拥在一起，不怕早起下田、路过此处的农夫看见。

二人在彩虹背景之下，继续相拥，不忍松手。古代人大胆奔放、毫无顾忌的热恋，依然能打动今天的读者。

斋藤茂吉说："《万叶集》中，描写彩虹的和歌仅此一首。自当格外受到珍视。"[1]

万叶时代中期开始，佛教的无常观开始流行于贵族文人之中。那瞬间就会消失得无影无踪的彩虹虽然美丽奇幻，却被贵族文人们当作不吉利之天象而被排斥于创作的题材之外。"东歌"的民谣则充满着乐观与自信，自然会有人用美丽的彩虹作为背景来讴歌美好的爱情。

1　斋藤茂吉.万叶秀歌（下）（『万葉秀歌』下）[M].东京：岩波书店，2006：11.

河口苇丛割苫草，编成屏风立床头。

　　这是一首杂歌中的相闻歌，描写一对小夫妻努力创造自己的幸福生活。他们自己建起了简单的茅舍，然后一点一点地改善自己的生活条件。为了让卧榻更加温馨，还需要一道屏风。于是，丈夫到河口芦苇茂密之处，割回来大捆的苫草，用来编一道屏风，竖立在床头，这样可以更好地遮挡寒风。

　　原歌中的日语"小菅"（"苫草""蓑衣草"），广泛分布于世界各地，其品种多达一两千种，多生长于水边湿地和森林草原。"蓑衣草"的高度可以达到1米以上，适合编织蓑衣和屏风。

四　无名氏：东歌（四）

寒夜春稻手皲裂，公子又来执手悲。

——无名氏　卷十四—3459

水稻秋收完毕，漫长的冬天开始了，贵族庄园里的农家妇女们日夜不停地春新米。

这是一首女性们寒夜里一边春米一边歌唱的劳动歌。单调的春米工作，日复一日。年轻姑娘满心希望少东家会来看望自己，轻轻抚摸着她那被冻伤的手，看着手上被春米的震动弄得皲裂开口的地方，发出爱怜的叹息。原歌中用的是推测语气，说的是今夜公子还会来，拉着我的手发出声声悲叹吧。也可以说，这只是贫苦农家少女的天真幻想罢了。

斋藤茂吉认为："歌中出现的公子，可能是'国守'或'郡守'家的少爷。这首东歌的内容颇具戏剧性，人们可以由此发挥想象，编织出许多不同的情节来。这是流行于农民中的劳动歌，适合农妇们一边春米一边齐声歌唱。身份高贵的青年与纯情的农家少女相互接近，让人反复品味，这样的作品具有典型的民谣风格。可以说只有一流的民谣之国，才会诞生出如此优秀的民谣。"[1]

古代日本的贵族与豪强，以及著名的大寺院与神社都有自己的庄园与领地，形成了一个个独立王国。随着万叶时代垦荒活动的展开，日本出现了第一批庄园。此后，庄园主的经济实力逐渐

1　斋藤茂吉.万叶秀歌（下）（『万葉秀歌』下）[M].东京：岩波书店，2006：121.

雄厚，到了平安时代达到最强盛，古代日本的"庄园经济"富可敌国。庄园主往往财力比天皇还雄厚，他们纷纷发展自己的武装力量，保护自己的利益，这就是日本武士阶级的来源。从平安时代末期到镰仓时代，武士们相互征伐，抢夺领地，终于酿成了"战国时代"的大动乱。经过长期厮杀，武士们先后建立了"室町幕府""镰仓幕府""江户幕府"（"江户幕府"也叫德川幕府）。

　　伯母怒斥撵我走，见妹一面也心甘。

——无名氏　卷十四—3519

　　我偷偷前来找你，却被你妈妈发现了。她大发雷霆，撵我离开。今天，我只好先回去。你听见妈妈的斥责声，吓得不敢露面。阿妹啊，你出来吧，让我看上一眼，我就心甘情愿地回去。这一趟也就不算白跑了。

　　流行于中国山西与陕北的民歌《想亲亲》的歌中唱道"头一回眊妹妹你不在，你妈妈劈头打我两锅盖。二一回眊妹妹你又不在，你爹爹打我两烟袋。"看来，在表达男女相爱的中外民谣中，有不少类似之处，可爱的未婚女儿，总是处于父母的监视与保护之下的。

　　昨夜相逢良宵短，远闻鹤鸣隔云端。

——无名氏　卷十四—3522

　　昨天夜里我们刚刚幽会过，可惜甜蜜的时光过得太快，无情的黎明悄然降下，天就要亮了，只好难舍难分地分别，各奔东西。茫然四顾，我孤身一人，回想起昨夜相会的情景，仿佛已经变成一段十分渺远的回忆了。

　　忽然，听见天上云层背后传来阵阵鹤鸣，我立刻抬头仰望，只见满天白云密布，看不见鹤群的踪影。姑娘啊，如今你在哪里？眼下我们之间的距离，好比是云端与地上一样遥远。什么时候才能再见一面呢？

"闻云中鹤鸣"的表现手法，是历代和歌中常见的技巧，表示遥不可及、高不可攀的距离感。这首"东歌"很可能是经过文人润色的作品。

马驹跨栏啃麦苗，见妹一面难忘怀。

——无名氏　卷十四—3537

麦地周围竖起了栅栏，为的是防止牛马啃食和践踏。可这匹小马驹却偏偏要越过栅栏去啃食麦苗。这一句中的"栅栏"用的是比喻手法，暗示着我与阿妹的恋情不被女方家长认可。女孩儿身边也有许多道无形的栅栏，成为我们相见的重重障碍。

你看，有一匹小马驹公然跨过栅栏，冲进地里啃食麦苗，它那充满活力、不顾一切的行动，就像我心中的激情。自从我们见过一面之后，我对阿妹怎么也无法忘怀，尽管困难重重，但一切阻碍都阻不断我对你的相思之情。

小麦原产于中亚，万叶时代的 4 世纪到 5 世纪期间，经中国和朝鲜半岛传到了日本。由于小麦的适应性强，在较为干旱的土地，以及粘性土壤或是酸性土壤中都能生长，很快就在日本普及开来。日本人特别喜欢食用稻米，但在没有条件插秧种植水稻的旱地和山地，大多都种植小麦。在人多地少的古代日本，粮食紧缺，小麦历来是大米之外的重要补充。

杨柳青青来渡口，不为汲水独徘徊。

——无名氏　卷十四—3546

万叶时代，到河畔或井边打水是女性的日常工作之一。古人打水的工具有葫芦、竹筒、陶罐、木桶等。

这位姑娘偷偷与情郎约好在河边见面，她便借口要到河边打水，来到杨柳低垂的渡口与情人见面，她望眼欲穿，盼望自己的恋人快快出现在眼前，可是久久也不见他的身影。

姑娘焦急地在岸边走来走去，将地上的高低不平之处都踩平了，却还不见阿哥划着船从水面上翩然而至，也不见他从树丛背后露出那张熟悉的笑脸。

但是，她外出打水不能耽搁太久，否则回去后难于对家人解释。姑娘深深地叹了一口气："唉，今天我只好先回去了。"

以上 5 首东歌均被列入相闻歌之中，但都没有记录下诞生这些作品的地点。

卷十五

这一卷的编辑方针十分特殊，和歌缺少分类题目，但我们可以将其作品大致分为有关"羁旅"或"送别"的两个部分。原著本卷收录和歌共208首，有送别出使新罗国使者的和歌，也有狭野弟上娘子炽热如火、呼天抢地的悲愤之歌。

一　无名氏：遣新罗使离别歌

遣新罗使与家眷悲别赠答歌

武库海鸟翅温暖，今日别君欲断魂。

——无名氏　卷十五—3578

天平八年（736 年）二月，日本任命阿倍继麻吕为遣新罗国大使，船队于盛夏农历六月出发。大使阿倍继麻吕在第二年正月的归国途中，病死于对马海峡。

这首歌是使节团出发时妻子送别丈夫的歌，男方是遣新罗使的一员。武库海滨位于今天日本的兵库县尼崎市到西宫市一带。入海口有许多大型水鸟展开巨大的翅膀翩翩起舞，妻子将丈夫的爱比喻成海鸟张开的宽广翅膀，一直护佑着自己，给人无限温暖。可是今朝一旦离别，不单是自己孤苦伶仃，丈夫还要面对海浪的凶险，不知夫妻何日才能团聚。

大船可容妻同往，夜凉相拥到新罗。

——无名氏　卷十五—3579

这首歌是即将出发的丈夫吟出的回答。他看到使节团的海船很大，希望也可以让依依不舍的妻子登船，夫妻一同前往新罗，但使节团的规矩却不允许这样做。如果你能登船，每到夜里，我们就能张开双臂，相拥而眠。你的双臂也是一对温暖的翅膀啊。

为伊消得人憔悴，秋风月下再相逢。

——无名氏　卷十五—3586

使节团预定于当年农历九月归国。这是已经登船的丈夫吟出的诗歌：我们都牵挂着对方，愁肠百结，眼看就会一天天消瘦下去。要是一切顺利，君命履行完毕，天公作美的话，我们会赶上秋天的季风，尽快回到日本，返回家乡，与亲人相聚。

君赴新罗归何日，斋戒忌物盼郎归。

——无名氏　卷十五—3587

妻子不敢相信会有那么顺利，那么幸运。她从此会每天战战兢兢，如履薄冰。为了求得神灵的护佑，必须每天坚持虔诚的斋戒，还要履行"忌物"。这是日本古代流行的信仰之一，来源于阴阳道禁忌。内容包括谨慎言行、饮食，每日沐浴斋戒，避免接触不洁净之物。凶日要深居简出，还要将写有"忌物"二字的柳木牌或萱草挂在竹帘之上。

船头怅望何良久，奈良上空白云翻。

——无名氏　卷十五—3602

在港口一番依依惜别之后，遣新罗使船终于离岸而去。船到远海，水天茫茫，但遣新罗使们惊喜地发现，遥望京城奈良方向的上空，有一团舒卷的白云随着船儿一路远行，就像是故乡奈良的亲人，一路尾随而来。这悠悠白云总让人百看不厌。

遣新罗使一行人，在航海途中风平浪静之时，常常在甲板上举行宴会。这时，大家会吟咏自己能背诵的"古歌"，朗诵自己的"旧作"，也要吟出此时此刻的感受。

这首和歌咏唱的，是辽阔的海天之下的望乡之思，意境深远，歌风雄浑，属于典型的万叶格调。

犬养孝教授介绍了当年遣新罗使船队的航行路线："这一次遣新罗使的船队的航线是，从难波（今大阪湾）出发，经由濑户内海，在佐婆海（山口县周防滩）遇上风浪与逆流，天气转好后驶向丰前国（今福冈县与大分县一部分）的中津，在博多度过七夕之夜，又经玄海滩、韩亭（又叫唐泊，博多湾西部港口）、丝岛郡的引津出海，经神集岛、壹岐岛，到达目的地。"[1]

家永三郎[2]还介绍了当时日本与新罗两国的关系："5世纪以来，新罗与百济都向日本朝贡。……8世纪以后，这两国开始连年向唐朝贡。比起对日关系，新罗更加重视对唐关系，并开始显露出脱离日本的征兆。唐与新罗属于册封关系，于是，新罗与日本渐渐疏远。公元779年，新罗最后一次遣使访日。尽管日本方面还在继续向新罗派遣使节，但新罗却单方面废除了对日朝贡。"[3]

在这样的历史背景下，这次遣新罗使团，只能是无功而返。

1　犬养孝.万叶集的歌人们（『万葉の人々』）[M].东京：新潮文库，1983：256—257.

2　家永三郎（1913—2002），日本历史学者、教育家。曾任东京教育大学（后来的筑波大学）教授，为日本皇太子讲授日本史，因反对日本在教科书里篡改其侵略他国的历史而为人称颂。主要著作有《日本文化史七十讲》《日本史的诸相》等。——编者注

3　家永三郎等.日本历史[M]//古代2：6—8世纪的东亚（『日本歴史』[M]//古代2：6—8世紀の東アジア）.东京：岩波书店，1964：274.

二　无名氏：遣新罗使船歌

长门浦出海之夜，仰望月光而作

山端天际月西坠，点点渔火夜海中。

——无名氏　卷十五—3623

长门浦，地名，今广岛县安艺郡一带的海滨。日本古典文学作品中，无论是和歌还是散文，都常常出现"山端"一词，指的是山峰起伏的棱线与夜色中的天空交接之处。月儿已经西坠，落到山脊之上了。作者在深夜里仰望明月，又放眼望见海边的渔夫们纷纷驾船出海，过了一会儿，只见远远近近的海面上，点点渔火在四处闪闪灼灼。

歌中的山，指长门海滨以北桂滨一带的山脉。万叶时代渔夫们在夏季要等到月落的后半夜才下海，农历六月十二日之后，月亮大约从午夜 12 点半开始向西坠落。每逢此刻，渔船争相出海，在黑漆漆的海面上点燃渔火，开始捕捞。

过大岛鸣门，投宿两夜后作歌

鸣门涡潮负盛名，渔家少女割海藻。

——无名氏　卷十五—3638

大岛，指周防大岛。鸣门，地名，今德岛县鸣门市的大毛岛、岛田岛与兵库县淡路岛之间的海面，是一处较为狭窄的海峡，这里会出现世界上最大的涡潮——鸣门涡潮。这一处海上奇观自古久负盛名，由于月球对地球海面的吸引力，鸣门涡潮每月满月和新月时会出现两次，春秋两季的涡潮最为壮观。特别是三月下旬到四月下旬，是鸣门涡潮一年之中的最佳观赏时节。旋涡直径可达 30 米，潮流时速 20 公里，轰然有声，不断旋转。今天，游客们乘坐观光游船到海峡之上可近距离观看这一奇观。除日本的鸣门涡潮之外，意大利半岛与西西里岛之间的墨西拿海峡、北美洲西海岸与温哥华岛之间也会出现涡潮。

你看，就在这惊心动魄的鸣门涡潮的背景之下，一群渔家少女正在悠然自得地割海藻。海藻是海上藻类植物的总称，包括可以食用的海带、鹿尾菜、裙带菜、海蕴，还有可作饲料的孔石莼等。

这首和歌的作者是田边秋庭。万叶时代的"田边"还不是一种姓氏，很可能是各种古籍中常见的地名。学者们分析，"秋庭"大概是一位外来移民的名字，他也许是来自中国的移民。故而这首和歌依然可以看成无名氏的作品。

波上漂浮难入睡，伊人翩翩入梦来。

——无名氏　卷十五—3639

万叶时代有一种流行的说法，如果梦见自己的家人或心上人，那一定是对方也在想念你，他的魂魄才会来到你的梦中。

船在海上摇摇晃晃，人躺在波涛之上，天涯孤独，怀念家人，愁闷之余，久久难以入睡，直到黎明之前，也许能在片刻之间迷迷糊糊地进入梦乡。千里相隔的夫妻或亲人们，只能在梦中短暂地团聚片刻。

这首和歌的意境如同唐人岑参在七言绝句《春梦》中所描写的"枕上片时春梦中，行尽江南数千里"的意境。

孤舟今夜泊此处，船夫带信到京师。

——无名氏　卷十五—3643

那一天，此歌作者乘坐的海船停泊于今天山口县熊毛郡上关町的室津半岛与长岛之间的海峡出口处。

歌中的"孤舟"，指作者乘坐的小船，这艘小船趁着黎明前的满潮，刚刚费力地通过了海峡，这才停下来喘息一阵。作者正在招呼前往京城方向的船夫，托他们带回一封家书，告诉亲人此刻自己身在何方。

这4首和歌都是船行濑户内海之上的羁旅之歌。

三 无名氏：遣新罗使航海歌

佐婆海中忽遭逆风，涨浪漂流。经宿而后，幸得顺风，抵达丰前国下毛郡分间浦。于是追忆艰难，感怀凄惘，作歌八首（其一）

海上渔火燃更旺，愿得遥望大和山。

——无名氏　卷十五—3648

佐婆海，位于山口县佐婆郡，防府市的海面。[1]以上地名均在前往朝鲜半岛的航路上。前面几首和歌唱道：我等奉天皇之命出海，离家渐远，头枕波涛而眠，一路思念家人，与妻子夜夜梦中相见。遣新罗使感到自己就像海上成群的野鸭，终日漂浮在波浪之上，黑发沾满了露水，满心悲苦。

这首和歌唱道，风平浪静之夜，渔夫们下海捕鱼，四处点起渔火，黑暗的海面上出现一片片有亮光的地方。渔夫们啊，请将渔火点得更明亮一些吧。我们想凭借渔火之光，再次遥望一下故乡的大和群山。

七夕仰望天河，各陈所思，作歌三首（其一）

双星相会光影动，船上旅人起羡情。

——无名氏　卷十五—3658

1　中西进注。

此歌是另一组遣新罗使的航海歌，他们在海上度过了七夕之夜。第1首是遣新罗大使阿倍继麻吕所写，他以织女的口吻写道，我用秋天的胡枝子花将衣裳染得多么红艳。我不顾秋夜的露寒风冷，新裁的衣衫被露水湿透，只要能拉住你船上的缆绳，迎接你的到来，那么这一切都是值得的。

这里选取的是无名氏的作品，歌中唱道，仰望着牛郎星与织女星在银河中摇动着光影，渐渐接近。离家远航的遣新罗使，多么羡慕他们。

船泊引津亭作歌七首（其一）

高天飞雁作使者，遣书奈良报平安。

——无名氏　卷十五—3676

这也是另一组航海歌中的一首。引津亭为地名，位于今福冈县丝岛市一带的海湾之中。

中国《汉书·苏武传》中的"鸿雁传书"的典故，在万叶时代的日本早就家喻户晓，因此会有拜托高天飞雁传书带信的和歌出现。

到对马岛的浅茅浦泊舶之时，不得顺风，经停五日。于是瞻望物华，各陈恸心，作歌三首（其二）

百船停泊对马岛，浅茅山雨红叶燃。

——无名氏　卷十五—3697

日本与朝鲜半岛之间的海峡称"对马海峡"。"对马岛"，今属日本长崎县，自古就是日本前往朝鲜半岛的跳板。岛上有座浅茅山，一场深秋的冷雨之后，满山的红叶显得格外绚丽，一丛丛的红叶明净如洗，就像是燃烧的团团火焰。

遣新罗使们陷入思乡之情中，苦闷孤独，为了排遣忧思，便从港口酒家招来了陪酒女，万叶时代叫"游行女妇"，后来的平安时代和镰仓时代则称为"游女"，到了江户时代，她们被叫作"艺妓""艺者"。

今天应招前来的女郎当中，有一位叫"对马娘子玉槻"的姑娘，不但美貌，还颇有才华，能与客人们一起饮酒赋诗，那天，她咏出了一首和歌：

红叶纷飞山边路，远望大船灯火来。

——对马娘子玉槻　卷十五—3704

当时的对马岛上人口稀少，十分荒凉，但港口一带却十分繁华，因为这里常常要迎送往来于新罗与日本之间的船只。这位颇有诗才的"游行女妇""对马娘子玉槻"，原本是长崎县美津岛町的渔家之女，她在家时曾是一位海女，从事海上捕捞。后来，她流落到对马岛，成了一名"游行女妇"。

港口一带的山上，秋风飒飒，红叶交飞，玉槻顺着山路来到港口，登上遣新罗使船。她从山路上俯瞰港口之中停泊的几艘遣新罗使大船，船上一片灯火辉煌。

荒岛望月旧相识，妻在京城盼夫还。

——无名氏　卷十五—3698

在对马岛停泊期间，某夜有一轮圆月升上夜空，她的清辉依旧是那么皎洁如水，普洒海天。在京城期间，或在各地奔忙的羁旅途中，曾多少回仰望过这一轮明月，今天，在荒岛上见到了唯一的旧友，就是这天上的明月。辽阔的海天背景中的明月，与平素里所见的圆月虽然是同一个月亮，但完全没有全家团圆的喜气洋洋，带给人的只有天涯孤独之感。

同样，留在京城里独守空闺的妻子，也在仰望这一轮圆月，苦苦期盼着丈夫平安归来，并肩望月。

本节所选遣新罗使们的和歌之前的几段序言，皆用汉文写成，但这些作者的汉文水平远远不如山上忆良，遣词用字尚欠成熟，文理稍有不通之处。为保持《万叶集》原貌，姑且一字不改。

四 狭野弟上娘子：热恋悲歌

君行路遥如绳卷，愿得天降大火烧。

——狭野弟上娘子 卷十五—3724

"狭野弟上娘子"，也写作"狭野茅上娘子"，生卒年不详，曾是公主身边的下级女官，负责管理服装的"藏部司之女孺"。"藏部司"是管理宫中物品的机构。中臣宅守是刑部卿（司法部部长）中臣东人之子。《万叶集》卷十五中收入了"狭野弟上娘子"与情人中臣宅守的恋爱赠答歌63首。

天平十年（738年），狭野弟上娘子与宫中下级官吏中臣宅守不顾禁令，坠入情网。结果男方被流放到荒凉而遥远的越前国味真野（今属福井县武生市），女方仍然留在宫中，降职为打扫庭院的宫女。相隔千山万水的一对恋人满怀悲愤，只好鸿雁传书，互赠和歌。

"狭野弟上娘子"在歌中唱道："你被流放越前国，要走过多么漫长的道路。这条路就像蜿蜒的长绳，我要将它卷成一团，让上天降下神火把它烧得干干净净。"

狭野弟上娘子悲痛之余祈求上天，希望能出现奇迹。歌中充满着一泻千里的激情，用夸张的手法与女性的口吻与语气，唱出了自己心中如火如荼的恋情，大胆的抗争精神与聚散无常的喟然长叹，千百年来一直打动着人们的心。

"天火"一词，与中国古文中的"劫火"相类似，属于完全出乎人们意料之外，突然降下的一场大火。今天看来，这里所说的"天火"应该是"雷击起火"。

斋藤茂吉指出："《万叶集》中狭野弟上娘子所作的和歌中，'天火'一词，出自《史记·孝景本纪》，以及《易林》中的'天火大起，飞鸟惊骇'。"

《史记·孝景本纪》："三年正月乙巳，赦天下。长星出西方。天火燔雒阳（洛阳）东宫大殿城室。"[1] 这句话的意思是说，景帝前三年（前154年）正月乙巳日（22日），大赦天下，不吉之兆的慧星出现在西方，天火烧掉了东宫大殿和城楼。《易林》又名《焦氏易林》，是一部易学著作，西汉焦赣编撰。

狭野弟上娘子相信他们两人的爱情是高尚而正义的，相信上天会站在自己一边，才会如此大胆地对上天发出这样呼天抢地的请求。像狭野弟上娘子这样感情炽烈的和歌，在日本文学史上的确不多见，可说是空前绝后。

良人踏上流放路，频挥白袖难忘情。

　　　　　　　　——狭野弟上娘子　卷十五—3725

两人的爱情被发现后，他们只好日日夜夜惴惴不安地等候发落，心中早就有不祥的预感。那天，判决终于下来了，中臣宅守被流放越前国，从奈良出发，一路上要翻越无数高山，渡过无数河流。从当年的奈良市到福井县，交通十分不便，一路上没有像样的官道。今天的这段高速公路虽然不到200公里，但当时这里属于偏远地区，道路崎岖不平，弯弯曲曲，中臣宅守被押解着上路了，他特意穿上了一件白色的宽袍大袖衣衫，以便狭野弟上娘子远远地能看到自己。他不断回头，朝着奈良方向频频挥手招魂。

1　韩兆琦评注：《史记》，岳麓书社，2013年，第255页。

狭野弟上娘子远远望见翻飞的衣袖，感到自己的灵魂已经离开肉体，飘飘荡荡，一路跟随心上人远去。从狭野弟上娘子的作品来看，她不但饱读诗文，出色地吸取了前辈们的作歌技巧，而且是一位极有天赋的才女。

> 凡夫俗子何足道，有劳娘子苦伤悲。
>
> ——中臣宅守　卷十五—3727

我只是一个微不足道的凡夫俗子，害得你平添了许多悲苦，真是感到于心不安，痛苦不堪，却又无能为力。

犬养孝教授分析说，男方的作品写得真切感人，而且十分符合人物身份。女方的浪漫激情，异想天开，要将漫长的道路像卷绳子一样卷起来，希望天降大火，将道路焚烧干净，那么恋人与自己之间就没有山川阻隔了。而男方的和歌朴实无华，真情一片。中臣宅守一再声称自己不过是一介凡夫俗子，甘愿受罚，但连累了娘子，让自己羞愧难当。

犬养孝教授接着又指出："如果是男方喊出'君行路遥如绳卷，愿得天降大火烧'这样的诗句来，多少会让人觉得这样的男人不太可靠。事到如今，男子汉就应该像中臣宅守一样冷静地深刻自省。这样反而会有一股深切感人的爱意涌现出来。"[1]

> 烈日炎炎苦思念，彻夜悲泣泪涟涟。
>
> ——中臣宅守　卷十五—3732

中臣宅守在流放路上，白天里顶着烈日，忧心忡忡，思绪万千，翻山越岭，一步一步走向遥远的越前国。到了黑夜，虽然疲倦，却久久难以入睡，唯能失声痛哭，以泪洗面。比起狭野弟

1　犬养孝．万叶集的歌人们（『万葉の人々』）[M]．东京：新潮文库，1983：267．

上娘子浪漫激情的和歌来言，他的作品可谓是朴实无华，直抒胸臆。

> 君在味真野地宿，日日盼君早归来。
>
> ——狭野弟上娘子　卷十五—3770

狭野弟上娘子想到中臣宅守白天独自在"味真野"受苦，夜晚只能睡在荒野上简陋的屋子里。每天扳着指头盼他回来，遥想琵琶湖北岸就是白雪皑皑的群山，然后还有南条山脉，要翻过木芽山口，才是越前国的土地。早日归来啊，郎君！

天平十二年（740年）六月，大赦天下。但据《续日本纪》记载："中臣宅守不在赦免之列"。

因此，可以推测，中臣宅守大约是第二年九月才回到奈良的。据说，他后来又卷入了围绕藤原仲麻吕政争之中，受到连坐，以后就音信全无了。

这一组63首赠答歌之中，中臣宅守的作品40首，狭野弟上娘子的作品23首。这些和歌都是他们通过鸿雁传书留给后世的珍贵遗产。

卷十六

原著本卷收录和歌共 104 首，皆属杂歌之列。可分为取材
于民间传说的作品、咏物歌、戏谑歌、民谣、艺人创作的
歌谣等。

一 无名氏：故事杂歌（一）

砍竹老翁遇仙记

原汉文序

昔有老翁，号曰竹取翁也。此翁季春之月，登丘远望，忽值煮羹之九个女子也。百娇无俦，花容无匹。于时娘子等，呼老翁嗤曰："叔父来乎，吹此烛火也。"于是翁曰唯唯。渐移徐行，著接坐上。良久，娘子等皆共含笑，相推让之曰："阿谁呼此翁哉？"尔乃竹取翁谢之曰："非虑之外，偶逢神仙。迷惑之心，无敢所禁。近狎之罪，希赎以歌。"即作歌一首，并短歌。

白话文翻译

从前有位老者，名叫砍竹老翁。这位老爷爷在晚春三月登上山丘向远处眺望，突然遇见九位女子正在煮羹汤。她们一个个娇媚无比，玉貌花容难以匹敌。这时，姑娘们笑着呼喊老翁："请叔父来此帮我们吹火，好吗？"于是老翁答道："好吧。"他渐渐向前移步，慢慢走了过去，到座位上就座了。过了好一会儿，姑娘们都面带笑容，相互指责说："是谁喊这个老头子过来的？"于是，砍竹老翁连忙道歉说："我不曾想到，会偶然在这里遇上众位仙女。不禁心迷神驰，不知所措。我离你们这么近，实在是冒犯。那么，我就咏出和歌来替自己赎罪吧。"老翁当场作了长歌并短歌。

老翁所咏和歌大意为：我出身富裕人家，从小受到母亲的宠爱，衣着华美，打扮入时。翩翩少年时代，光彩照人，就像在座的姑娘们一样度过了美好年华。我挽着漂亮的发髻，衣着更是华丽无比，脚下蹬着一双防雨的黑靴，好一位气质高雅的大和国明日香村之男儿。有稻置娘子想与我定亲，赠送贵重衣物。我站在院子里，就会有姑娘凑过来在我耳边说些悄悄话，求我不要离开，一直留在她身边。我对着镜子观看自己，也会扬扬得意。

春天，我来到原野上漫步，野雉都觉得我风流倜傥，飞到我身边徘徊鸣叫；秋天，我到山野游玩，云彩也认为我是一位翩翩美少年，在我周围飘荡，不忍离开。宫中女官和舍人们，都会向我投送秋波，频频顾盼，猜想着我会是哪家府上的贵公子。我年轻时就是这样一位高贵秀美的少年郎。现在说来，你们恐怕都难以相信吧。

过去的贤人想成为后世楷模，却也有人嫌弃老人，用推车将他们运到荒山之中，弃之不顾。

这篇遇仙记与本书卷五的大伴旅人松浦川偶遇仙女的故事有异曲同工之妙。描写仙女们的美貌的遣词用句，明显受到我国风月小说《游仙窟》的影响。如其中的字句"花容婀娜，天上无俦，玉体透迤，人间少匹……千娇百媚，造次无可比方""忽遇神仙，不胜迷乱"等，都巧妙地融入了这篇汉文序之中。

砍竹老翁口口声声说是要赔礼道歉，但从他的长歌与短歌的内容来看，都并非赎罪之辞，而是在揶揄仙女们不懂得尊敬老人。最后老翁说到日本古代的陋习"弃老之风"，是在劝喻推行儒家的"敬老之风"。古代的日本生产力低下，加之山地较多，良田甚少，长期受到粮食不足的困扰，流行"弃老之风"。日本的长野县有著名的"弃老山"，今天已经成为让人们回忆过去的苦难岁月的观光地。平安贵族女性日记《更级日记》（1060 年，作者

288

菅原孝标女），就是以弃老之山"更级山"为书名，作者将自己比喻成被抛弃于更级山上的老妇人，仰望着寒月，等待死亡。

深泽七郎 [1]1956年发表了描绘古代弃老之风的小说《楢山小调考》（又译作《楢山节考》），1958年和1983年，导演木下惠介、今村昌平分别将这部小说搬上银幕，引起世人的广泛关注。1983年版获得戛纳国际电影节金棕榈奖。

万叶时代，中国的《孝子传》等著作已经开始在日本流传，其中一篇《孝孙原谷》的故事说，原谷的父亲不孝，让儿子将祖父用小车推到深山抛弃。原谷按照父亲吩咐，将祖父放在山中后，又推着空车回家了，父亲大怒道："为何将如此不吉利之物带回家来！"原谷答道，将来父亲老了，我还用这辆车推你进山，不用再造新车了。父亲听罢，幡然悔悟，连忙进山接回父亲，好生赡养，也成了一位孝子。万叶时代，儒家的尊老思想开始逐渐改变人们的弃老行为。

砍竹老翁在长歌后面的两首反歌中唱道：

反歌两首

夫妻不见衰老态，未生白发赴黄泉。

——无名氏　卷十六—3792

若是不喜欢老年人，不愿与之相处，那么夫妻不管如何恩爱，双方都应该在华发未生之前双双去世，这样就不会看到对方的老丑之态了。

1　深泽七郎（1914—1987），日本小说家。深泽七郎生于山梨县石和温泉乡。中学时期起喜读外国文学作品，又喜爱弹吉他，曾在东京举办独奏会。中学毕业后到药店和面包店做过学徒，还卖过衣服。1956年发表处女作《楢山节考》获第一回"中央公论新人奖"，由此开始职业作家的生涯。另著有小说《笛吹川》（1958）、《东京的王子们》（1959）、《人间灭亡之歌》（1966）等。——编者注

老之将至谁能免，何须嘲骂白发人。

——无名氏　卷十六—3793

　　老翁还告诉仙女们，不久之后你们也会青春不再，慢慢步入暮年，应该将心比心。仙女们听后都十分感动，每人都吟出一首短歌作答，表示感悟悔改之心。

二　无名氏：故事杂歌（二）

壮士告别新婚之妻远行的故事

原汉文序

昔者有壮士，新成婚礼也。未经几时，忽为驿使，被遣远境。公事有限，会期无日。于是娘子，感恸凄怆，沉卧疾病。累年之后，壮士还来，复命既了。乃诣相视，而娘子之姿容，疲羸甚异，言语哽咽。于时壮士，哀叹流泪，裁歌口号。其歌一首。

白话文翻译

从前有位年轻男子，刚刚举行过婚礼，就被官府点名去当驿使，派到遥远的地方去了。他负责的公事都有严格的时间限制与规定，与家人相见的日子却遥遥无期。于是，新娘非常感伤悲恸，终于卧病在床。过了几年，这位男子终于办完公事，回到家乡向官府复命。手续完毕之后，连忙赶回家与妻子相见。可是妻子的容貌却显得十分疲惫憔悴，身体虚弱，言语哽咽，久久说不出话来。这时，男子不由得哀叹流泪，作了和歌，大声吟咏出来。其中一首是这样的：

猪名川水深千丈，呜呼哀哉叹无情。

——无名氏　卷十六—3804

291

这首和歌开头的一句"かくのみに"，是一种悲痛呼叫，用于悼念死者，或是谴责对方变心绝情而去。可见作者心中的悲痛是何等深沉！面对着久病不起的妻子，他看到当年花容月貌的妻子，如今却变得面容枯槁，已经形同尸骸。丈夫只能呼天抢地，痛恨官府的无情与灭绝人性。

"猪名川"，流经兵库县与大阪府境内的一条大河，最后流入大阪湾的海中。"猪名川"以水深而著名，也是和歌中常用的"枕词"，引出深深的悲痛之情来。

妻子听后悲痛难忍，勉强从枕上抬起头来，也吟出一首和歌：

黑发泪水早湿透，一片白雪飞上头。

——无名氏　卷十六—3805

当时的结婚年龄为男子 15 岁，女子 13 岁。按照正常情况来推测，男子外出几年归来时，也不过二十来岁，女子最多也就十八九岁。男子回家那天正值隆冬飞雪，所以妻子的和歌用"一片白雪飞上头"来形容自己的一头秀发青丝已经开始变白。

歌中的男主人公可能属于"驿户"，被官方点名出差，数年之后才得以归家。

公元 645 年夏，"大化改新"的诏书中规定了"驿站制度"，设置驿马、传马。驿站所需费用、粮食、马匹，由各个驿站所属的"驿户"负担。奉命到驿站当差的农民被称作"驿子"或"驿丁"，驿站消耗的粮食和经费出自"驿子"们耕种的"驿田"。他们可以免除徭役，驿路任务繁忙的地方，还可以免除"庸"和"调"。

但是，"驿户"的负担远远要比普通农民的"公户课丁"沉重得多，不少"驿户"不堪重负，纷纷选择举家逃亡，躲进人迹罕至的深山，或是逃到远方豪强贵族新开垦出来的田庄里，成为农奴。

"驿站制度"是为了加强中央政府与地方的联络，巩固中央集权所设的制度。可是"驿户"背负的沉重负担，使得"驿站制度"渐渐衰落下去。到了镰仓时代，一些重要的驿路上，私人经营的旅店性质的"宿场"取代了官办的"驿站"。而江户时代的官办"宿场"，也接待过往的普通旅客。[1]

今天，日本将繁体字 "驛"简化成日本汉字"駅"，用来指"车站"。

1　高桥光寿等.日本史辞典 [M].东京：角川书店，1995.

三 无名氏：故事杂歌（三）

原汉文序

传云，时有娘子，夫君见弃，改适他氏也。于时或有壮志，不知改适，此歌赠遭，请诛于女之父母也。于是父母之意，壮士未闻委曲之旨，乃作彼歌报送，以显改适之缘。

白话文翻译

有个传说，一位女子被夫君抛弃后，只好改嫁他人。有位青年男子不知道她已经再婚，作了一首和歌赠送给她，并恳切地向女子的父母提出求婚之事。女子的父母心中想，看来这位男子是不知道自己的女儿已经改嫁，便作了一首和歌，讲明了女儿再婚的缘由。

玉珠线断叹穷途，愿得美玉再成串。

——无名氏 卷十六—3814

男子在和歌中用"玉珠线断"来比喻女子遭遇婚变，就像是一串珍珠散落在地，好不可惜，并对她的处境深表同情。我愿将散落的这一捧美丽且洁白无瑕的玉珠重新穿成一串，戴在身上，好生珍惜。歌中传达出自己的心愿：要与这位女子永结同心。

女子的父母看到这首求婚歌之后，吟出下面的和歌作答：

玉珠线断非本意，幸有郎君惜姻缘。

——无名氏　卷十六—3815

女子的双亲明确地告诉对方，女儿已经走出阴影，遇见一位如意郎君，如今两人已经喜结良缘，委婉地拒绝了男方的求婚。

当时尚无后来的日语词汇"离婚""离缘"，与此相当的法律用语是"弃妻"。也就是说，女子无权提出离婚，而男子则可以抛弃妻子。妇女的婚姻要遵循"三从"与"七去"（也叫"七出"）的规定。

"三从"：未嫁从父、出嫁从夫、夫死从子。

"七去"：一、不顺父母，二、无子，三、淫乱，四、嫉妒，五、有恶疾，六、口多言，七、窃盗。

这就是古代天皇制建立起来时，女性所处的法律地位。[1]

"无子"，指不生男孩，只生女儿也算是"无子"。"嫉妒"，是说男人可以三妻四妾，作为妻子不得有丝毫嫉妒之情流露出来。女子生了重病，也要被休掉，就连话多，也是不可饶恕的罪行。妇女触犯了"七去"中的任何一条，都会被无情地抛弃。

"三从"，出自《礼记·丧服·子夏传》。

"七去"，出自我国西汉时期戴德所著的《大戴礼记·本命》。

《万叶集》卷十六中所收的一系列"故事杂歌"，为后来的平安文学中的"和歌物语"发出了先声。"和歌物语"，即围绕和歌而创作出来的故事，如描写贵公子在原业平一生的风流韵事的《伊势物语》，还有继承了《伊势物语》爱情故事的传统，同时还收入了当时的传奇故事集《大和物语》等。

1　井上清.新版：日本女性史 [M].东京：东京三一书房，1972：60.

四 无名氏与境部王：杂歌

咏唱醋、酱、蒜、鲷、水葱之歌

酱醋捣蒜鲷鱼美，莫让我见水葱羹。

——无名氏　卷十六—3829

这是一首万叶时代的美食赞歌。公元 8 世纪中叶，酱和醋还都属于高档调味品。醋，又分为米醋和酒醋，价格都很昂贵，大约是米价的三倍。酱，用黄豆制成，后来发展成了著名的"味噌豆酱"。"蒜"，包括大蒜、韭菜等辛辣调味品。"鲷鱼"，又名"加吉鱼"，是一种金红色的名贵海鱼，体型较大，可长达 50 厘米以上。歌中唱道："将捣碎的大蒜等调和在酱与醋之中，浇在鲷鱼上，便成了一道难得的美味。""鲷鱼"还作为吉祥物出现在新年与婚礼的宴会上，也是祭祀祖先的贡品。"水葱"，生长在水边或湿地，清香可口，也泛指水葵、雨久花等植物。这首歌接着又唱道："看见'水葱羹汤'，顿时会让我垂涎欲滴，那就别让我看见吧。"

万叶时代栽培的蔬菜品种不多，而山野上可食用的野菜与山菜却十分丰富。栽培蔬菜有水葱、芋头等，而漫山遍野的野生蔬菜包括马兰草、野芹、莼菜、黑慈姑、韭菜、茅草花、山草薢，还有水塘中的菱角等。人们食用的瓜果则有瓜（主要是白瓜、甜瓜）、栗子、桃、梨、李子、梅子、橘等。

万叶时代的"瓜"均非本国原产，全部从海外传来。今天的日本还多了西瓜、丝瓜、苦瓜、冬瓜等品种。

境部王咏物歌一首

骑虎挥刀过凶宅，敢下深渊缚蛟龙。

——境部王　卷十六—3833

境部王，穗积亲王之子，养老五年（721年）任治部卿，即主管治部省的大臣，其职权范围包括管理宫中雅乐寮，以及玄蕃寮（统领寺院僧尼，负责外国使节的接待工作）。治部省下面还有陵墓管理和丧仪两司。《怀风藻》中收有他在长良王府中的宴会上创作的汉诗一首，时年25岁。

这首和歌是境部王赞美宝刀的作品。歌中唱道，我境部王手持锃亮的宝刀，霎时间勇气与胆略倍增。再加上浪漫神奇的想象，让自己骑在虎背上，更是威风堂堂，无所畏惧。境部王称自己不但敢经过闹鬼的凶宅，还敢进入深山，闯龙潭虎穴，跃下深渊擒拿蛟龙。这种豪迈气概在《万叶集》中十分罕见。

厌世间无常歌两首（其一）

生死两海皆厌倦，一心愿往净土山。

——境部王　卷十六—3849

公元6世纪中叶，佛教传入日本后，首先在贵族中间逐渐传播开来。

这首和歌是用毛笔书写于奈良县明日香村的河原寺佛堂内的一把倭琴的琴面上的作品。

"生死两海"，指人世间与生死轮回的痛苦之海，这两个海里都充满了无限的痛苦与迷茫。作者希望能超脱生死轮回的苦海，前往西方净土之山。

这组"厌世间无常歌"一共两首，第2首说，人世间就像是众生暂时居住、充满烦恼的茅庐，好在自己即将前往极乐净土。但自己一心向往的净土究竟是什么样，却不得而知，因此心中依然迷惑而恐惧。

令人恐惧之歌三首（其一）

海上之国会冥王，朱漆屋船渡神门。

———境部王　卷十六—3888

当时的人们相信，在遥远的海上有一个"常世之国"，那里也是死者灵魂的归宿之地"冥界"。那里由"冥王"君临一切。"朱漆屋船"，指的是漆成红色的屋形船只，也就是"楼船"，它能够载着亡灵渡过"神门"海峡，前往"冥界"。

这样的信仰来自《古事记》中的古代神话。其中提到，与"大国主神"一道创立了国家的"少彦名神"，完成建国大业后，便去了海上被称为"常世之国"的"冥界"。相传，这里既是海上的不老不死的乐土，也是死者灵魂的归宿，也就是古代日本人心目中的阴曹地府与黄泉。

《日本书纪》中说，日本开国的第1代天皇"神武天皇"之兄，即"三毛入野神"，他曾打败恶神"鬼八"，被尊为高千穗神社的祭神，在跟随天皇东征途中，船队在驶向熊野的途中遇到海上风暴，他说："我的母亲和叔母都是海神，为何要兴风作浪阻止我们前进呢？"为了航路平安，镇住风浪，"三毛入野神"便主动踏在浪尖之上，奔赴"冥界"，请母亲和叔母放他们通过，终于让海浪平息下来了。

这4首和歌的题材十分繁杂，它们被收录在一系列的"故事杂歌"后面。其中既有人间美食，也有豪情壮志，还有充满敬畏与沉痛的冥想与迷惑的作品。这样的作品在《万叶集》中十分独特，可让我们了解当时人们丰富而复杂的内心世界。

卷十七

原著本卷收录从天平二年（730年）十一月到天平二十年（748年）春天的和歌142首。学者们认为，《万叶集》第一卷到第十六卷是第1部分，到了天平十八年（746年）已经基本收集编撰完成。第十七卷到第二十卷是第2部分。这一年秋，29岁的大伴家持担任越中国守（今富山县一带的长官），全面负责税收、治安、司法、军事等工作。他赴任不久之后便接到弟弟大伴书持的讣告，家持自己也患了一场重病。从第十七卷到第二十卷，主要收入了大伴家持的作品，可以由此推断，这4卷是由他本人编撰的。

一　大伴家持兄弟・平群氏女郎：相闻歌

追忆唱和大宰府时代梅花歌，咏新歌六首（其二）

三冬已去春来到，邀来梅花作客人。

——大伴家持　卷十七—3901

大伴家持童年时期跟随父母远赴九州大宰府，那里的生活环境与京师同样高雅，并不亚于奈良歌坛的文化氛围，对家持兄弟的成长起到了决定性的熏陶作用。

其父大伴旅人的正房夫人叫大伴郎女，没有生育子女，家持与书持兄弟都是妾腹所生，母亲是贵族多治比氏出身。已经五十多岁的旅人盼来了第一个男孩家持时，那种喜悦之情不难想象。两年后，母亲又生下了弟弟书持，然后又生下了比家持小八岁的妹妹留女。

如今兄弟两人都人到中年，还常常对那场梅花盛宴念念不忘，父亲大伴旅人、山上忆良、小野老等当朝一流的和歌诗人即席赋诗，声情并茂，深深震撼了家持与书持幼小的心灵，使得他们从小爱上了诗歌艺术。

"三冬"，冬季三个月，即阴历的初冬十月、仲冬十一月、季冬十二月。寒冷的冬季结束了，春回大地，梅花盛开。歌中唱道，我要把酒赋诗，只邀请梅花来我家做客。因为只有梅花才是我的知己。

苑中百株梅花散，飞天化作白雪飘。

——大伴书持　卷十七—3906

神龟五年（728年），大伴家持与书持兄弟在父母的带领下，从奈良出发，乘船经过濑户内海前往九州。同行的这位母亲就是正房夫人大伴郎女。

这首和歌是大伴书持回忆当年父亲在九州大宰府苑中举行梅花盛宴的作品。古日语中的"苑"，指比"园"更宽大的贵族园林。

那一天，虽然有上百株的梅树正在盛开，但梅花却开始随风散落，被一阵阵春风吹上天去，然后又化为春雪飘然落地。如今，兄弟二人追忆童年，往事萦怀，他们一唱一和，仿佛又回到了承欢父母膝下无忧无虑的儿时。

四月二日，大伴书持于家中赠兄长家持歌一首

穿得楝子如玉串，山间子规常来啼。

——大伴书持　卷十七—3910

大伴旅人夫妇都很喜欢楝树，九州时代，他们常在楝花开放时到树下徜徉流连。

旅人的夫人病逝于九州后，山上忆良作《日本挽歌》相赠，其中提到大伴一家人喜爱的楝花飘落，用来比喻上司的夫人不幸去世。

大伴氏的奈良家中也种植着楝树。大伴书持在歌中唱道："今年，楝子又结满了枝头，我将它们穿成一串，就像一串美丽的玉珠。这串楝树珠可以作为头饰，也可作为项链，成为回忆父母的凭借。更有山间子规飞到我家的楝树枝头婉转啼鸣，报告夏天已经来到人间。"

子规鸟自古还被看成来自冥界的使者，将生者与死者联系起来。因此，大伴书持听见子规站在楝树枝头啼鸣，便会立即想起早已去世的父母。

平群氏女郎赠越中守大伴家持歌十二首（其二）

夜眠衣带常不解，思君恋情久萦怀。

——平群氏女郎　卷十七—3938

平群氏女郎，传记不详，奈良大和国平群郡的贵族妇女。大伴家持离开奈良到越中国赴任后，二人之间常常鸿雁传书，平群氏女郎将自己的相思之情写成一首首"相闻歌"，寄往大伴家持身边。

歌中唱道："我睡觉时不解衣带，只为你坚守节操，一心盼你回来，心中一直萦绕着对你的思念之情。"

纵身莺啼千寻谷，敢蹈劫火苦候君。

——平群氏女郎　卷十七—3941

我徘徊在深山之中的断崖上，俯瞰千寻深谷，那谷底就是地狱吧。只听见有莺啼之声从谷底传来。我不怕下地狱，甘愿赴汤蹈火，受尽折磨，也不怕在地狱的劫火中丧生。即便是到了地狱，我也要苦苦等待下去，直到你回到我身边。

读到这首不顾一切的爱恋之歌，可见这位平群氏女郎对大伴家持一往情深，已经陷入无法自拔的境地。可惜这只是一场隐秘的恋情，平群氏女郎只是大伴家持的红颜知己之一吧。

《万叶集》研究家高见茂[1]分析说："家持属于贵公子类型的青年，出身名门望族大伴氏，前途无量，又是教养深厚的美男子，自然会得到众多女性的青睐。其中不少女性都比他年长几岁，面对她们的热情表白，家持往往表现得相当冷静。双方开始接触后，女方的恋情迅速燃烧起来，家持却很快会与她们疏远。那些性格奔放，热情澎湃的女性，与家持的关系难于长久保持下去。""家持的恋人中不光有名门贵族出身的'女王''女郎'，也有不少比他身份低微一些的'娘子'。能举出姓名的，有河内百枝娘子、巫部麻苏娘子、日置长枝娘子、粟田女娘子，还有一些没有留下姓名的女子，她们大都是宫廷下级女官。家持于天平十年（738年）以内舍人身份担任宫中秘书，结识了许多宫中女官。"[2]

1　高见茂（1931—　），毕业于日本明治大学。曾任 NHK 放送记者、NHK 山口放送局放送部长、冈山放送局副局长以及鸟取放送局长。退休后，在鸟取县的因幡万叶历史馆担任馆长。有著作《吉备王国残照》《吉备王国与传承》等。——编者注
2　高见茂.大伴家持：走向因幡之路（『大伴家持——因幡への道』）[M].东京：富士书店，1996：62—65.

二　大伴家持：病中吟

忽沉枉疾，殆临泉路，仍作歌词，以申悲绪，赋长歌一首并短歌

奉君命，诚惶又诚恐，
忙启程，振奋越关山。
男儿志，何惧路途遥，
叹繁忙，片刻不得闲。
未经岁，卧病在床箦，
恨顽疾，病苦日日添。
义母老，为儿担忧愁，
何日归，见母愧无言。
盼儿郎，心中多寂寥，
远行人，膝下难承欢。
念吾妻，夜夜梦魂来，
夜独寐，日日依门站。
到黄昏，可怜拂空床，
苦辗转，枕上黑发乱。
天又晓，日夜长叹息，
苦相思，郎君几时还。
念幼子，兄妹各一方，
路迢迢，骨肉难相见。
修家书，无计遣使者，

万千语，何人替我传。

虽惜命，万事不由人，

心依恋，忧心似火燃。

万千愁，手足皆无措，

男儿身，万里云山外，病身空悲叹。

——大伴家持　卷十七—3962

大伴家持有一位同父同母的弟弟大伴书持，弟兄两人皆是父亲老来得子，被家族寄以厚望。从父亲给兄弟二人起的名字来看，是希望他们在风云变幻的政坛上，一个继承家业，光耀门楣；一个继承文脉，代代诗书传家。兄弟两人从小就同窗共读，感情深厚。

天平十八年（746年）秋，大伴家持前往越中国赴任，不久便惊闻27岁的弟弟在奈良英年早逝，遗体已经火葬。他悲痛欲绝，大病一场。本卷编号为3957的长歌"哀伤吾弟长逝，赋长歌一首并短歌"中还唱道："想起你给我送别的场面，还历历在目。如今你已经化作了一缕青烟，化作白云，一路飘到越中国来了。"

这首长歌中提到的"义母"，指他们的姑母，即父亲的异母妹妹大伴坂上郎女。父亲去世后，姑母亲自教授家持两兄弟写作和歌，后来又成了大伴家持的岳母。日语中的"义母"就是"义理之母"，也是"岳母"之意。家持远赴越中国时，"义母"、妻子、他们的孩子、弟弟书持都依旧生活在京城奈良。

"枕上黑发乱"，是万叶时代描写妻子独守空闺的典型意象，也是妻子盼望丈夫早日归来的一种咒术。

大伴家持写好了家书，他无法让驿使立刻将家书尽快带回奈良，这更让家持痛苦不堪，手足无措。自己身在远山万重之外，又卧病在床，只能发出一声声叹息。但他不顾病痛，仍然提笔赋诗，聊寄相思。

反歌二首

人生无常春花散，死期将至断肠人。

——大伴家持　卷十七—3963

家持饱经宦海浮沉，又痛失爱弟，深感人生无常。他悲观地想到自己死期也即将到来。人的生命就像春天早开早谢、只有七天生命的樱花一样。人生苦短，世事难料，家持不由得发出断肠人的绝望悲号。从此，光耀门楣，诗书传家的使命就都落在自己一人肩上了。

山川相隔天涯外，悲叹夫妻相见难。

——大伴家持　卷十七—3964

此刻，家持最挂念的人是姑母，还有自己的妻子大伴大娘。如今相隔千山万水，可怜妻子在家里独守空闺，夜夜梦魂飞驰，醒来时，一头黑发凌乱地散落在枕头之上。他只好深深叹息，不知夫妻何时能够团圆！

三　大伴池主：汉诗文与相闻歌

七言律诗，晚春三日游览咏歌一首并序

汉文原序

上巳名辰，暮春丽景。桃花昭脸以分红，柳色含苔而竞绿。于时也，携手旷望江河之畔，访酒巷过野客之家。既而也，琴樽得性，兰契和光。嗟乎，今日所恨德星已少欤。若不扣寂含之章，何以述逍遥之趣。忽课短笔。聊勒四韵云尔。

注释

昭脸：桃花如人面，放出光彩。

分红：将桃花瓣的红晕分给树下赏花之人。

野客：隐居之士。

兰契：结为金兰之好，君子之交。

德星：贤德之士。

欤：yú，表示感叹、疑问等语气。

缛：rù，繁多而华美的装饰。

罍：léi，古代青铜盛酒器。这里的"云罍"指刻有"云雷纹"的酒樽。

羽爵：羽觞，作鸟形也。带有鸟儿翅膀形状把手的酒杯。

四韵：由四韵八句构成的诗，即近体诗中的五言、七言律诗。

白话文翻译

时值三月初三上巳佳节，晚春景色明丽的美好时光。红艳艳的桃花映照着人们的脸庞，柳色青青，与青苔争相展示翠绿的颜色。在这样的好日子里，与亲友携手登高，遥望旷野上的河畔，寻找酒巷，经过隐士们居住的座座农舍。不久便来到酒肆，这里琴声悠扬，酒香扑鼻，琴声和美酒都发挥着各自的天性，在座之人皆是君子之交，和气蔼蔼。啊，今天只留下一点余恨，可惜贤德之士的您却不在场。若不赋诗作文，如何能叙述我们心中的逍遥之情？我连忙挥动拙笔，先写出这首四韵的七律来。

余春媚日宜怜赏，上巳风光足览游。
柳陌临江缛袚服，桃源通海泛仙舟。
云罍酌桂三清湛，羽爵催人九曲流。
纵醉陶心忘彼我，酩酊无处不淹留。

大伴池主，奈良时代著名文人。大伴家持任越中守时，池主是其部下"掾"（yuàn，副职）。他与家持关系亲密，两人常有诗文唱和。后调任越前国掾。天平胜宝五年调回京城，任"左京少进"（京城奈良左半城的长官左京进的下属）"式部少丞"（主管官员考核，以及大学寮等事务的式部省大夫的属下）。晚年卷入政争而入狱，下落不明。

大伴家持卧病期间，三月四日、五日，大伴池主接连致书问候。这封书信由汉文序、七律汉诗一首、长歌、反歌二首构成。大伴池主的汉文序明显受到中国《文选》中六朝文学中散文的影响。语言华美，节奏分明。诗中的"羽爵"，是一种酒器，常常出现在《文选》中。当时的中日两国文人，都将《文选》奉为标准教科书，《文选》对万叶晚期的日本文坛产生了巨大的影响。而清代才出现的《古文观止》《唐诗三百首》等，则是近代中国文人的教材。

从前面卷五·一"梅花之宴组歌"和卷五·二"松浦川遇仙姬"中山上忆良的汉文序来看，其汉文造诣令人惊叹。他曾在长安留学两年，结交文士名流，从盛唐文化中得到滋养，在日本文坛开一代新风，登上了万叶时代汉文创作的最高峰。而一大批在日本苦读《文选》等教材，没有机会亲身经历大唐文风熏陶的日本文人写出的汉诗文也达到了相当高的水平。当我们读到大伴家持、大伴池主，还有遣新罗大使阿倍继麻吕等人写的汉文序时，对万叶时代孜孜不倦地学习中国语言与文学的日本古代文人深表敬佩。

再来欣赏大伴池主的七律吧。

晚春三月初三上巳节的明媚景色，让人陶醉流连，江边柳树翠绿的新叶映照着游人们华丽的衣衫。桃花源的流水一直通往海里，可以泛舟直达仙山。刻有"云雷纹"的酒樽中满满地荡漾着桂花酒，闻到酒香，让人恍如达到道家所言的三清尊神的最高境界。端起羽爵酒杯，不由得想要举办一场曲水流觞的诗酒盛会。放纵一回，喝得陶然大醉，忘掉彼此。对于酩酊之人而言，醉倒之处便是梦乡。

反歌二首

思君不见心忐忑，日日喜见棣棠开。

　　　　　　　　——大伴池主　卷十七—3974

听说您病倒了，我思念着您，却一时无法前往府上问候，心中忐忑不安。好在天天都能看见棣棠花开，大好春光之中，天地之间洋溢着无限的生命之力，您的病情也在一天天好转吧。

苇垣之外翘首望，无计可施徒悲伤。
——大伴池主　卷十七—3975

就像这道苇垣篱笆将我们隔开一样，我徘徊在您的府邸之外，不便贸然前去打扰您，只能对着您家的深宅大院翘首张望。我不知道能有什么办法为您解除病痛，只能徒然悲伤。

四 大伴家持等：汉诗文与相闻歌

原汉文序

昨暮来使，幸也以垂晚春游览之诗，今朝累信，辱也以贶相招望野之歌。一看玉藻，稍写郁结，二吟秀句，已蠲愁绪。非此眺翫，孰能畅心乎。但唯下仆，禀性难雕，黯神靡莹。握翰腐毫，对砚忘渴。终日目流，缀之不能。所谓文章天骨，习之不得也。岂堪探字勒韵，叶和雅篇哉。抑闻鄙里少儿，古人言无不酬。聊裁拙咏，敬拟解笑焉。

注释

垂：敬语，下赐之意。

累：累加，又添上。

辱：日文原意为"丑陋"，这里是"当之有愧"之意。

贶：kuàng。赠，赐。

写：除也，消除之意（《广雅》）。

蠲：juān。除去，除掉。

翫：六朝常用的异体字，同现代汉语"玩"。

下仆：自谦用语，即第一人称的"我"。

禀性难雕：朽木不可雕，出自《论语·公冶长》。

靡莹：暗愚的精神不堪打磨，毫无改变。

腐毫：难于下笔，以至啃伤了笔尖。

目流：望着曲水流觞的溪流。据推测，此词是大伴家持创造。

叶和：附和，适合。

聊裁：姑且将拙作的冗长诗文剪裁一番。

敬拟：恭敬地献给你，权当是……

白话文翻译

昨日夕暮之时，您派使者送来书信，幸得大作晚春游览之诗。今晨又收到您的第二封信函，是邀我一同登高望远的诗文，实在不敢当。读到您的来信，心中郁结之情方能稍稍消除，再读您的秀美诗篇，心中愁绪已荡然无存。若非是读到您纵情游玩的诗文，如何才能让我抛开烦闷，心情舒畅呢！在下生性迟钝，朽木不可雕，愚暗之精神不论如何打磨，也无法放出光彩。我手握毛笔，想写回信，却迟迟无法下笔，把笔端都啃秃了。对着一方砚台，上面的水已经干涸。我整天面对曲水流觞的溪流，却无法写出诗文来。所谓著文赋诗，真可谓是一种天赋才能，吾辈岂能轻易模仿？如何让我按照雅集之上探得的字，写出诗歌，来附和你们优美的诗文。我还听说，乡下鄙地之少年，听见有人向他打招呼，都必然会恭敬地应答。那我就不揣冒昧，吟出拙劣诗文，权当博得大人一笑吧。

大伴池主三月五日的第2封信中，赞美家持人品高洁，才华过人，陆海潘江，七步成章。大伴家持用心良苦地写下回信。

从这篇汉文序中，可以看出他们都熟读过《文选》，刻意模仿六朝文士的文风与相互敬佩的人际关系。他们从我国六朝文学中获得营养，模仿六朝诗文中的遣词用句，其华美铺陈的手法，繁缛精致的句式，与六朝文学相比，几乎毫不逊色，实在是难能可贵。

由于篇幅所限，删去了二人唱和的长歌，只保留了汉文序、七言律诗、反歌。下面便是大伴家持所作的汉诗：

杪春余日媚景丽，初巳和风拂自轻。

来燕衔泥贺宇入，归鸿引芦迥赴瀛。

闻君啸侣新流曲，禊饮催爵泛河清。

虽欲追寻良此宴，还知染懊脚跉趵。

"杪春"，读作 miǎo chūn，暮春。"初巳"，三月初三上巳节。

晚春时节，尚剩下几天明媚的风光景致可供观赏，上巳节的和风轻轻吹拂。燕子归来，向房主表示祝贺，衔泥筑巢，鸿雁嘴上拖着芦苇，飞向大海。听说你们结伴畅游，长啸赋诗，举行曲水流觞之盛会，到清澈的河边把酒言欢，切磋赋诗，沐浴除秽，被禊消灾。我虽然想跟随你们同游暮春美景，却不幸染病，心情郁结，步履蹒跚，行走不便，无缘盛会，实在是可惜可叹。

反歌二首

默默无言心愚钝，不知棣棠花盛开。

　　　　　　——大伴家持　卷十七—3976

我久卧病榻，与世隔绝，加之生性愚钝，乃不堪造就之人。我不知春光早已烂漫，棣棠花开得正盛，可惜无福消受这美好春光。

可叹君立苇垣外，情真夜夜入梦来。

　　　　　　——大伴家持　卷十七—3977

你伫立在我家苇垣之外，脉脉含情，顾盼生姿，让人感动万分。你的一片真情，让你的魂魄夜夜飘然而来，进入我的梦中。

五 大伴家持：巡视越中国所作和歌等

巡视越中国所作和歌九首（其三）

雄神川上绿映红，采藻女儿石榴裙。

——大伴家持　卷十七—4021

"雄神川"，发源于岐阜县北部山岳地带，流经富山县境内，在富山湾注入大海。大伴家持巡视越中国时，经过雄神川河滩，远远望见一群少女的身影，她们身着石榴裙，正在采集可食用的水藻。

石榴裙是唐代流行的红裙，十分俏丽，传入日本后也引导潮流。你看，在青山绿水的背景下，少女们身穿的红裙将河滩与河中的碧浪映照得红光闪耀，构成一幅美丽的图画。

小岛宪之注："歌中的藻类植物，日语原文是'葦付'，指的是'裂摺念珠藻'，夏天生长在河滩石头之上。"

但根据古本《万叶集》中大伴家持自己的注释，"葦付"也可能是指"かわもずき"，即"串珠藻"。

妇负浅滩流水急，马蹄溅水湿衣衫。

——大伴家持　卷十七—4022

本诗为家持于妇负郡的鸬坂川附近所作。"鸬坂川"，是流经日本富山市妇中町鹈坂附近的河流神通川的古称，河面宽达 300 米。大伴家持探访民情,曾走遍越中国的山山水水,当他策马涉过妇负川的河滩时,马蹄溅起湍急的流水,沾湿了衣裳的下摆。

大伴家持来到越中国一待就是 5 年,正值壮年,精力充沛,常常四处巡视,亲民勤政。

这里虽然偏僻,远离京城,但这五年的经历对大伴家持的和歌创作和《万叶集》的编辑整理而言,是一段非常重要的时期。他被推举为越中国歌坛领袖,在此地他创作了长歌与短歌共 220 首,是他创作生涯中最辉煌的时期。他的官府位于今天富山县高冈市伏木町一带,冬季漫长而严寒,是诗歌伴随家持度过了人生中最失意的一段时光。

今天,人们走出高冈火车站北口,就会看见车站广场上耸立的大伴家持手持毛笔、挥毫赋诗的铜像。

泊长滨浦仰见月光作歌一首

朝辞珠洲迎日出,夜宿长滨月中天。

——大伴家持　卷十七—4029

"珠洲",能登国(今石川县北部)能登半岛最北端的珠洲郡,今珠洲市一带。"长滨浦",石川县七尾市东郡一带海边的汀州。

这一天,大伴家持巡视了与越中国相邻的能登国珠洲郡到凤至郡一带的沿海地区,他清晨乘船从珠洲出海,经过一天奔波,晚上来到长滨浦停泊。在海上观看日出日落,此刻已是月在中天的午夜时分了。从珠洲到七尾长滨的海路距离大约是 60 公里,那天的航行一共耗费了 15 个小时。半夜里,他望见温柔的月儿,不由自主地从胸中吐出一口长长的叹息,回想起一天的海上颠簸,吟出了这首和歌。

小岛宪之版本的《万叶集》在这 9 首巡视歌之后有注释说，大伴家持春天巡视民间疾苦，代表朝廷为青黄不接的农民发放"颖稻"（带穗的稻谷），以解春荒燃眉之急。到了秋收之后，农民会连本带利归还官府。

恨黄莺晚啼歌一首

苦盼始闻莺声妙，霞飞缥缈月偏西。

——大伴家持　卷十七—4030

初夏时节，黄莺会在黎明破晓前开始啼鸣。聆听第一声莺啼是一件风雅的举动，历代的文人雅士会在天尚未发亮时就起床等候，希望能听到一年之中的第一声莺啼。

这一年，大伴家持已经一连几天早早起床，苦苦盼望莺啼。今天，终于听见黎明前的莺啼。他回想起最近连日早起的辛苦，心中对迟迟不开始鸣叫的黄莺还抱有几分怨恨。

初闻莺啼，大伴家持的心情一下子变得十分舒畅，心中的一丝怨恨顷刻之间烟消云散，大地与天空之间，天色明亮，水气迷蒙的霞光升起，飘飘渺渺地浮现在曙色微微的空中。他又回首向西天望去，只见月亮早已掠过了头顶上的天宇，正向天边剪影般的西山方向沉落，那缕缕朝霞正簇拥着月儿离开人间，即将落到西山背后去。

卷十八

原著本卷收录天平二十年（748年）至天平胜宝二年（750年）
两年间的和歌107首。本卷以大伴家持的和歌为中心编辑
而成，包括他在越中国接待来自朝廷的使节田边福麻吕的
组歌、祝贺日本陆奥地方首次发现金矿并成功开采的贺歌、
对尾张少咋的劝喻歌，以及求雨歌等。

一 大伴家持款待田边福麻吕：述怀唱和

天平二十年（748年）春三月二十三日，左大臣橘诸兄派使者"造酒令史"田边福麻吕来到越中国。国守大伴家持于官府设宴款待。席间，两人作歌各述心绪。

奈吴海浪送贝壳，日日思君又一年。

——田边福麻吕　卷十八—4033

大多数研究者认为，历任大纳言、右大臣、左大臣的橘诸兄，以及其部下田边福麻吕都是《万叶集》的编撰者之一。他们与大伴家持志同道合，感情深厚。当时，橘诸兄担任朝中高官左大臣，地位仅次于太政大臣，他派遣田边福麻吕访问越中国，同时看望远离京城的大伴家持，田边福麻吕在这里受到盛情款待。

橘诸兄（684—757），亲王之子，圣武天皇光明皇后的异父兄，曾一度在政坛上叱咤风云，晚年失势。《万叶集》中收入其作品8首。

田边福麻吕是橘诸兄十分器重的文人，田边由他推荐做了宫内省的造酒官"造酒令史"。奈良时代的宫内省中共有"十三司"：内膳司、造酒司、园池司、采女司等。"造酒令史"是皇宫中的造酒司长官"造酒正"的部下。

《田边福麻吕歌集》中收入10首长歌，它们都是创作于万叶时代晚期，长歌衰微的时代，是研究和歌史的宝贵资料。

"奈吴海"，越中国的一处海上美景，位于富山海湾到新凑放生津海滩一带。今天的"奈吴海"比大伴家持所处之万叶时代的地方要小得多，周长只剩下不过 6 公里。因为近代日本在此围海造田，占用了大片的海洋面积。当年的"奈吴海"曾是垂钓的好地方，也是鹤群翩翩起舞的乐园。

田边福麻吕来自内陆地区的京城奈良，东道主大伴家持邀请他一同乘船观赏游览海上景观。那一天，"奈吴海"上波涛滚滚，将一个贝壳推送到岸边来。田边福麻吕由此想到，自己来到越中国看望大伴家持，也许是冥冥之中有一种神秘力量驱使，这神秘力量就是友情。近代评论家龟井胜一郎[1]说："友情，就是渴望相互理解的持久性热情。"

自从大伴家持离开奈良，他们每天都在思念旧友，就这样过了一年又一年的时光。

奈吴海滩潮已退，鹤群觅食声声喧。

——田边福麻吕　卷十八—4034

到了黄昏时分，海潮退去之后，浪花会将一些来不及逃回大海的鱼虾留在沙滩上，此刻它们还在做最后徒劳的挣扎，引来觅食的鹤群。鹤们成群结队地盘旋而下，在海滩上尽情享用大自然的慷慨馈赠，一面进食，一面鸣叫嬉戏，海滩上出现了十分热闹的场景。这种景象在京城奈良是看不到的。

杜鹃啼鸣过头顶，菖蒲花冠贺太平。

——田边福麻吕　卷十八—4035

田边福麻吕在越中国一直住到了初夏。在杜鹃啼鸣，菖蒲花

1　龟井胜一郎（1907—1966），日本昭和时期的文艺评论家、日本艺术院会员。1935 年创办同人杂志《日本浪漫派》，1950 年以《现代人的研究》获读卖文学奖。其评论作品在美术、文明、历史、文学等多方面均有涉猎。——编者注

开的美景之中，一对旧友在繁花似锦的大自然中举杯同饮。菖蒲花在初夏的阳光下发出炫目的紫色光芒，让人情不自禁地摘来一些藤蔓植物编成花冠，上面再插满菖蒲花，戴在宾主头上，大家纵情欢笑，相互举杯祝福。人们相信，戴上菖蒲花冠，是一种消灾祛病的咒术，这样就可以保佑一年之中的健康与平安。

菖蒲花香气馥郁，具有消灾除病的功效。按照中国的端午节习俗，不但要用菖蒲汤沐浴，还要饮菖蒲酒，佩戴香囊。这些习俗早就传入了日本，熟读中国诗文的万叶文士大伴家持与田边福麻吕，自然是要身体力行，尽情享受大自然的馈赠，阳光、鲜花、美酒、和风，他们都希望菖蒲花会给自己带来好运。

海景终日看不厌，乎布崎边驾游船。

——大伴家持　卷十八—4037

"乎布崎"在越中国，今富山县冰见市一带海滨的一处名胜景观。二上山的山麓伸展到海中，形成一个美丽的半岛，半岛尖端处有许多形状奇特的礁石。

大伴家持亲自担任导游，与田边福麻吕一道驾船出海，希望朋友能游遍越中国的所有美景。他们整天航行在海上，但这里的美景还是让人看不够。天色渐暗，主客一行依然兴致勃勃，久久不肯离去。

今天，冰见市海滨"乎布崎"一带依然是北陆地区的一处著名观光地。

二 大伴家持·久米广绳：送别歌

越中国掾久米广绳于馆舍宴请田边福麻吕之际，宾客作歌
四首

明日翻山唱离别，杜鹃此刻莫啼鸣。

——田边福麻吕　卷十八—4052

天平二十年（748年），大伴家持的副手大伴池主调任越前国，依然担任国府官厅的副手。大伴池主离开越中国后，由久米广绳接替这一职务。久米广绳也像前任大伴池主一样，与家持一直保持着亲密关系。

初夏时节举行的这场酒宴，也是为田边福麻吕送别的宴会。席间，田边福麻吕想到明天就要离开越中国了，禁不住心中涌起依依不舍之情。

田边福麻吕唱道："明天我就要翻山越岭，离开越中国的国府官厅所在地'高冈'，一路向西南行进，前往越前国的国府官厅所在地'武生'。""武生"原来写作"竹生"，是竹林丛生之地的意思。万叶时代前期这里还叫过"府中"，到了大伴家持生活的万叶后期，这里成了对虾夷人作战的前线，改名为"武生"。今天，这里改名为福井县越前市。

枝头的杜鹃鸟啊，眼下就暂且不要啼叫吧，留着你的嗓音与精力。待到明天，飞到我们话别的山头之上，你再尽情地放开歌喉，

为我们唱响离别之歌吧。那不是更有意义,更能感动主客双方吗?

贵客来此树荫下,杜鹃何故悄无声。

——久米广绳　卷十八—4053

贵客光临舍下,初夏时节的树丛已经是枝繁叶茂。我们在树荫下举杯相送。可是却时时无言相对,心中虽然有千言万语,却不知如何开口?田边福麻吕就站在大家的面前,家持和其余的阁僚,都不知告别的话该从何说起。

那么,杜鹃鸟啊,请你来一展歌喉,为我们打破沉寂吧。你为何也默默不语呢?难道你忘了昨天我们的约定吗?难道你们不是昨天我们在国府官厅庭院中举行送别宴会时看到的那几只杜鹃鸟?

杜鹃啼鸣头顶过,灯火如月现身影。

——大伴家持　卷十八—4054

客人与主人都唱过离别歌了,此刻,轮到特意赶来为送别宴会作陪的国守大人大伴家持发声了。他唱道:"宴会上觥筹交错,欢歌笑语,一直持续到灯火初上的时刻,终于听到杜鹃鸣叫着从头顶上飞过。今天不巧没有月光,家持看不见在中国绘画中常有的题材那样的景物了。"从中国带回来的绘画中常有这样的题材:杜鹃鸟站在已经开始凋残的花枝上,对着一轮明月,仰天啼鸣的"月下啼鹃图",或称为"杜鹃啼血图"。杜鹃,亦称杜宇。古代传说,蜀王望帝治水除恶有功,被蜀人拥立为帝。他将王位禅让之后,归隐西山,死后化为杜鹃,啼声凄切。

杜鹃啊,在没有月色的今夜,你姑且就将这远远近近的灯火当成月光,对着灯火啼鸣吧。好让我们借着灯火的光亮,看一看你美丽的倩影吧。

　　远客归京过五坂，频挥衣袖无限情。
　　　　　　　　——大伴家持　卷十八—4055

　　明天，田边福麻吕就要翻过五坂山坡，离开越中国，离开旧友，踏上旅途。五坂山坡在福井县南条郡一带，是田边福麻吕前往越前国"武生"的必经之地。当他登上这座高坡，一定会停下脚步，回头远望，向友人频频挥动衣袖招魂。我们的魂魄就会随他而去，一路护送他平安地奔赴越前国。

三 大伴坂上郎女·大伴家持等：相闻歌与贺歌

大伴坂上郎女赠越中国守大伴家持歌二首（其一）

快马载我相思去，愿闻越国传回音。

——大伴坂上郎女　卷十八—4081

　　大伴坂上郎女既是家持的姑妈，也是岳母。家持在越中国为官期间，岳母与妻子依旧生活在奈良。这样他们三人之间就免不了两地相思，互致书信，诗文唱和。

　　大伴坂上郎女将书信交给驿使，希望他快马加鞭，将他们母女的相思之情尽快带到远在天边的越中国，不久之后，便会有回音传到位于奈良北郊佐保的家中吧。

　　依照当时的"访妻婚"习俗，家持的妻子大伴大娘婚后仍然要住在母亲身边，即自己娘家中。家持到越中国赴任时，她可以选择随丈夫同去，也可以留在家中。两地分居，是全家商量后得出的决定。家人过于乐观地认为，家持到越中国为官的任期不会太长，一家人很快就能重新团聚，可是家持一去就是漫长的五年。

　　大伴家持收到岳母的和歌后，立即回复了3首，这里选其一：

相思情重难排遣，京城马到更不堪。

——大伴家持　卷十八—4083

我独自一人离家而去，身处云山万重之外的偏僻之地越中国，年复一年，每天都默默地忍受着对亲人的悲苦沉重的思念之情，今天，驿使的快马终于传来了京城里亲人的问候与挂念，这让我更加想念妻子与岳母，但我心中难于排遣的相思之情并未减轻一些，而是变得更加沉重不堪了。

家持最长的作品为贺圣武天皇诏书"陆奥国产出黄金"长歌一首并反歌，于天平感宝元年（749年）五月十二日所作。这首长歌有107句，写得大气磅礴、铿锵有力、庄重肃穆、浑厚天成，表达了作者大伴家持对朝廷的一片忠诚，对日本产出黄金一事的无限感动之情，因篇幅所限，本书只能选译其主要内容：

> 天孙降临之国，山川辽阔，贡宝无数。大君（圣武天皇）倡导佛道，敬建奈良大佛。却因黄金不足，焦虑万分。欣闻鸡鸣东国，陆奥国小田郡（今宫城县涌谷町境内）山中产出黄金，天皇始解愁眉。天地神祇一起赞赏，历代皇祖悉心加护。闻说我邦自古便有黄金，今朝再现殊荣，朝野振奋，老孺皆欢。……从远古神代起，我大伴与佐伯两大家族，对天皇就是忠节无二，诚心可鉴……赴海疆，水浸骨骸，登山冈，弃尸草丛。纵然死于大君身边，也无怨无悔……
>
> ——大伴家持 卷十八—4094

后面的反歌一共3首，其中之一唱道：

> 天皇御宇荣华世，东国陆奥金花开。
>
> ——大伴家持 卷十八—4097

天平二十一年（749年）二月，陆奥国发现金矿，就像是深山里突然间金花盛开，这是圣武天皇时代的祥瑞。本来要给正在修建的东大寺卢舍那大佛镀金，但京城里和国库中的黄金远远不够，如今，困难迎刃而解，正好解了燃眉之急。

今天，在奈良东大寺大佛身上还能看到一些当年镀金留下的痕迹。

"陆奥"，泛指万叶时代日本本州岛北部的整个东北地区，包括青森、岩手、山形、宫城等县。而日本首次成功开采黄金的金矿是在宫城县涌谷町小田山中。

《续日本纪》记载："陆奥国始贡黄金"，首次进贡900两。因此圣武天皇高兴地改年号"天平"为"天平感宝"，并发出诏书告知全国。其中说到："自开国以来，吾邦不产黄金，皆由外邦进贡而来。朕御宇之下之陆奥小田郡如今首次采得黄金，惊喜愉悦，视为珍贵，特下诏书，宣告全国。"

大伴家持的这组祝贺歌写于天平感宝元年五月十二日。

斋藤茂吉认为，这组祝贺歌展示了浪漫诗人大伴家持笔下的不同风格，这显然是他向柿本人麻吕、山部赤人等前辈虚心学习的结果。

万叶时代，元明天皇时代发现了铜矿，圣武天皇时代发现了金矿，后来，在室町幕府的第10代将军足利义植当政的公元1523年，又发现了银矿。但今天，日本的冶金工业终因矿产资源的贫乏，而基本上全部依赖进口。

日本的黄金开采虽然产量不大，却历经平安时代、镰仓时代、江户时代，直到今天仍在继续。到了江户时代，黄金产地扩大到全国各地：山梨县、栃木县、静冈县、鹿儿岛县、新潟县、石川县，一直到北海道。黄金成为日本历代外贸的交换货币之一，到了近代，外贸需求扩大。明治时代与大正时代，曾以出口蚕丝为主。

另外，从 16 世纪上半叶到 17 世纪后半叶，日本海沿岸的岛根县的"石见银山"曾是一座繁荣的银矿。当时生产的白银在亚洲各国间广泛流通，但后来银矿资源却慢慢地枯竭了。2007 年 7 月，石见银山的历史遗迹及文化景观被联合国教科文组织认定为世界文化遗产。

四　大伴家持：劝喻歌·求雨歌

劝喻尾张少咋长歌一首并短歌

原汉文序

七出例云，但犯一条，即合出之。无七出辄弃者徒一年半。

三不去云，虽犯七出，不合弃之。违者杖一百。唯犯贱奸、恶疾得弃之。……

有妻更娶者徒一年，女家杖一百，离之。……

白话文译文

"七出（休妻之七个条件）"规定，只要是女方犯下一条，就符合休妻条件。无"七出"之过而弃妻者，判徒刑一年半。

"三不去"（三种不得休妻的条件），女子虽犯下"七出"之罪，但也有不得休妻的情况。违反此条规定者，杖打一百。只有犯下奸淫，身患恶疾时，方可休妻。

家有妻室，重婚再娶者，判徒刑一年，杖打女方一百，女子必须离开此家。

中国历代都有《户婚律》，包括《户律》（有关人口与赋税的法律）与《婚律》（有关婚嫁休妻的法律）。我们可以看出，历代妇女的法律地位是何等低下，长期遭受到不公平待遇。

"七出（七去）"，请参看本书第 295 页。

"三不去"：有所娶无所归（女子出嫁时尚有娘家人，如今娘家无人，一旦被休，则无处可去者）；与更三年丧（曾与丈夫一道为公婆守孝三年者）；前贫贱后富贵（结婚当初，夫家贫贱，如今大富大贵者）。女子唯犯奸淫、身患恶疾，方可休妻。

《万叶集》编号 4106、大伴家持所作的长歌中说："从大国主神，少彦名神一同治理天下的神代起，便有传闻，敬重父母，呵护妻室与子女，乃人世之常理，世人皆应遵循。……天地神灵加护，岁月如春花盛开。尾张少咋长期不归，妻子整日叹息，心情寂寞，时刻盼望有使者送来丈夫的消息。南风吹拂，雪化水涨，妻子之心如'射水川'上的浮动的泡沫，无寄身之处。丈夫与一个名叫左夫流的游女（烟花女子）同床共枕，如胶似漆，心沉迷潭，有如奈吴海底之深。丈夫当扪心自问，从今往后该何去何从？"

射水川，流经越中国的国府官厅附近的河流，流域包括今富山县射水市，以及高冈市冰见市一带。射水川发源于富山县南部的大门山，最后在高冈市富山湾注入大海。

反歌三首

芳心悲痛到何日，奈良贤妻盼郎归。

——大伴家持　卷十八—4107

住在奈良的妻子，贤淑贞洁，遵守三从四德，她每天都在悲痛之中苦苦期盼，盼望着自己的丈夫早日归家。这样的日子何时才能到头啊。

荡子迷惘千夫指，邻人见此亦含羞。

——大伴家持　卷十八—4108

尾张少咋成为荡子，是因为鬼迷心窍，他抛下贞洁的妻子而在外鬼混，长年不归。这种行为遭到了千夫所指，作为他的邻居，也为他的行为深感羞耻。

红裳虽艳色易褪，哪及缁衣有糟糠。

——大伴家持　卷十八—4109

红色衣裳看似光鲜漂亮，却经不起时间的考验，很容易褪色，而黑色缁衣却能长久保持原来的颜色。那些水性杨花的女人，哪里比得上自己的结发之妻、糟糠之妻呢！

在我国从汉朝起，歧视压迫妇女的"七去"（也叫"七出"）就开始成为法律，历代王朝都将此用作管理社会经济生活与维护三纲五常的社会秩序的手段。大唐盛世，高宗时期仍然颁布了《户婚律》。中国的法律制度经遣唐使带到日本，催生了日本的律令制。像大伴家持这样的显贵高官，都将这些法律条文视为神圣不可侵犯、推行教化与德治的根本精神。

歌中唱道："日本敬重父母，呵护妻室与子女的社会风俗与道德，早在'神代'就蔚然成风。""神代"，指《古事记》中众神主宰人类社会的神话时代。到了万叶时代，社会更加成熟，对尾张少咋这样的浪荡子形成了强大的压力。家持苦口婆心地劝喻他早日回到奈良的妻子身边。

由此，我们不但看到中国文化对古代日本的巨大影响，也能更加全面地窥视到大伴家持这样的诗人的内心世界。

求雨歌

浓云密布罩天宇，愿得甘霖降人间。

——大伴家持　卷十八—4123

天平感宝元年（749年）闰五月六日以来，越中国一带发生严重干旱，田中禾苗枯萎，百姓困苦不堪。直到六月朔日（初一），始见天上出现雨云。大伴家持乃作长歌并短歌，为百姓求雨。

这里选译的是后面的短歌。前面的长歌唱道："百姓盼甘霖，如婴儿盼母乳。仰望天宇待雨露，见山间一带，有大团白云飘然而至，与大海之上的海神宫殿上空升起的阴云聚合一起，家持欣喜无比，诚恳求雨！"

直到六月二十五日，终于普降喜雨。

卷十九

原著本卷收入天平胜宝二年（750 年）三月至天平胜宝五年（753 年）二月的和歌 154 首。大伴家持调任少纳言，离开越中国回到奈良。5 年光阴流逝，朝中政局大变，左大臣橘诸兄彻底失势，藤原仲麻吕成为孝谦女皇的宠臣，也是家持的顶头上司。大伴家持心中弥漫着难言的悲痛与孤独感。

一　大伴家持：春歌（上）

天平胜宝二年三月一日暮色之中，望春苑桃梨芬芳作歌二首

春苑桃红花下路，亭亭玉立一女郎。

——大伴家持　卷十九—4139

　　这一组作品是大伴家持离开越中国之前所作。调回京城的命令已经下达，让他突然感到乡愁更加难耐，恨不得立即就回到京城，与家人团聚，旧友重逢。

　　大伴家持调回京城，仅仅担任微官少纳言。在律令官制下，藤原仲麻吕是一品大员太政官，大伴家持只是他手下的一名助理，从五品小官而已。太政官相当于我国的宰相，下有左大臣、右大臣、大纳言、中纳言，其后才是少纳言。家持深知回到京城，就不得不寄人篱下，还不如在越中国当国守时独当一面的痛快与威风，但家持依然时刻盼望着回到亲人身边。

　　歌中的"春苑"，即春天的园林。大伴家持在越中国的府邸庭院，正是桃红柳绿的季节。他漫步在园林中，看见桃花开得如此美艳动人，如同少女粉红的香腮，就幻想着有一位少女伫立在花下，桃花与她脸上的红晕交相辉映。

　　斋藤茂吉认为，此歌宛如一幅唐代的中国画，春天庭院，桃花盛开，光彩照人，树下有美人伫立。这首和歌色彩浓艳，意境优美。看来，大伴家持从小就有得天独厚的条件，深受中国诗歌

与绘画作品的熏陶。他一定读过《文选》中曹植的诗句"南国有佳人，容华若桃李"（《杂诗七首》其四）。

大伴家持写这首和歌是在公元750年，唐代诗人崔护（772—846）还没有出生。因此，家持当然没有读过崔护的《题都城南庄》中的诗句"人面桃花相映红"。但具有同样浪漫情怀的两位诗人，却是心有灵犀一点通，咏出了意境近似的诗歌。

李花散落满庭院，疑是白雪留世间。

——大伴家持　卷十九—4140

李花原产中国，属蔷薇科落叶乔木，春天开白花。春风一过，满地落英犹如白雪铺地。

家持的父亲大伴旅人曾写过一首咏落梅的和歌，本书卷五·一"大伴旅人等：梅花之宴组歌"中，收有旅人的和歌：我家园中梅花落，天降香雪正飘飘（卷五—822）。显然，家持是在刻意模仿父亲的佳作。

家持之父大伴旅人于19年前已经去世。当年父亲在九州大宰府庭院中的"梅花之宴"上咏唱的是白梅；如今，家持在越中国官邸庭院之中，看见春天里随风散落的是洁白的李花，自然回忆起那次"梅花之宴"，联想到了白雪满地的情景。

三月二日，攀折黛柳，遥想京师

春来折柳如眉黛，恍如京师大道边。

——大伴家持　卷十九—4142

"黛柳"，细长的柳叶有如美女脸上画出的柳叶形状眉黛。"黛"是一种青黑色的颜料，中国古代女子用来画眉，并特意将自己的眉毛描成柳叶状，称为"黛柳"。

回京日期一天天临近，春和景明之时，家持的一颗心早已飞回奈良。一天，他来到路边，看见丝丝垂柳吐出的新芽，已经长成柳叶眉的形状了。他不由得想起了奈良官道旁边的柳树，幻觉中，自己恍如身在京城郊外。他忍不住上前攀折了一枝翠柳，带回家去插在瓶中，日日观赏，遥想奈良郊外官道上绿柳成荫的景色。

折猪芽花作歌一首

村姑汲水来古寺，猪芽花开笑声喧。

——大伴家持　卷十九—4143

小岛宪之注释："此古寺即位于越中国所在的富山县高冈市，离国府官厅不远的'国府官厅寺'。这座寺院当时就已经相当古老，寺前有一口汩汩流淌的涌泉水井。万叶时代，汲水是妇女的任务。"[1]特别是少女们，每天都要成群结队地前来打水，一路上熙熙攘攘，欢声笑语。她们清脆的嗓音是那样悦耳，洋溢着青春活力的身姿是那样迷人。井畔的'猪芽花'开得正盛，常有蜜蜂与粉蝶在花间飞舞不停。

"猪芽花"，属百合科，四、五月开紫红色花，是一种常见的观赏植物。其根茎含有淀粉，加工后可以用于烹饪勾芡。日本的传统芡粉"片栗粉"就是来自"猪芽花"的根茎，今天的芡粉多用土豆制成，但仍然被称为"片栗粉"。

万叶时代，"猪芽花"的日语写作"坚香子"，其花、叶、球根均可食用。

大伴家持离开越中国之后的公元758年，这座古寺"国府官厅寺"被改建为"国分寺"。天平十三年（741年），圣武天皇颁布诏令，全国各地的国府官厅所在地都要建立一座"国分寺"，即"金光明四天王护国之寺"，以保佑五谷丰登，国泰民安。

1　小岛宪之等注释：《万叶集》（卷四），小学馆，1994：296.

二　大伴家持：春歌（下）

见归雁咏歌二首

燕归时节鸣雁阵，心怀北国隐云中。

——大伴家持　卷十九—4144

　　春回大地，翩翩飞舞的燕子来到越中国，长空中还有成群的大雁列队飞向北国。雁阵从头顶经过时，不断地发出阵阵啼鸣。它们是在向即将离任，返回京城的大伴家持告别吧。秋天，当它们再经过到这里时，国守大人已经身在遥远的京城了。

　　大雁志向高远，心怀北国，一飞冲天，一直飞往天尽头。今天的动物学家告诉我们，大雁北归的目的地，是森林覆盖，水草丰盛，辽阔无垠的西伯利亚。此刻，它们从低空掠过，向大伴家持和越中国的父老告别后，随着气流迅速上升，飞向高空，隐没于云层之中了。

春来雁去何时还，红叶满山盼秋风。

——大伴家持　卷十九—4145

　　今日目送大雁北旋，它们何时能再回到越中国，回到日本列岛呢。那就要等到明年红叶满山，秋风浩荡的时节了，我期盼着与大雁重逢。大雁啊，这一去云山万里，无数风波艰险，我将在京城奈良，迎候你们平安归来。

西伯利亚的冬季严寒难耐，大雁与天鹅等候鸟都要回到温暖的日本列岛来过冬。

夜闻千鸟喧声作歌二首（其一）

夜半不眠心绪远，河滩千鸟声声喧。

——大伴家持　卷十九—4146

"千鸟"（白鸻）体长15—30厘米，翅长腿细，颈短嘴直，颜色纯褐、深灰或沙色，腹部发白。白鸻常日夜不停地成群翻飞于海浪之上，或在海滩上奔跑，寻找小鱼虾为食。还有一种喧鸻，则在牧场和草地上寻找昆虫为食。鸻机警灵动，叫声犹如优美的口哨。

历代的和歌与俳句中，有不少咏唱"千鸟"的作品，它们还是日本现代诗歌的常见题材。"千鸟"的意象往往与冬日里寂寥的海滩连成一体，增添离愁别绪。

归期临近，心潮起伏，游子思乡之情更加浓烈，反而让家持常常彻夜难眠。那些大自然中远远近近的声音，都会传入他的耳中。半夜里，河滩上有成群的千鸟在啼鸣，他的思绪已经飞到奈良，飞到亲人身边。

遥闻舟子溯江而上之歌声

朝眠遥闻舟子唱，射水川上声渐悄。

——大伴家持　卷十九—4150

日日思归，夜不成眠，家持原本规律的生活习惯被乡愁搅乱了。似睡非睡之中，终于等到曙色降临的时分。本该起床了，但此刻却有睡意袭来，让人又沉入梦乡。

那射水川上船夫的歌声，恍如梦中所闻一般。溯水而上的歌声是那样铿锵有力，奋勇向前。但年过不惑，体力渐衰的大伴家持听见这样的船歌，依然是浑身绵软，无力起床。朦胧之中，船歌渐渐远去，淡出了他的听觉，四周又陷入一片沉寂之中。

射水川水量丰沛，水流平稳。但逆流而上时唱的船歌，却充满力量。射水平原地下水丰富，有无数泉水从地下冒出来，这就是"射水"的含义。地名"射水"起源于万叶时代。据《续日本纪》记载，女皇元明天皇和铜六年（713 年），朝廷下令，畿内以及七道（京城周边及全国各地），应统一地名之汉字写法，宜选用吉祥优美之文字来标记地名。"射水"，日语念作"いみず"，过去这条河的名称有"伊头弥""伊都美"等不同写法。从这一年起，统一采用"射水"的新名称。这一名称首先出现在大伴家持编撰的《万叶集》中，并沿用至今。

三　藤原清河等：遣唐使歌

春日祭神之日，藤原皇太后御歌一首，赐入唐大使藤原朝臣清河

> 左右船桨护航路，神佑吾儿赴大唐。
>
> ——光明皇太后　卷十九—4240

　　光明皇太后是第45代天皇圣武天皇的皇后，藤原清河的姑母。因此，皇太后在歌中称他为"吾儿"。这一年，光明皇太后51岁，亲自为46岁的侄儿藤原清河准备行装。

　　奈良东面春日野的山上，有世界文化遗产春日大社，祭祀的是保佑国泰民安的藤原氏的"氏神"（日本古代某一氏族成员共同祭祀的祖先神或守护神）以及多位神灵。凡有遣唐使出发，都要来祭拜、斋戒。比如，阿倍仲麻吕那一批遣唐使出发之前，也曾来到这里祭祀。

大使藤原清河歌一首

> 春日野上行斋戒，梅花长开待我归。
>
> ——藤原清河　卷十九—4241

　　藤原清河等人前来春日大社参拜，举行斋戒时，正是梅花盛开的春天。他希望梅花永不败落，一直等到遣唐使一行平安归来。

天平胜宝四年（752年），第11次遣唐使藤原清河顺利来华，次年返回日本之前，正式向唐玄宗提出，邀请鉴真和尚赴日。藤原清河还到扬州江阳拜会鉴真，请求他东渡。在此之前，从公元733年起，鉴真已经5次东渡失败，历尽艰辛，却依然矢志不渝，不达目的誓不罢休。

第二年，公元753年的十月十九日夜里，鉴真一行登上了遣唐使船，开始了第6次东渡。船队一共有4条船，经过两个多月的颠簸与艰辛，公元753年十二月二十六日，65岁的鉴真一行乘坐的那艘船终于到达日本。而藤原清河、阿倍仲麻吕分别乘坐的那两条船却漂流到了越南，160余人遇难，藤原清河、阿倍仲麻吕等十余人只好返回长安。[1]

角川书店《日本史辞典》介绍说，藤原清河与阿倍仲麻吕从越南一起回到长安，继续在宫中担任秘书监。后来，当他们再次准备回国时，却遇上了安史之乱，无法成行。最后两人都双双客死异乡，没能再次看到春日大社的梅花，后来，只有藤原清河的女儿回到了日本。

鉴真和尚刚到日本，曾暂居东大寺。今天的东大寺是世界文化遗产，游客们在这里能与野生鹿群亲密接触，这群野生鹿群已经在这里繁衍了一千多年。它们晚上登上东大寺后面山上的密林中休息，天一亮就成群结队地来到寺中，向游人讨要"鹿仙贝"。

鉴真在东大寺中设立戒坛，为圣武天皇、光明皇太后、孝谦天皇等四百余人授戒。鉴真东渡日本之前，日本尚无一位大法师具有资格为人授戒。拿今天的话来说，就是没有能够授予博士学位的"博导"。因此，荣睿、普照一行前往中国的主要目的，就是要千方百计、不辞辛苦地来中国聘请"博导"，恳请著名的高

---

1 刘德润：《鉴真东渡》，载刘德润著《中国文化十六讲》，上海世界图书出版公司，2019年，第164页。

僧鉴真和尚东渡。

鉴真在东大寺住了 5 年后，孝谦天皇赐予他大片土地，请他设计并建造一座中国风格的寺院。公元 759 年，鉴真搬进了这片空地，率领弟子们开始兴建"唐招提寺"。公元 764 年，鉴真去世，他的遗体葬于唐招提寺中。在他从中国带来的弟子如宝、丰安等人的继续努力下，不久之后，"唐招提寺"终于完工，如今这座千年古刹也被列入了世界文化遗产名录。

女皇孝谦天皇亲笔挥毫题写了寺名。大家来到唐招提寺，进山门之前请抬头看一看门楣之上的匾额，欣赏一下孝谦女皇秀美端庄的字体，据说她酷爱王羲之的书法，"唐招提寺"这几个字会让我们的心中涌起一种什么样的波澜？是被古代日本人学习中国文化，包括书法艺术的热忱所感动？还是对自己习惯于电脑写作而荒疏了我国传统的书法艺术而惭愧呢？

下面，我们再来欣赏一下同样是收录于《万叶集》卷十九中的无名氏赠遣唐使歌吧。这一组长歌并短歌就编排在光明皇太后与藤原清河的作品后面。尽管以下这两首和歌的创作时间比前者早了将近 20 年。但是，由于皇室至高无上的地位，不管这位无名氏的作品多么优秀，《万叶集》的编者都不可能将其编排于皇太后和遣唐大使的作品之前。

天平五年，无名氏赠入唐使歌一首并反歌

辞大和，远行离奈良，
下难波，登船三津港。
船直行，驶向大唐国，
君王言，神圣不可忘。
大御神，住吉镇船舳，

立船舻，一路护远航。

礁石多，途中停泊地，

港口外，滔天起巨浪。

佑诸君，免遭风波苦，

导航路，往来应无恙，复命拜吾皇。

——无名氏　卷十九—4245

反歌

风平浪静跨海去，归来停泊三津港。

——无名氏　卷十九—4246

在藤原清河赴唐之前的天平五年（733 年）四月，从四品官员多治比广成担任第 10 次遣唐大使，率团从难波津（今大阪湾）出发，顺利到达中国，第二年冬，即天宝六年（734 年）十一月平安回到九州南部的种子岛。因渡唐有功，天平七年（735 年），升任正四品官，后来又升任从三品官中纳言、式部卿。

歌中唱道："遣唐使们离开京城奈良，从大阪湾上的三津港登船起航，一路上有神灵保佑，一定能顺利到达大唐，完成君王下达的使命，平安返回日本。"

歌中提到的"住吉"，即"住吉大御神"，是日本民族自古以来信仰的"镇护国家之神"。

四 大伴家持：悲伤歌

天平五年正月十二日侍奉于宫内，闻千鸟喧作和歌
一首

河洲皇宫飞白雪，千鸟鸣叫何处栖。

——大伴家持 卷十九—4288

天平四年（732年）七月十七日，大伴家持在越中国接到调任少纳言的诏命，"乃作悲别之歌"，用汉文在离别歌的序言中写道："于是别旧之凄，心中郁结，拭啼之袖，何以能旱（干）"，家持与朝夕相处了五六年的部下和朋友——话别，他们也分别为他举行了多场送别宴会。

大伴家持回到京城担任微官少纳言，处境颇为艰难，他的上司便是那位显赫一时的藤原仲麻吕。仲麻吕击败了政敌左大臣橘诸兄，得到光明皇后与孝谦天皇的信任，独揽大权，飞扬跋扈。

道祖王是天武天皇之孙，新田部亲王之子，曾一度被指定为孝谦天皇的皇太子。但不久后藤原仲麻吕借故将他废除，拥立自己的"女婿""大炊王"当了孝谦天皇的王储。其实，"大炊王"也是天武天皇之孙，其父是舍人亲王。"大炊王"在孝谦天皇手下担任过大纳言，他一直与藤原仲麻吕关系密切，住在其庄园里。后来，藤原仲麻吕的长子"真从"去世后，"大炊王"娶了"真从"留下的寡妇，这样就自然被人看成藤原仲麻吕的"女婿"了。

接着，藤原仲麻吕又平息了属于前皇太子道祖王一伙的橘奈

良麻吕发动的反叛，让"大炊王"顺利即位，成了第47代天皇，即淳仁天皇。藤原仲麻吕成了天皇的"岳父"，更是炙手可热，不可一世。

后来，孝谦天皇患病期间，招僧侣"道镜"进宫诵经。据说道镜用咒术治愈了孝谦天皇的疾病，因此得到宠信。这引起了藤原仲麻吕的嫉妒与极度不满。

此时，大伴家持又被排挤出了中央政府，于公元758年六月到因幡国（今鸟取县东部）当地方官。

道镜也是皇族出身，而非普通僧侣，有人说他是志贵皇子之子，但这说法不太可靠。

道镜以男宠与僧侣身份，企图干涉朝政，推行"僧纲政治"，引起朝中大臣们的极力反对。公元764年，藤原仲麻吕发动叛乱，企图灭掉道镜，结果自己却兵败被俘，父子一同被斩首。击败他率领的叛军部队的，正是孝谦天皇手下的精锐之师。平息这场叛乱之后，孝谦天皇立即让藤原仲麻吕的"女婿"淳仁天皇退位，自己重祚登基，号"称德天皇"。事后，道镜和尚也被她从权力中心一脚踢开。

淳仁天皇退位后被幽禁于淡路岛上。他企图逃跑，途中被捕，第二天就被处死，享年32岁。

孝谦天皇驾崩后，道镜曾为她守灵，但道镜死后却按庶人规格下葬。

孝谦天皇，第46代天皇，重祚后的称德天皇为第48代天皇，一生未曾婚配，留下许多风流艳史，享年52岁。

天平胜宝五年（753年），大伴家持从越中国回京后的第二年元月，奈良一带，无论是河洲之上，还是皇宫之内，广阔的原野，都被白雪覆盖，天地浑然一体，一片萧杀严寒。

一天，大伴家持在宫中值勤时，听见院中一阵阵千鸟喧鸣，不由得心生怜悯。这天寒地冻之日，到处是皑皑白雪哪里有它们的栖身之地？哪里有它们的觅食之处？他从天寒地冻之中鸟儿的可怜无助，联想到自己寄人篱下的处境，面对风云诡谲的政争，家持坐卧不安，心中无限悲凉。公元758年夏天，他作了一组劝喻歌，告诫大伴家族要谨慎行事，明哲保身，歌中还不时流露出悲观厌世之情。

天平胜宝五年（753）二月二十三日，依兴作歌二首

春野流霞迢递处，夕照黄莺鸣声悲。

大伴家持　卷十九—4290

春天到了，大地回暖，游丝袅袅，水汽升腾。大和平原的原野之上，到处是水汽朦胧，绚丽多彩的流霞满天飞舞，它们都拖着条条缤纷的光彩之尾，飘向远方。

此刻，嫣红的黄昏夕照又向大地洒下万道余晖，你听，有黄莺在悲鸣，让人心中涌起一阵无名的忧伤。

我家篁竹春风过，黄昏幽微枝叶喧。

——*大伴家持　卷十九—4291*

庭院之中，一阵春天黄昏的微风掠过，似乎能听见篁竹瑟瑟有声。一切都沉浸在寂寞之中，只有竹枝与竹叶发出的响声。家持和歌中的这种哀愁，流传到平安时代，逐渐形成了一种独特的审美情趣，"日本式的哀愁"，即寂寞而悲哀的心绪。从平安时代起，直到现代的日本文学作品之中都弥漫着这种"哀愁"。

二月二十五日作歌一首

艳阳当空春日迟，云雀高飞我心悲。

——大伴家持　卷十九—4292

两天之后，又是艳阳高照的日子，家持仰望着云雀高飞，直上云霄，它们的身影越来越小，欢快的鸣叫声却一直萦回在耳畔，久久也不消散。可家持却时刻也无法忘记自己的险恶处境，满腹愁肠，郁郁寡欢。

那一年农历二月下旬，相当于今天的公历 4 月初，正是春光明媚的季节。大伴家持却吟出了沉痛的悲伤孤独之歌，成为和歌史上脍炙人口的千古绝唱，也常常被选入日本的高中《国语》教材。

黄莺的悲鸣，瑟瑟的篁竹，都是在替人唱出一曲曲悲歌。这欢快的云雀鸣叫，却让人默默无语。这首和歌的后面附有家持写下的几句话："春日迟迟，鸧鹒正啼。凄惘之意，非歌难拨。乃作此歌，以展心绪。"句中的"鸧鹒（cāng gēng）"，家持给它注音为"ひばり"，即"云雀"。而在中国古诗中，"鸧鹒"则多指"黑枕黄鹂"。

这几首悲歌表现出家持细腻的审美情趣与凝视自然的作歌风格。

"春日迟迟"一语，出自中国《诗经·小雅·出车》："春日迟迟，卉木萋萋。"说的是春天来临之后，白昼一天天变得漫长，花草树木都显示出旺盛的生命力。

但在大伴家持的和歌中，这一切都反衬出作者心中的孤独与悲伤。

大伴家持的这种感伤的春愁，是柿本人麻吕作品中不曾有过的。这是家持在和歌之中开拓出的中国文人似的诗歌意境。日本历代的和歌中，从此出现了这种细腻入微、沁人心脾的伤春之情。

卷二十　防人歌等

原著本卷收录天平胜宝五年（753 年）五月至天平宝字三年（759 年）正月的作品，共 224 首。由大伴家持整理润色的"防人歌"被编入《万叶集》，为后人留下一份珍贵史料与文化遗产。

一 无名氏：防人¹歌（一）

天平胜宝七年（755年）二月，防人换防之时，派往筑紫国的防人之歌

　　吾妻恋情知几许，端起水碗见芳容。

——无名氏　卷二十一—4322

　　"吾妻恋情知几许"一句用的是推测语气，作者想象着自己离家之后，妻子是多么焦灼地想念着我啊。她的魂魄飘飘荡荡一路跟来，一直在我身边徘徊，不时让我眼前出现幻觉。他或是将路边田头的村妇误认为妻子，或是夜夜在梦中与妻子相会。

　　行军途中，路边小憩时，我端起碗来喝水，只见她的面容就在碗中不停晃动。

　　这首和歌的立意与表现手法，已不亚于任何一位大诗人了。

　　从公元753年至公元759年，大伴家持为收集整理"防人歌"前后花费了6年时间。那时他正值36至42岁的壮年时期。公元754年，家持被任命为兵部少辅（相当于国防部副部长），第二

1　防人：镇守海防之士兵，防人制度模仿唐朝制度而来，谓守卫国境之边防部队。《军防令》中规定，"凡兵士向京者，名卫士；守边者，名防人。"大化改新的诏书中，可以看到这样的字句："京师初修，置畿内国司、郡司、关塞、斥候、防人、驿马、传马。"（《日本书纪》大化二年正月）

　　一开始，防人仅部署于京畿周边。明确记载将防人部署于北九州海岸与岛屿，是在天智天皇三年（664年）："将防人部署于对马岛、壹岐岛、筑紫国，并筑烽火台。又于筑紫筑大堤储水。名曰水城。"（《日本书纪》）

　　这是（在朝鲜半岛）白村江一战中，日本吃了大败仗后第二年的事情。

年奉命前往"难波湾",检阅来自东国的防人。

防人的带队军官事前就接到大伴家持的命令,收集防人与亲人离别、长途跋涉中唱出来的和歌。防人们自带干粮,穿着平时劳作时的衣服、徒步走完600至800公里以上的路程,到达大阪湾登船时才能换上军装。

带队军官献上"防人歌"共176首,经过大伴家持挑选润色之后,将其中的84首编入了《万叶集》。加上卷二十之前的"防人歌"9首,《万叶集》中的"防人歌"一共90余首。

公元663年,日本在朝鲜半岛吃了败仗后,一直害怕来自半岛的入侵,决定组建海防部队,其实此后九州从来不曾有过外敌入侵的战事。防人主要从天皇的直辖领地东国征兵。

"天智天皇三年(664年),颁发《军防令》,建立海防部队,派遣3000人驻九州。面对朝鲜半岛的海岸线,派遣防人服役3年,每年有1000人左右换防回家。21岁到60岁的东国农民都在被征兵的范围内。来到难波湾,他们被分成10人'一火'(相当于'班'),登船前往九州大宰府。到了九州,他们要一面操练,一面耕作,就地解决自己的军粮。"[1]

四季花开香不断,为何不见阿母花。

——无名氏　卷二十一—4323

九州地区气候温暖,一年四季鲜花盛开。来此驻扎的防人思念家乡,随时都沉浸在孤独之中。当地有一种野生的花叫"阿母花"。闲暇之时,这位防人在旷野与山地上,四处的花丛中寻找"阿母花",却一直没有找到。要是找到了"阿母花",权当是与日夜思念的慈母见面了。

1　樱井满监修.万叶常识事典(『万葉を知る事典』)[M]// 防人歌.东京:东京堂,2003:16.

"阿母花"指的是什么花？今天已经无法考证了。在不同的《万叶集》写真集中，为这首歌所配的照片上，选用的都是草本植物，有粉红色的花，也有黄色和紫色的花。大概在当时，不同地区的人会将不同的花儿看成慈祥的母亲吧。

这首歌的作者来自静冈县磐田市的山名郡。

无暇为妻画肖像，征途哪得慰相思。

——无名氏　卷二十—4327

与妻子告别之时，匆匆忙忙，没有机会为妻子画一幅肖像带在身边。若是有了妻子的肖像相伴，也好在一路之上安慰我的相思之情啊。看来，这位防人是一位喜欢绘画的农夫，但当时纸张属于高档商品，为贵族与官府专用，普通农民无法企及。这位喜欢绘画的农夫，想来就是常在地上或岩石上画画罢了。

这一首和歌后面附有作者，注明是"长下郡物部古麻吕"[1]，此人很可能是当地下级官员，看来，此歌是经过他的加工，揣摩防人的心情而作的。

父母相隔天涯远，君命难违赴海疆。

——丈部造人麻吕　卷二十—4328

此歌后面也注明了作者"助丁丈部造人麻吕"，他可能是地方下层官员，或是因为粗通文墨而被指定为防人中的基层负责人。"助丁"是出身的郡名，"丈部造人麻吕"是其名字。

歌中唱道"君命难违"，这一点与其余的防人歌大不相同，由此可见此歌作者的身份不是普通农夫。

1　物部古麻吕：生卒年不详。奈良时代的防人。远江国长下郡（今静冈县西部地区）人。天平胜宝7年（755年）二月，作为防人被派遣至筑紫时，写下了思妻之歌。——编者注

日日装船难波港，临行不得见高堂。

——宿奈麻吕　卷二十—4330

来自"相模国"（今神奈川县的大部分地区）的防人们，为了准备出发，天天忙于将淡水、粮食、兵器等搬上船去。上级发下的军装、武器等装备也日益齐全。

终于到启航日了，岸上挤满前来送行的人群，这位防人最想见上一面的是自己的母亲，但他的母亲远在东国，无法见面。

"天平宝字元年（757年），从东国征兵的防人制度被取消，停止征发东国农夫，而代之以九州当地农民充当防人，镇守海防。"[1]

稻冈耕二[2]在《万叶的世界》中写道："防人歌与东歌不同，是非常完美的抒情诗，直抒胸臆，从中可听见悲痛的呻吟，而东歌的基调则是明朗的，完全看不到防人歌这样的悲痛之情。……

"防人离家，天涯羁旅，有其特殊的原因和背景。防人们思念家乡与亲人，这与中央贵族和官吏们外出旅游时的旅愁思家完全不同。……

"防人离家，就意味着一个个家庭的崩溃。当年的东国农民心目中的世界是如此狭小，这个狭小的世界中只有土地与家人，连接他们与土地、家人之间的纽带是强有力的。纽带一旦被拉断，他们被强行拽出自己的小天地，自然就会听到他们心中发出的孤独悲痛之歌。"[3]

1　木俣修.万叶集：时代与作品（『万葉集——時代と作品』）[M].东京：日本放送协会，1985：262.

2　稻冈耕二（1929—2021），日本文学者（万叶学者）。主攻古代文学。东京大学名誉教授。主要著作有《万叶表记论》《鉴赏日本古典》《万叶集的作品和方法》等。——编者注

3　稻冈耕二.万叶的世界（『万葉の世界』）[M].东京：放送大学教育振兴会，1987：127—130.

二 无名氏：防人歌（二）

骏河国防人离别歌

父母临别抚我头，万千叮嘱岂敢忘。

——无名氏 卷二十一—4346

"骏河国"，即今静冈县中部。这一首防人歌描写的是少年防人出发前与父母告别的场面，与其他的防人告别歌一样，读来眼前会浮现出当年的一幕幕生动情景，他们的举动与言语朴实自然，感人肺腑。

从未离开过父母的少年，被选入防人队伍，如今就要离开一贫如洗的温暖之家。到了异国他乡，他会照料好自己的日常起居吗？父母正在对他千言万语地反复叮嘱，少年频频点头。歌中将"言葉（ことば）"念作"けとば"，是古代东国地方的方言。

道旁荆棘缠豆蔓，夫妻相拥伤别离。

——无名氏 卷二十一—4352

这一首写夫妇含泪拥抱告别的场景。当众拥抱的举动，在中国古诗中不曾出现过。无论是汴河岸边那一对热恋的男女温情脉脉，肝肠寸断的"执手相看泪眼，竟无语凝噎"（柳永《雨霖铃》），还是长安居民的情感强烈、呼天抢地的呼号"牵衣顿足拦道哭，哭声直上干云霄"（杜甫《兵车行》），都不曾有父子、夫妻互相拥抱的描写。

　　万叶时代的东国农民，长期作为天皇直辖领地的奴仆，要温顺得多。他们虽然有万箭穿心的悲痛，却偷偷咽下千滴泪水。万叶时代的农民，感情奔放，男女交往无拘无束，有如我国的少数民族，敢于在众目睽睽之下率真地表达感情。

　　道路旁边长满的野生荆棘，上面还紧紧缠绕着野生的豆蔓。这一对紧紧拥抱在一起的夫妻，久久不忍分开，宛如豆蔓缠绕在荆棘之上。这首歌宛如电影中紧紧相连的一组蒙太奇镜头。

　　吾妻藏身苇垣后，泪水涟涟湿衣衫。

　　　　　　　　　　　——无名氏　卷二十—4357

　　这位妻子也许是新婚不久，还十分娇羞怕人，在众人的注视下，她不敢走上前去与丈夫告别，只好偷偷站在自己家的苇叶篱笆墙后面，企图强压悲痛，忍泣吞泪。但痛彻心扉的生离死别让她泪水涟涟，湿透了衣衫。丈夫站在队列中，远远望见她在悲痛欲绝地哭泣，虽然听不见她的哭声，但妻子的伤痛依然会让他难以迈开脚步。

　　防人启程喧嚣里，吾妻不言生计苦。

　　　　　　　　　　　——无名氏　卷二十—4364

　　防人就要出发了，离别时刻终于到来，人群中一阵喧嚣。我的妻子一直忙着干活，想借此减轻分散离别的痛苦。其实她仍然是无法面对这天塌般的离别。听见外面有人喊叫："队伍开拔了！"她忍不住连忙放下手中活计，赶到路边来为我送行。她绝口不提我走之后，自己将要独撑门户的艰辛，不愿说那些家务琐事与繁重的农活。

东国民众生活本来就十分艰难，家家都是勉强度日，难得温饱。离开了家中的顶梁柱，今后的处境可想而知！

虽然在一部分防人歌的后面注明了国名或郡名，有的还有人名，但这些人名大都有姓氏，他们都是向大伴家持献上收集作品的当地官员或领队军官。因为当时只有身份高贵之家才有姓氏，普通农民没有资格拥有姓氏。因此，防人歌基本上都可以看作是无名氏的作品。直到江户时代，"称姓带刀"还只是统治阶级武士的特权。到了明治维新，提倡"四民平等"，日本的姓氏才普及开来。

防人歌之后，往往附有大伴家持等人抒发读后感的作品，但都不及这些农民发自肺腑的心灵呼声。

布多国守最狠毒，吾患重病当防人。

——无名氏　卷二十一—4382

"布多"，地名，下野国（今栃木县）官厅所在地。"布多国守"，即下野国的最高长官。歌中骂道："下野国的长官真是蛇蝎心肠，狠毒无比。我久患重病，卧床不起。他却毫无恻隐之心，偏偏要点我充当防人！"在古代和歌中，这样直截了当地揭露当权者毫无人性、滥施淫威的作品并不多见，十分难能可贵。特别是到了平安时代之后，和歌走上了唯美和艺术至上的道路，虽然也有少数反映社会不公的作品，但这样痛快淋漓地大声疾呼的作品却很少流传下来。

当感伤诗人大伴家持读到防人和防人之妻的歌时，灵魂受到深深的震撼，无法保持沉默，他将收集而来的防人歌编辑完毕，收入《万叶集》。不但如此，他还将自己的亲身感受咏成了好几首长歌和短歌，一并收入了《万叶集》。[1]

1　木俣修.万叶集：时代与作品（『萬葉集——時代と作品』）[M].东京：日本放送协会，1985：269.

三 无名氏：防人歌（三）

夜晚恩爱白昼爱，筑波岭上小百合。

——无名氏 卷二十一—4369

一对新婚的恩爱夫妻被迫分离，年轻男子被征入伍，离开故乡东国来到了九州海防前线。他忘不了故乡筑波岭上盛开的美丽的小百合花，更忘不了新婚美貌的娇妻。面对大海波涛，他不由得回想起夫妻日夜恩爱的往事，抚今追昔，目睹眼下单调而饱受非人折磨的军旅生活，不由得感伤不已。

歌中有几处使用了当时的东国方言。如"夜床"，歌中念作"ゆとこ"，本来应该念作"よとこ"；还有歌中的"かなしけ"（可爱的，亲爱的）一词，本来应该是形容词连体形"かなしき"。使用方言咏唱和歌，是防人歌与东歌的一大特色。

荒郊露宿衣带断，针是妾手君自纫。

——无名氏 卷二十一—4420

这首防人之妻的作品，注明作者是"橘树郡（今横滨市与川崎市一带）真根之妻"。丈夫叫"真根"，妻子仍然是无名氏。

丈夫随着防人部队离开家乡，朝着大阪湾进发。千里迢迢，一路上免不了风餐露宿。夫君啊，要是你的衣带断了，千万不要敞着衣襟睡觉，这样会夜感风寒。将这针线带上吧，你权当这根针是为妻之手，自己将断掉的衣带缝好。不管你缝好的衣带是否好看，只要能将衣衫系上就好。望夫君善自珍重，一路上平安无事，早日归来！

笑问防人谁家子？最羡路人无忧伤。

——无名氏　卷二十一—4425

防人之妻的作品结构自由，这首和歌的开头一句是直接引语"防人谁家子？"在车辚辚、马萧萧的送别场面中，也有不相干的人在围观，指手画脚地询问："这位壮丁是谁家的儿郎啊？"

和歌的后面一句写的是那位默默伫立、忍泪吞泪的妻子的心理活动。车尘滚滚，人马喧嚣，在送行人群的一片哭喊声中，她哪里还有言语来表达此刻的心情呢？真羡慕那些没有骨肉亲人被征的围观者，用他们的"无忧伤"来反衬出自己的肝肠寸断，这首和歌充分体现了和歌简洁含蓄的艺术特色，悲痛之情力透纸背。

笹叶摇摇霜夜冷，添衣如触爱妻肤。

——无名氏　卷二十一—4431

"笹"，日本常见的一种低矮的细竹，种类繁多，进行祭祀时多用这种细竹。在日本，一般来说高大的竹子叫"竹"，低矮细小的竹子叫"笹"。

徒步奔赴大阪湾途中，防人们每天夜晚要露宿荒郊，身边细竹的枝叶在夜风中摇曳，顶着寒霜发出沙沙的声响，阵阵寒风砭人肌骨，让人久久难以入睡。这位防人拿出妻子临行时为他准备的行装，将衣服添上，顿时觉得身上温暖了许多。他觉得，那衣服贴身穿在身上，就好比接触到了妻子柔软而温暖的肌肤。这一针一线都是妻子"临行密密缝，意恐迟迟归"的一片真情，从衣衫上，还可以感觉到那一双温暖的手正带给他无限安慰。

暗夜远行奔何处，阿妹问我几时归？

——无名氏　卷二十一—4436

防人披星戴月，日夜兼程，一路直奔大阪湾而去。他们生怕误了规定的日期，受到军法处置。防人在黑暗中奔走，不知命运要带他们前往何处？此后的 3 年，每当夜幕降临，黑暗之中会有什么不测在等待？谁也无法预料。回想起出发前恋人对他反复询问："你几时能回到故乡？"心中更是满怀惆怅。

这首东歌的上下两句都是疑问句，防人和他的恋人都在诘问，画出一个难于回答的人生大问号。防人怎么能主宰自己的命运呢！去哪里？听上司命令；何时归来？能否生还？只好听天由命。

不少人来到九州之后，或死于疾病，或溺水而亡，或死于各种意外事故。虽然不是战争年代，但谁也无法保证三年后能够平安返乡。

据日本史书记载："'防人'是根据《唐六典》中的'置防人于边要，为镇守'建立的海防部队。日文将'防人'读作'崎守'，意思是守卫海边礁石，即海防。

……防人歌中也收入了他们的妻子、恋人、父母的歌，虽然数量不多。出征之人和送别之人，双方通过倾诉心怀的歌唱，其魅力直击人心。防人不光是年轻士卒，而是作为'人'的姿态发出了呐喊。"[1]

1　久松潜一等.增补新版：日本文学史 [M]// 古代.东京：至文堂，1979：577—578.

四　大伴家持：万叶时代之绝响"雪中贺岁歌"

正月初一设宴因幡国厅咏歌一首

新年伊始降瑞雪，从今吉事日日多。

　　　　　　　　——大伴家持　卷二十一—4516

　　天平宝字二年（758年）六月，大伴家持出任因幡国守。因幡国位于今天日本山阴地方的鸟取县东部。"国守"掌握地方大权，是最高级别的地方长官，但因幡国离京城路途遥远，属于偏远的天涯海角之地。藤原仲麻吕在朝中专横跋扈时日已久，大伴家持来到因幡国后，孤立无援，心情十分落寞。

　　第二年正月初一，大伴家持在因幡国厅设下新年宴会，与下属欢聚一堂，犒劳大家一年来的勤苦奉公。因幡国府的建筑位于今天鸟取市的国府官厅町，如今，当年的建筑早已荡然不存，只留下了南门、正殿、后殿等建筑物的几个础石。当时的院落四周种满了松树，一场大雪之后，让院落、青松、屋顶都变得银装素裹。部下们陆续踏雪而来，参加盛宴。今天是大伴家持来到因幡国之后迎来的第1个正月初一，正殿上已经摆开宴席，部下们身着礼服，正襟危坐。家持一番致辞后，庄严肃穆地吟出了这首雪中贺岁歌，成为万叶时代之绝响。虽说是瑞雪兆丰年，但天地间充溢的凉气，也弥漫到了家持的心头。

　　相传，大伴家族是《古事记》神话中最高神灵的后裔，曾跟

随第 1 代天皇神武天皇从九州开始东征，屡建奇功，后来又在第
十二代天皇景行天皇和大和朝廷的日本武尊手下四处征战。大伴
氏从天皇家创业开始，就是跟随其左右的功勋世家。

神龟五年（728 年），11 岁的大伴家持跟随父亲大宰帅从奈
良出发，乘船经过濑户内海，来到遥远的九州，同行的还有父亲
的正妻，以及家持的弟弟大伴书持等人。不久，姑母大伴坂上郎
女也来到九州，加上山上忆良等父亲的部下，这里俨然成了全国
和歌艺术的中心。

父亲到九州一年后，传来了一个惊人的消息：长屋王自杀身
亡。长屋王是父亲的挚友，在与藤原氏的权力之争中失败，绝望
自杀，父亲得到此消息后，抑郁寡欢，从此身患重病。天平二年
（730 年），父亲任满回京。家持 14 岁那年，其"义母"，即父
亲的正妻大伴郎女逝世。两三年后，父亲大伴旅人也撒手人寰。

家持兄弟跟随姑母读书，天平十年（738 年），家持 21 岁时
终于当上了内舍人（侍奉于天皇身边的秘书官兼警卫）。朝中几
经变故，天平十八年（746 年），家持被挤出中央政权，前往越
中国担任国守。天平胜宝三年（751 年）八月，家持结束国守的
任期，回到奈良，担任太政大臣的属下少纳言（正三品）。之后
的 7 年时间，他都是在郁闷中度过的，目睹朝廷日益腐败，忍气
吞声，接着又被贬到更遥远的因幡国。[1]

《万叶集》虽然是由多人选编而成，从整部作品的编辑时间
而言，大伴家持无疑是最后的总编撰。他将自己的这首贺岁歌，作
为《万叶集》的压卷之作。

1　高见茂.大伴家持：走向因幡之路（『大伴家持——因幡への道』）[M]. 东京：
富士书店，1996.

延历元年（782 年），65 岁的大伴家持被派往陆奥地方宣抚发动叛乱的虾夷人。第二年，身在陆奥国的大伴家持因宣抚有功而升任中纳言。公元 784 年，儿子大伴永主从奈良来信说，家持的姑母兼岳母的大伴坂上郎女去世，享年 89 岁。[1] 公元 785 年开春，家持积劳成疾，病倒在床，半年后他病故于异乡，享年 68 岁。

公元 785 年，大伴家持尸骨未寒时，在长冈京的营建工地上发生了藤原种继被暗杀的事件。大伴继人等作为凶手而被捕，随即被判斩刑。作为一族之长的大伴家持因此也受到牵连，被剥夺生前的一切官位。儿子大伴永主匆匆赶到陆奥地方，准备掩埋父亲时，收到无情的判决：家持的遗骨也将作为"罪犯"流放海上的隐岐岛（今属山阴地方的岛根县）。儿子永主也被流放，与父亲的遗骨一同去了天涯海角的荒岛。

直到 21 年后，平安时代的桓武天皇延历二十五年（806 年），家持父子终于迎来平反昭雪的一天，但儿子大伴永主已于两年前病死于海上荒岛的蔓草荒烟之中。同是在这一年，早就编辑完毕的《万叶集》终于问世。

《万叶集》中年代最早的作品是第 16 代天皇，仁德天皇的磐姬皇后作于大约公元 314 年的一组相思歌。仁德天皇外出巡游，磐姬皇后日夜思念，盼望他早日归来，这组和歌共 5 首（卷二，085—089）。磐姬被册封为皇后时，日本尚无年号，因此当时只有年代，并无年号。日本的年号始于孝德天皇时代的公元 645 年的"大化改新"，"大化"便成了日本史上的第 1 个年号。

"万叶"一词的含义是，和歌像树叶一样繁多，不可胜数。"万叶（まんよう）"与"万代（まんよ）"谐音，选编者相信，这部诗歌总集一定会流传万代，成为日本民族的心灵故乡。

1　高见茂.大伴家持：走向因幡之路（『大伴家持——因幡への道』）[M].东京：富士书店，1996：292—294.

《万叶集》最后的作品是天平宝字三年，即公元759年，大伴家持吟出的这首雪天贺岁歌。万叶时代前后历时约445年，终于由大伴家持亲手拉下了帷幕。

大伴家持是日本古代最伟大的诗人之一，为民族文化的发展做出了不可磨灭的贡献。今天，《万叶集》历久弥新，永葆旺盛的艺术生命力，丰富了人类诗歌宝库。

家持的父亲大伴旅人是一位杰出的浪漫主义诗人，担任九州大宰帅，是朝廷对他人尽其才的重用。旅人之子家持也是一位感情丰富、才华横溢的浪漫诗人。

比大伴旅人大6岁的同时代人藤原不比等，则是一位对历史做出了巨大贡献的政治家、治国能臣。藤原不比等的孙子藤原仲麻吕，专横跋扈，凭借光明皇后的信任而权倾一时。孝谦天皇时代，他将唐朝的官职名称引进到日本。藤原仲麻吕把比他小12岁的大伴家持排挤出京城，到越中国，以及因幡国担任地方官。这样的结局也是冥冥之中历史的安排。日本社会要发展，建立律令制国家，必然要将有能力推动历史前进的人留在权力中枢，发挥作用。

藤原氏顺应时代潮流，为历史进程推波助澜。而大伴旅人父子则引领了文坛风骚，留下的美辞丽句脍炙人口。这两大家族各有所长，各有所得。历史最终体现了公正的一面，这样的结果实在让人感到欣慰。但是，在日本史上藤原不比等与藤原仲麻吕祖孙二人的名字只出现在《日本书纪》这样的历史文献中，鲜为普通民众所知。而大伴旅人与大伴家持父子历代都是家喻户晓的人物，他们与不朽的名著《万叶集》一道声名远播。喜欢诗歌的人，被大伴一家的诗才所折服，对大伴旅人父子，对大伴氏一家，都抱有深深的同情与偏爱。

今天，《万叶集》已经被译成中文以及英语等多种文字，向全世界的读者讲述着优美动人、感情真挚的万叶故事。

万叶时代大事年表

万叶时代区分	代数	天皇名	年号	起止年	大事记	注
《万叶集》传说序曲时代	15	应神			《古事记》《日本书纪》载：215 年，《论语》由百济博士王仁带到日本。专家们公认，此年代不可靠，《论语》应该是在公元 5 世纪左右传入日本的。	215 年为中国东汉建安二十年。
	16	仁德			公元 314 年之后，磐姬皇后作《万叶集》最早和歌。	317 年，东晋建国。
	21	雄略			作《万叶集》卷头歌。	
	29	钦明		539？—571？	佛教诞生 500 年后，经丝绸之路于 68 年传入中国。又过了约 500 年，大约 538 年，佛教经朝鲜半岛传入日本。	420—589 年，南朝宋、齐、梁、陈。581 年，隋朝建立。
	30	敏达		572？—585？	推古天皇之夫。	
	31	用明		585？—587？	圣德太子之父。	
	33	推古（女）		592—628	推古天皇是日本史上第一位女皇，为钦明天皇第三皇女，敏达天皇的皇后。592 即位后，为侄子圣德太子担任摄政，603 年，制定"冠位十二阶"。604 年，制定《宪法十七条》。607 年，派遣小野妹子使隋，拜见隋炀帝。608 年，小野妹子率留学生再次入隋，609 年归国。613 年，圣德太子见无名尸骸作挽歌。614 年，派遣犬上御田锹使隋。	

万叶 时代 区分	代数	天皇名	年号	起止年	大事记	注
	34	舒明		629—641	作《万叶集》登高望国土歌。 629 年，进入万叶时代第 1 期。 630 年，第一批遣唐使犬上御田锹等人到达中国。	618 年，隋朝灭亡，唐朝建立。 629 年，舒明天皇建都飞鸟冈本宫。
	35	皇极 （女）		642—645	皇极天皇后重祚为齐明天皇。	642 年，迁都飞鸟板盖宫。
万叶 时代 第 1 期	36	孝德	大化 白雉	645—650 650—654	646 年正月，颁布《大化改新诏书》。以中大兄皇子（即后来的天智天皇）为中心推行政治改革。废除私有地、私有民（庄园农奴）。中央集权，统计户口、耕地，实行班田收授法，调、庸税制。薄葬令。	645 年，日本首次使用年号"大化"，孝德天皇迁都难波丰崎宫。
	37	齐明 （女）		655—661	658 年，有间皇子被处死。 661 年，额田王随齐明天皇出征；1 月，途中停泊熟田津；7 月，齐明天皇薨于九州。 663 年，朝鲜半岛白村江之战，日本败于新罗与唐朝的联军。	663 年（唐高宗龙朔三年），唐破百济及日本援军。
	38	天智		668—671	664 年，开始组建防人部队，布防于九州沿海。 670 年 2 月，造户籍。 671 年 4 月，置漏刻于新台，宫中开始报时。	667 年，天智天皇迁都琵琶湖畔的大津宫。
	39	弘文		672—672	672 年，壬申之乱，大海人皇子胜。	弘文天皇战败自杀。

万叶时代区分	代数	天皇名	年号	起止年	大事记	注
万叶时代第2期	40	天武	朱鸟	673—686	673年,万叶时代进入第2期。同年,大海人皇子即位,是为天武天皇。天武与持统继续推行改革。682年,颁布"束发"令。686年,天武天皇薨。	律令制国家逐渐成熟。
	41	持统（女）	朱鸟	690—697	686年,诛杀大津皇子。690年,造户籍。	694年持统天皇迁都藤原京。
	42	文武	大宝 庆云	697—704 704—708	701年,根据唐律制定《大宝律令》。702—704年,山上忆良留学长安。	山上忆良留学于武则天女皇时代。李白诞生（701—762）。
万叶时代第3期	43	元明（女）	和铜	708—715	710年,进入万叶时代第3期。据梅原猛考证,708年,柿本人麻吕被处死。同年,日本发现铜矿,第一次铸造铜钱"和铜开珍"。在此之前,中国的铜钱曾在日本广泛流通。712年,太安万侣奉元明天皇之命,编成《古事记》。713年,元明天皇下令各地官员编撰《风土记》进献朝廷。	710年,定都平城京（奈良）,基本上结束了国都四处流动的大和时代。杜甫诞生（712—770）。
	44	元正（女）	灵龟 养老	715—717 717—724	717年,阿倍仲麻吕赴唐,770年殁于长安。718年,根据《唐律》制定《养老律令》。同年,大伴家持诞生。720年,《日本书纪》问世。	717年为唐玄宗开元五年。

万叶时代区分	代数	天皇名	年号	起止年	大事记	注
万叶时代第3期	45	圣武	神龟 天平	724—729 729—749	727—730年，大伴家持兄弟随父母远赴九州大宰府。730年春，举行梅花之宴，12月归京。731年秋，大伴旅人去世。733年，山上忆良作《好去好来歌》，遣唐大使多治比广成等一行出发。	733年为唐玄宗开元二十一年。
万叶时代第4期	46	孝谦（女）	天平胜宝	749—757	734年，进入万叶时代第4期。 735年，遣唐使将《老子》带回日本。同年，麻疹病流行各地，引起社会动乱。 740年，藤原广嗣发动的叛乱被平息下去。 746年，大伴家持到越中国赴任。 750年，遣唐大使藤原清河一行入唐。 751年，日本第一部汉诗集《怀风藻》诞生。同年，大伴家持离开越中国，回京任少纳言。 753年，鉴真和尚到达日本九州。754年，鉴真到达奈良，暂住东大寺，在寺中设戒坛，为圣武上皇、光明皇太后、孝谦天皇、皇太子等四百余人授戒。 754年4月，大伴家持任兵部少辅。 757年，橘诸兄去世。 758年6月，大伴家持任因幡国守。 759年正月初一，大伴家持作《万叶集》最后的和歌。同年，鉴真和尚建造唐招提寺。	740年，圣武天皇迁都恭仁京，744年，再迁难波京。 749年，孝谦天皇将首都迁回平城京（奈良）。 755年，唐王朝爆发安史之乱。 752年，奈良东大寺大佛开光。（卢舍那佛大铜像）。大伴家持收集整理防人歌。万叶时代落下帷幕。

万叶时代区分	代数	天皇名	年号	起止年	大事记	注
	47	淳仁	天平宝字	758—764	761 年，铸造铜钱万平通宝、开基胜宝。762 年春，大伴家持归京，任中务大辅（中务省次官）。	中务省为宫中八省之一，天皇近侍，主管起草诏书等宫中政务。
万叶余音	50	桓武	天应延历	781—782 782—806	782 年，大伴家持被派往陆奥地方宣抚发动叛乱的虾夷人，因平乱有功，第二年升任中纳言。785 年 8 月，大伴家持去世。785 年 9 月，藤原种继遇刺。大伴家持之子大伴永主被流放，他手捧父亲的遗骨来到日本海上的隐岐岛。794 年，迁都平安京（今京都），日本进入平安时代。806 年，大伴家持终于平反昭雪。	785 年（唐德宗贞元元年），书法家怀素（725—785）辞世，与大伴家持同年去世。大和时代与奈良时代合称为"上代"，平安时代称为"中古"。

本表根据角川书店《日本史辞典·年表》、山川出版社《日本史年表》、小学馆《万叶集·万叶关系略年表》、第一学习社《新订综合国语年表》等资料编制。

万叶时代养老律令简要官职表

官职	品级	职能	下属机构·注释
神祇官	正一品	掌神祇祭典，管理全国神官，官邸在宫城之内。神祇官置于百官之上，此乃神灵之风仪，重天地神祇之故也。	长官称"伯"，持统天皇时代称为"头"，以下有"大副""神部"等官员。
太政官	正一品 从一品	持一切纲纪，掌治理邦国之事。施天之德，如生育万物。率八省百官，有如今日之内阁首相。	下有"左大臣""右大臣""大纳言""左弁官局""右弁官局""少纳言局"，直接管理八省。
左大臣	正二品	统理众务，举持纲目，总判庶事。	下有内弁、外弁。
右大臣	从二品	职权同左大臣。左大臣缺员或出差在外时，可行使其职权。	
大纳言	正三品	参议庶事，敷奏（陈奏）宣旨，侍从，献替（"献可替否"，进献可行者，废去不可行者。语出《左传·昭公二十年》）。在天皇与百官之间上传下达。人称"天下喉舌之官"，定员二人。	"纳言"一词，出自《尚书》："命汝作纳言，夙夜出纳朕命，惟允。"舜任命龙为"纳言"，专司王命发布。设立纳言，建立如实传达发布舜帝政令的系统，旨在消除谗说，以稳定政治秩序。
中纳言	从三品	执掌之事与大纳言相同。"中纳言"亦称"黄门侍郎"。定员三人。	中纳言属于"殿上人"，有资格登殿面见天皇。没有资格登殿的下级官员称为"地下人"。
中务省	由四品以上亲王担任	掌管禁中政务。"省"，省察、调查、选择之意。"中务省"一名，来自我国汉代的"中书省"，唐朝武周时代将"中书省"改为"凤阁"。	下有"左大舍人""右大舍人""图书""内藏""缝殿""阴阳"六寮。"画工""内药"（主管宫中所需的药品与香料）"内礼"（宫中礼仪，监察）三司。
式部省	由四品以上亲王担任各省长官"卿"	考核文官的政绩与过失，品行的优劣，上报太政官，然后授予官衔。	正职之下，有"大辅""少辅"各一人。下设散位寮与大学寮。散位寮，宣布官位的授予。大学寮，管理中央教育机构。教授有"明经博士""文章博士"等。

官职	品级		职能	下属机构·注释
治部省	由四品以上亲王担任各省长官"卿"		掌管雅乐、僧尼、丧礼、陵墓、接待外国公使。	正职之下，有"大辅""少辅""大丞""少丞"等。下设雅乐、玄蕃二寮，诸陵、丧仪二司。
民部省			管理诸邦国的户口、田地、山川、道路、租税等。	正职之下，有"大辅""少辅""大丞""少丞"等。下设"主计寮""主税寮"。
兵部省			主管各邦国的军事与兵力。包括兵马、兵器制造、军队训练，护卫京城。	正职之下，有"大辅""少辅""大丞""少丞"等。下设兵马、造兵、鼓吹、主船、主鹰五司。
刑部省	由四品以上亲王担任各省长官"卿"		掌管刑法诉讼、监狱、没收赃物。施行五刑：笞、杖、徒、流、死。	正职之下，有"大辅""少辅""大丞""少丞"等。另有"大判事""中判事"各一人。
大藏省			掌管皇宫内的金银珠宝，以及值钱的杂物。管理钱币铸造、缝纫、油漆。	"织部司"（纺织绸缎与布匹）"典铸"（钱币铸造）"漆部""缝部"（包括提供皇宫卫士的衣物）。
宫内省			掌管皇宫内天皇后妃的一切用度和日常生活。统管五寮与五司。	五寮："御厨""大炊""土木工匠""主殿"（宫中杂役与负责扫除的宫女）、"御医"。五司："正亲"（亲王与皇子皇女）、"内膳""造酒""采女"（宫中女官）"主水"。
大宰帅	从三品		负责九州地方的行政、海防与对外交流，吸收来自中国的书籍与文化。	副职"大弐"，以下有"大宰府典"。总管九州数国的国守、防人部队等。"国"，大约相当于今天日本的"县"。
卿	正四品	上	中央八省的正职。	下有"大辅""少辅""大丞""少丞"，各"寮""司"长官等。
参议	正四品	下	参与朝议，在太政官手下工作，是仅次于中纳言的要职。	"参议"一词，出自《后汉书·班固传》："大将军窦宪出征匈奴，以固为中护军，与参议。"元明起，成为中书省下官名。
左大弁	从四品	上	直属太政官，负责接收来自中务、式部、治部、民部四省的文书，并向其传达上司的命令。	"大弁"，即"大卞"，大法之意。语出《尚书·顾命》："临君周邦，率循大卞。"

官职	品级		职能	下属机构·注释
右大弁	从四品	上	直属太政官,负责接收来自兵部、刑部、大藏、宫内四省的文书,并向其传达上司的命令。	
大夫	从四品	下	律令制下官职之一,分为"中宫大夫""春宫大夫""左右京职"等。	"中宫大夫",皇后、皇太后宫的主管。"春宫大夫",皇太子身边的总管。"左右京职"(大夫),管理首都的户籍、人口、税收、警察、诉讼、商业、道路等。以贯穿南北的中央大道朱雀大道为界,东面是左京,西面是右京。
大辅	正五品		在各省长官"卿"手下工作。	
少辅	从五品	上	在各省长官"卿"手下工作,地位低于"大辅"。	
少纳言	从五品	下	太政官的侍从官,掌管官印、上奏等事务。	
国守	正五品从五品		主管地方军政大权。包括农业、渔业、养蚕、治安、税收、兵役、劳役、驿路、寺院等。	副职称"掾"或"介"。下面还有"史生"(负责书记与杂务),府衙中有医师、阴阳师、书生。对马海峡沿岸的诸国还配有朝鲜语翻译。

本表根据讲谈社学术文库,和田英松著《新订官职要解》(1992年)编制。

参考文献

日文资料

小岛宪之等校注 . 日本古典文学全集《万叶集》[M]. 日本东京：小学馆，1994 年 .

佐竹昭广等 . 新日本古典文学大系《万叶集》[M]. 日本东京：岩波书店，1995 年 .

稻冈耕二 .《万叶的世界》（『万葉の世界』）[M]. 日本东京：放送大学教育振兴会，1987 年 .

犬养孝 .《万叶集的歌人们》（『万葉の人々』）[M]. 日本东京：新潮文库，1983 年 .

犬养孝 .《万叶之旅》（『万葉の旅』 上中下）[M]. 日本东京：现代教养文库，1974 年 .

梅原猛 .《水底之歌：柿本人麻吕论》（『水底の歌—柿本人麻呂論』）[M]. 日本东京：新潮社，1979 年 .

梅原猛 .《劝学》（『学問のすすめ』）[M]. 日本东京：佼成出版社，1979 年 .

大久保广行 .《文法全解　万叶集》（『文法全解　万葉集』）[M]. 日本东京：旺文社，1968 年 .

木俣修 .《万叶集：时代与作品》（『万葉集—時代と作品』）[M]. 日本东京：日本放送协会，1985 年 .

樱井满监修 .《万叶常识事典》（『万葉集を知る事典』）[M]. 日本东京：东京堂，2003 年 .

樱井满译注 .《万叶集》全集 [M]. 日本东京：旺文社，1974 年 .

土屋文明 .《万叶集私注》（『万葉集私注』）[M]. 日本东京：筑摩书房，1983 年 .

中西进.《万叶古代学》（『万葉古代学』）[M]. 日本东京：大和书房，2003 年.

中西进.《全译注万叶集》（『全訳注万葉集』）[M]. 日本东京：讲谈社文库，2007 年.

井手至，毛利正守.《新校注万叶集》（『新校注万葉集』）[M]. 日本大阪：和泉书院，2008 年.

广冈义隆.《万叶小道》（『万葉のこみち』）[M]. 日本东京：HANAWA 新书，2005 年.

广冈义隆.《万叶散步道》（『万葉の散步みち』上下）[M]. 日本东京：新典社新书，2008 年.

高见茂.《大伴家持：走向因幡之路》（『大伴家持—因幡への道』）[M]. 日本鸟取：富士书店，1996 年.

斎藤茂吉.《万叶秀歌》（『万葉秀歌』上下）[M]. 日本东京：岩波新书，2006 年.

安西均.《万叶恋歌》（『万葉の恋うた』）[M]. 日本东京：Sanrio 出版社，1975 年.

入江泰吉.《万叶赞歌》（『万葉讚歌』）[M]. 日本东京：星云社，1996 年.

池田弥三.《万叶集：美丽和歌世界》（『万葉集—美しき和歌の世界』）[M]. 日本东京：世界文化社，2006 年.

Levy 英雄.《英语读万叶集》（『英語でよむ万葉集』）[M]. 日本东京：岩波新书，2005 年.

久松潜一等.《增补新版　日本文学史》（『増補新版　日本文学史』）上代 [M]. 日本东京：至文堂，1979 年.

佐佐木八郎等.《新修日本文学史》（『新修日本文学史』）[M]. 日本京都：京都书房，1997 年.

渡边秀夫.《诗歌之森》（『詩歌の森』）[M]. 日本东京：大修馆书店，1995 年.

下中邦彦监修.《国民百科事典》（『国民百科事典』）[M].日本东京：平凡社，1979年.

坂本太郎监修.《学习百科大事典》（『学習百科大事典』）[M].日本东京：koki出版，1976年.

和田英松.《新订官职要解》（『新訂官職要解』）[M].日本东京：讲谈社，1992年.

吉田孝.《日本的历史2 飞鸟·奈良时代》（『日本の歴史2』飛鳥·奈良時代）[M].日本东京：岩波书店，2016年.

中文资料

萧统主编.《文选》[M].长沙：岳麓书社，2002年.

沈起炜编.《中国历史大事年表》[M].上海：上海辞书出版社1986年.

中西进，王晓平.《智水仁山——中日诗歌自然意象对谈录》[M].北京：中华书局，1995年.

白寿彝总主编.《中国通史》（第2版）[M].上海：上海人民出版社，南昌：江西教育出版社，2015年.

木宫泰彦.《日中文化交流史》（胡锡年译）[M].北京：商务印书馆，1980年.

附录：图解万叶时代

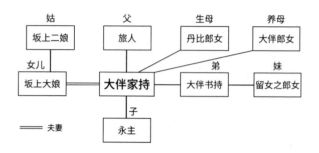

姑　　　　　　父　　　　生母　　　　养母
坂上二娘　　　旅人　　　丹比郎女　　　大伴郎女

女儿　　　　　　　　　　　　　　弟　　　　妹
坂上大娘　　　大伴家持　　　大伴书持　　　留女之郎女

　　　　　　　　子
═══　夫妻　　　永主

大伴家关系图

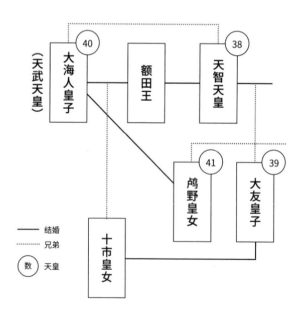

结婚
兄弟
数　天皇

额田王—天智、天武天皇系谱图

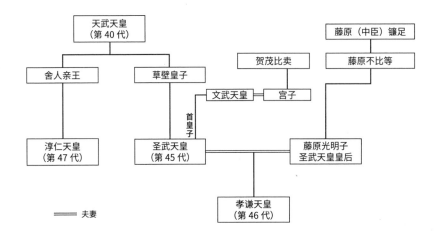

藤原家与天皇关系图

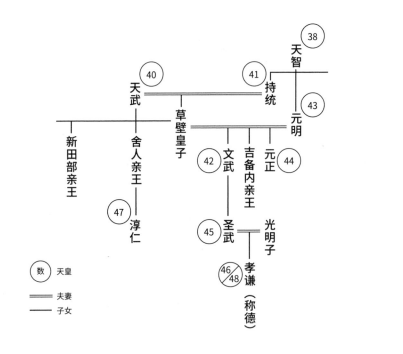

天智—草壁系谱图

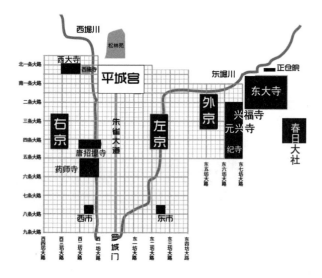

平城京图

图书在版编目（CIP）数据

《万叶集》精粹 / 刘德润，刘淙淙编译 . —上海：
上海三联书店，2022.10

ISBN 978-7-5426-7740-2

Ⅰ.①万… Ⅱ.①刘…②刘… Ⅲ.①和歌—诗集—
日本—古代 Ⅳ.① I313.22

中国版本图书馆 CIP 数据核字（2022）第 114325 号

《万叶集》精粹

编　　译 / 刘德润　刘淙淙

责任编辑 / 张静乔
策划机构 / 雅众文化
特约编辑 / 简　雅　钱凌笛　张康诞
装帧设计 / 方　为
监　　制 / 姚　军
责任校对 / 王凌霄

出版发行 / 上海三联书店
　　　　（200030）中国上海市漕溪北路 331 号 A 座 6 楼
邮购电话 / 021-22895540
印　　刷 / 山东临沂新华印刷物流集团有限责任公司

版　　次 / 2022 年 10 月第 1 版
印　　次 / 2022 年 10 月第 1 次印刷
开　　本 / 1194mm × 889mm　1/32
字　　数 / 300 千字
印　　张 / 12.5
书　　号 / ISBN 978-7-5426-7740-2 / I · 1773
定　　价 / 68.00 元

敬启读者，如发现本书有印装质量问题，请与印刷厂联系 0539-2925659